Gisela Bohnstedt-Hannon

Wenn es anders kommt

kommt

eine Autobiografie

Bibliografische Information der Deutschen Nationalbibliothek: Die Deutsche Nationalbibliothek verzeichnet diese Publikation in der Deutschen Nationalbibliografie; detaillierte bibliografische Daten sind im Internet über dnb.dnb.de abrufbar.

Die automatisierte Analyse des Werkes, um daraus Informationen insbesondere über Muster, Trends und Korrelationen gemäß §44b UrhG („Text und Data Mining") zu gewinnen, ist untersagt.

Verlag: BoD · Books on Demand GmbH, Überseering 33, 22297 Hamburg, bod@bod.de
Druck: Libri Plureos GmbH, Friedensallee 273, 22763 Hamburg

ISBN: 978-3-7693-0012-3

Ausstattung: Peter Hannon mit VivaDesigner®
Typeset in Palatino Linotype
Titelbild: Image by 14213153 from Pixabay
Autorenportrait: Arne Houben

Damit die kulturelle Vielfalt erhalten und für die Leser bezahlbar bleibt, gibt es die gesetzliche Buchpreisbindung. Deshalb kostet ein verlagsneues Buch in Deutschland und Österreich jeweils immer und überall dasselbe.
Ob im Internet, in der Großbuchhandlung, beim lokalen Buchhändler, im Dorf oder in der Großstadt – überall bekommen Sie Ihre Bücher zum selben Preis.

Manchmal zeigt sich der Weg erst,
wenn man anfängt ihn zu gehen.

Paul Coelho, brasilianischer Schriftsteller

Vorwort

Das Leben ist eine Entwicklungsgeschichte und beginnt mit der Kindheit. Was prägt uns? Welche Lebensziele haben wir? Können wir uns verwirklichen? Haben wir die Möglichkeiten und die Kraft, Hindernisse aus dem Weg zu räumen? Lernen wir, Lüge und Wahrheit zu unterscheiden, oder lassen wir uns täuschen und in die Irre führen?

Ein Leben lang werden wir von Menschen und Situationen zum Nachdenken angeregt und bekommen hoffentlich die Chance, der Mensch zu werden, der wir immer sein wollten.

Der autobiografische Roman erhebt keinen Anspruch auf Allgemeingültigkeit. Er ist die Lebensgeschichte einer Frau und ihr Zeitzeugnis von 40 Jahren DDR.

Die genannten Persönlichkeiten sowie die Ereignisse sind echt; der Dialog ist teilweise erfunden.

Kapitel I – Kindheit

Meine Eltern und Großeltern

Meine Eltern hatten ein sehr schweres Leben, das ich aus Erzählungen kenne und zum Teil selbst miterlebt habe. Sie kamen beide aus armen Verhältnissen. Der Großvater väterlicherseits war im 1.Weltkrieg gefallen und hinterließ eine Witwe mit 6 Kindern. Mein Vater war der Jüngste. Die Großmutter starb während des 2. Weltkrieges als mein Vater in Gefangenschaft kam. Ich habe nur die Großeltern mütterlicherseits kennengelernt. Dieser Großvater kam mit einem Holzbein aus dem 1.Weltkrieg zurück und lernte meine Großmutter im Lazarett kennen, wo sie einfache Hilfsdienste verrichtete. Meine Mutter war die Älteste von 5 Geschwistern. 1938 heiratete sie bereits mit 17 Jahren meinen Vater, der 5 Jahre älter war. Mein Bruder wurde ein Jahr vor Ausbruch des Zweiten Weltkriegs geboren. Der Vater musste 1939 in den Krieg ziehen und die junge Familie wurde für die nächsten 7 Jahre getrennt. Die Mutter musste nicht nur ihr eigenes Kind versorgen, sondern auch ihre vier Geschwister, da ihre Mutter zeitlebens krank war. Mein Vater wurde im Krieg an der Ostfront schwer verwundet. Granatsplitter hatten sich in seinen Körper gebohrt. Er kam nach Hameln in ein Lazarett und wurde danach mit einer Beinverkürzung an die Westfront abkommandiert. 1944 erhielt die Mutter eine Vermisstenmeldung. Es stellte sich heraus, dass der Vater in der Normandie bei den Amerikanern in Gefangenschaft geraten war und sich in einem Kriegs-gefangenenlager in Boston befand. Im August 1946 kam er glücklicherweise wieder nach Hause. Das gab mir die Chance, geboren zu werden. Er war vom Krieg gezeichnet und hatte lebenslang Schmerzen. Viele Verwandte und

Freunde waren im Krieg gefallen oder in den Bombennächten umgekommen. Die Eltern sprachen wenig darüber, sie wollten nicht zurückschauen. Als ich geboren wurde, hatte ich bereits einen 9 Jahre alten Bruder. Die Mutter war 26 und der Vater 31 Jahre alt. Sie waren noch jung genug, um das Beste aus ihrem Leben zu machen.

Politische Situation

Nach dem Sieg über Hitlerdeutschland wurde das Land von den Alliierten in vier Besatzungszonen aufgeteilt.

Ich wurde in Königsaue, einem Dorf in der sowjetisch besetzten Zone geboren. Das Dorf existiert heute nicht mehr. Es wurde in den 1960-iger Jahren wegen der Braunkohle abgebaggert.

Ich war 2 Jahre alt, als die westlichen Alliierten am 23.05.1949 die Bundesrepublik Deutschlands gründeten, mit dem anfangs provisorischen Regierungssitz in Bonn und Konrad Adenauer als 1. Präsident.

In der sowjetisch besetzten Zone kam es am 7. Oktober 1949 zur Gründung der DDR, was die Teilung Deutschlands bedeutete. Der erste und einzige Präsident der DDR war Wilhelm Pieck.

Als kleines Kind wusste ich natürlich nichts von alledem. Ich wuchs in einem Landesteil auf, der sich mit der Zeit immer mehr von der Welt abschottete.

Frühe Kindheit

Ich habe nur gute Erinnerungen an meine Kindheit. Sie spielen sich in einer grünen Landschaft ab, mit einem weiten blauen Himmel, Obstbäumen, Abraumhalden und vielen Spiel-kameraden. Ich war ein glückliches Kind.

1950, als ich drei Jahre alt war, bekamen die Eltern eine kleine Neubauwohnung in einem extra für Bergarbeiter erbautem 15-Familien-Haus am Ende des Dorfes. Ich erinnere mich noch an den Umzug. Wir fuhren mit Bauer Wahles Pferdewagen die lange Ascherslebener Straße hinunter und der Hänger hinter uns war mit Möbeln beladen. Ich saß mit dem Vater auf dem Kutschbock und schaute auf die zwei breiten Pferderücken hinab. Meine Eltern waren überglücklich, endlich eine beheizbare Wohnung zu bekommen. Ich musste dann auch nicht mehr mit Handschuhen und Mütze in einem unbeheizbaren Raum schlafen. Wer auf dem Schacht arbeitete, bekam ein Deputat an Briketts und ein paar Liter Schachtschnaps, den sie aber immer meinem Opa Holzbein überließen.

Wir lebten in dem großen Schachthaus mit den Nachbarn fast wie in einer Kommune zusammen. Es gab drei Eingänge für jeweils fünf Familien. Man musste sich nach einer Hausordnung richten und sich mit den Nachbarn absprechen. Hausflur, Keller, Dachboden und Hof mussten sauber gehalten werden. Dafür wurde immer ein Schlüssel weitergegeben. Wenn man das Waschhaus benutzen wollte, musste man sich in einen Plan eintragen.

Alles war nur auf die notwendigsten Bedürfnisse jener Zeit beschränkt und von modernem Wohnen konnte nicht die Rede sein. Es gab weder ein Bad noch eine Toilette in der Wohnung, lediglich im Flur befand sich ein Wasserhahn.

Da es in allen Wohnungen kein Bad gab, wurde das Waschhaus samstags zum Kinderbaden genutzt. Wenn man zu groß war für die kleine Zinkbadewanne, konnte man auch zum Schacht gehen und in den Waschkauen der Bergarbeiter für 50 Pfennige eine Badewanne benutzen. Allerdings konnte man nicht so lange darin sitzen bleiben, wie man wollte, denn es warteten meist schon weitere Dorfbewohner, die sich auch den Luxus eines Bades gönnen wollten.

Zu den Toiletten, den sogenannten Plumpsklos, musste man

über den Hof gehen zu einem kleineren Gebäude, zu dem noch das Waschhaus, die Stallungen und der Heuboden gehörten. Jeder Hauseingang besaß solch ein Gebäude. Dahinter befanden sich noch Ställe, um Hühner, Kaninchen und sonstige Haustiere zu halten. Die Eltern hatten anfangs auch eine Ziege.

Als ich zur Schule kam, begann meine Mutter im Schacht zu arbeiten und bekam monatlich einen Haushaltstag. Den brauchte sie, um Wäsche zu waschen. Schon am Vorabend weichte sie alles in Wannen und Behältern ein. Die Arbeitssachen waren immer besonders schmutzig vom Kohlenstaub. Alles wurde zuerst vorgewaschen, bevor es in den großen mit Waschlauge gefüllten Waschkessel kam, unter dem sich ein Kohleofen befand, der immer nachgefüllt werden musste. Die Wäsche im Kessel wurde langsam erhitzt und mit einer hölzernen Drehspindel hin und her bewegt. Die Mutter nahm dann Stück für Stück aus dem Kessel, legte es in eine Holzwanne und bearbeitete es dort mit Bürste und Waschbrett weiter. Wäschewaschen fand ich schrecklich. Meine Mutter konnte mich nicht dazu bringen, das Waschen von Taschentüchern am Waschbrett zu übernehmen. Sie zwang mich nie, etwas zu tun, was mir widerstrebte.

Auf dem großen Hof wurde sommers wie winters zwischen Waschhaus und Wohnhaus Wäsche aufgehängt. Wäschestützen aus Holz wurden unter die Leinen gestellt, damit die Wäsche hoch im Wind flattern und schneller trocknen konnte.

Im Winter war es manchmal gruselig, wenn sich die steif gefrorenen Hosen und Jacken auf und ab bewegten und im Wind klirrten. Wäschestützen standen das ganze Jahr über auf dem Hof. Als ich Fahrradfahren lernte, war ich einmal gegen eine Wäschestütze gefahren, umgekippt und hatte mir das Knie aufgeschlagen. Wäschestützen waren aber sehr gut geeignet zum Stelzenbau und es machte später viel Spaß, damit auf dem Hof herumzulaufen. Unsere Wohnung war etwa 50 qm groß und hatte zwei Schlafzimmer und eine Wohnküche. Ich teilte mit meinem großen Bruder zuerst einen Raum, aber als er mit 15 Jahren schon in die Lehre ging und nur am Wochenende nach Hause kam, hatte ich das Zimmer für mich allein. Wir besaßen nicht viel, ein Bett für jeden, einen gemeinsamen Kleiderschrank, einen Tisch, 4 Stühle und einen Kochherd mit herausnehmbaren Eisenringen. Mein Bruder hatte mir einmal gezeigt, wie man Kartoffelschale auf dem Ofen zum Kreiseln bringt. Er schälte die Schale von einer Kartoffel so ab, dass sie aussah wie eine Spirale, heftete diese auf den oberen Teil eines Holzspießes und steckte den unteren Teil in die Kartoffel, die er dann auf die heiße Ofenplatte legte. Es sah sehr schön aus, als die Kartoffelspirale sich um den Spieß drehte. Allerdings kam plötzlich der Vater ins Zimmer und das Spiel war zu Ende. Er schrie meinen Bruder an und gab ihm eine Ohrfeige. „Musst du so einen Unfug zeigen!" Später zeigte ich anderen Spielkameraden heimlich den Trick. Zwischen meinem Bruder und dem Vater gab es oft Auseinandersetzungen. Wahrscheinlich lag es daran, dass sie zu lange durch den Krieg voneinander getrennt waren und mein Bruder mich als Konkurrenz ansah.

Es gab nur wenige Dinge, die ich mit ihm zusammen spielte. Meistens trickste er mich aus oder machte sich über mich lustig: „Wetten, dass du das nicht nachsprechen kannst? Sag mal ganz schnell: Hirsch heiß ich." Dann lachte er mich aus: „Du bist vielleicht ein Schwein!" Wenn er meinen Pudding essen wollte, lenkte er mich ab: „Guck mal da, auf dem Dach ist ein großer Vogel." Ich fiel meistens darauf rein und hatte das Nachsehen. Er war in der Pubertät und wollte immer nur mit seinen gleichaltrigen Freunden herumstromern. Die kleine Schwester war ihm lästig. Ich kann mich nicht erinnern, dass er auch nur ein einziges Mal auf mich aufgepasst hätte. Die Eltern arbeiteten vom Aufstehen bis zum Schlafengehen. Nach der Frühschicht im Schacht und einem einfachen Mittagessen zu Hause gingen sie meist in den Schrebergarten oder zu einem gepachteten Ackerstück, wo sie Obst und Gemüse oder Kartoffeln anbauten. Sie versorgten die Hühner, die Kaninchen und die Ziege. Die zusätzliche Selbstversorgung war notwendig, denn das, was man von den Lebensmittelkarten bekam, reichte zum Leben nicht aus. Man brauchte Tauschware oder zusätzliches Geld, um besondere Dinge zu beschaffen, wie z.b. Butter oder Honig. Die Lebensmittelkarten wurden in der DDR erst 1958 abgeschafft, als ich 11 Jahre alt war. In Westdeutschland passierte das schon 1950, was auf den Marshallplan zurückging. Während die Sowjetunion auf die Reparationszahlungen als Kriegsentschädigung bestand und Betriebe und Eisenbahnschienen abtransportierte, unterstützten die USA mit Krediten und Hilfslieferungen die westlichen Nachkriegsländer. In der DDR setzte man zur Verbesserung der Lebensbedingungen auf höhere Arbeitsleistungen nach sowjetischem Vorbild. Adolf Hennecke rief dazu eine Bewegung ins Leben, die vor allem die Erhöhung der Leistungen im Bergbau betraf. Die arbeitende Bevölkerung war natürlich nicht begeistert von der Forderung nach höheren Leistungen bei weiterhin schlechten Arbeits- und Lebensbedingungen. 1953 kam es im ganzen Land zum Volksaufstand, der allerdings schnell durch den Einsatz sowjetischer Panzer und Polizeieinheiten niedergeschlagen wurde. Auch im Königsauer Schacht hatte es Unruhen gegeben. Als Kind habe ich davon nichts bemerkt, nur dass nach und nach immer mehr Klassenkameraden fehlten.

Neben seiner Arbeit im Schacht flocht der Vater noch Weidenkörbe für die Bauern, arbeitete als Handlanger beim Dachdecker und ging auf Hamsterfang. Die Hamster- und Kaninchenfelle gab ich oft bei Herrn Sonntag im Dorf ab und bekam dafür ein paar Pfennige, manchmal sogar eine Mark, die ich zu Hause abgab. Die Mutter verdiente ebenfalls hinzu, indem sie Kleider für andere Leute nähte oder als Waschfrau arbeitete. Trotz der vielen Arbeit waren die Eltern immer gut gelaunt, denn Arbeit bedeutete für sie auch Ausgleich und Erholung. Sie hatten Freude, wenn im Garten alles gut gedieh. Die Mutter liebte Blumen über alles. Deshalb blühten im Vorgarten auch Astern, Dahlien und tränende Herzen.

In der Erntezeit saß die Mutter oft mit anderen Nachbarsfrauen zusammen auf dem großen Hof. Sie schnippelten selbst angebaute Bohnen oder Mohrrüben, zerteilten Äpfel oder entkernten Kirschen, je nachdem, was gerade verarbeitet werden musste. Sie erzählten dabei und manchmal sangen sie auch Lieder: „Am Brunnen vor dem Tore", oder „Im schönsten Wiesengrunde". Die Mutter war eine sehr gute Hausfrau, kochte, backte, legte Gurken ein, stellte Sauerkraut her und setzte Ballons für Johannisbeerwein im Keller an.

Das tägliche Leben verlief für meine Eltern nach einem strengen Ablaufplan, der allerdings für mich viel Freiraum ließ. Meinen Eltern war es wichtig, dass ich immer lernte und meine Hausaufgaben machte. Ich wurde nur wenig in die Hausarbeit einbezogen. Lediglich beim Einkaufen durfte ich nützlich werden. Ich bekam eine Einkaufsliste und die Lebensmittelkarten. Dann schickte mich die Mutter, meistens am Samstag mit dem Fahrrad los, das mein Vater aus alten Teilen zusammengebaut hatte.

Ich kannte mich überall im Dorf aus und auch die Dorfbewohner kannten mich. Ich liebte es, einzukaufen, holte

Milch bei Frau Breiche, Wurst und Fleisch bei Metzger Kinne, Muckefuck, Mehl und Margarine bei Kaufmann Bremer und Brot von Bäcker Brachvogel oder Rust. Wenn ich mich an meine Kindheit erinnere, weiß ich, wie es ist, eine Heimat zu haben. Jeder kennt dich und du kennst jeden. Noch heute habe ich den Dorfplan im Kopf und weiß, wie die meisten Leute hießen und wo sie wohnten. Im Dorf wurden Feste organisiert und man feierte zusammen. In Königsaue gab es das jährliche Bergmannsfest, mit Umzug, Tanz und Kinderspielen, wie Sackhüpfen, Eierlauf und Maibaumklettern. Einmal ging ich als Zehnjährige sogar auf die Bühne und sang „Chico Charlie". Die Dorfbewohner applaudierten und meinten, ich würde bestimmt einmal Schlagersängerin werden. Ich sang gerne und war auch im Schulchor. Meine Eltern kauften mir eine Mandoline und ich spielte bald in einer Mandolinengruppe des Dorfes mit, bei Herrn Kersten. Aber ich war nicht wirklich daran interessiert, ein Star zu werden, und das Notenlesen fand ich viel zu anstrengend. Am beeindruckendsten war die 200-Jahrfeier 1953. Alle waren stolz auf unser Dorf, das vom Preußenkönig Friedrich II., dem Alten Fritz, gegründet worden war. Die Einwohner machten ein richtiges Spektakel daraus, verkleideten sich als Kossaten und Bauern, so wie ihre Vorfahren damals aussahen, fuhren mit Pfälzer Planwagen durch den Ort und tanzten in Trachten durch die Dorfstraßen. Das Fest dauerte ein paar Tage lang und es gab wohl keinen, der sich nicht beteiligt hatte. Sogar eine Märchenerzählerin war für die Kinder organisiert worden, was mir ganz besonders gefiel.

Urlaubsfahrten konnten sich die Eltern nicht leisten. Zu jener Zeit gab es nur 14 Tage Urlaub im Jahr. Ich verbrachte die Sommerferien gewöhnlich in den Kinderferienlagern, im Harz, in Thüringen, an der Müritz oder an der Ostsee, manchmal auch bei Tante Ella in Ballenstedt, wo es zwei jüngere Cousins gab. Ich erinnere mich, dass ich einmal mit den Eltern im Zug nach Magdeburg fuhr, zu Onkel Ernst und Tante Anni. Sie wohnten in der Ostrowskistraße 89. Ich muss etwa 4 Jahre alt gewesen sein. Anni war eine Cousine meiner Mutter. Im Zug von Aschersleben nach Magdeburg mussten wir den Regenschirm aufspannen, weil das Waggondach undicht war und es entsetzlich hineinregnete. Tante Anni hatte mir einen winzigen kleinen Puppenwagen mit einer Puppe geschenkt, den ich an einem Band hinter mir herzog. Auf den holprigen Fußwegen fiel der Wagen mit der kleinen Puppe öfter um und die Erwachsenen warteten geduldig, bis ich alles wieder eingesammelt hatte. Irgendwann nahm mich mein Vater auf den Arm und sagte: „Guck mal dort oben!" Magdeburg war eine der am meisten durch den Krieg zerstörten Städte, im Vergleich noch schlimmer als Dresden, Köln oder Berlin und es dauerte einige Jahre, bis alles wieder aufgebaut war. Da sah ich zum ersten Mal eine Ruine aus dem Krieg, ein großes zerbombtes Haus. Die Giebelseite war aufgerissen und ich konnte in ein verrußtes Zimmer schauen, in dem noch ein einzelner Tisch stand. Ich habe das Bild in Erinnerung behalten. Manchmal erzählte mir meine Mutter eine Gute-Nacht-Geschichte oder sang mir ein Lied vor. Ich hörte gern, das Lied „Schlaf ein, schlaf ein, mein Kindelein". Sie sang es sehr einfühlsam. Erst viel später verstand ich, warum es mir so naheging und was dieses Lied wirklich für sie bedeutet haben musste.

„Wenn andere Mädchen zum Balle gehen und springen,
dann muss ich an der Wiege stehen und singen:
Schlaf ein. Schlaf ein, mein Kindelein,
wo mag denn nur dein Vater sein?
Da weinte das Mädel so sehr.“
Mein Bruder hatte mir einmal erzählt, dass ihm unsere Mutter
dieses Lied auch oft vorgesungen hatte während des Krieges,
als er noch klein war.

Wenn ich während der Nachtschicht der Eltern allein in der
Wohnung war, bekam ich manchmal Angst. Es konnte vor-
kommen, dass sich das Blumenmuster der Gardinen in
schreckliche Gespenster verwandelte und ich mich unter der
Bettdecke verkriechen musste. Manchmal blitzten die Köpfe
der Gespenster grell auf und sprangen dann kreuz und quer
über alle vier Wände. Das bedeutete eigentlich, dass der
Vater mit der E-Lok vorbeifuhr. Er hatte es mir erklärt und
gesagt, dass ich deswegen keine Angst zu haben brauchte,
aber die hatte ich trotzdem.

Als ich der Mutter einmal von den Gespenstern in der Gardine
erzählte, ging sie mit mir in das große Landwarenhaus in der
Breiten Straße, dem Gebäude, wo sich früher die Gastwirtschaft Löffler befand. Man konnte dort inzwischen eine
ganze Menge Sachen kaufen, denn Königsaue hatte sich zu
einem zentralen Ort entwickelt.

Meine bescheidene Mutter erklärte der Verkäuferin, dass sie
Gardinen fürs Schlafzimmer kaufen wolle. Die Antwort der
Verkäuferin klingt mir noch heute in den Ohren: „Die Gardinen
sollten zur Bettumrandung passen. Welche Farbe hat denn
ihre Bettumrandung?“ Wir hatten keine Bettumrandung, erstens
war das für unsere Verhältnisse ein Luxusartikel und zweitens
war das Schlafzimmer so klein, dass nicht einmal eine Bettumrandung hineingepasst hätte. Sogar die Nachtschränke

11

mussten auf dem Kleiderschrank stehen. Meine Mutter tat mir so leid. Was sie geantwortet hatte, weiß ich nicht mehr. Sie kaufte dann einen hellgrünen Stoff und nähte die Gardinen zu Hause.

Obwohl ich wie ein Einzelkind aufwuchs, fühlte ich mich nie allein. Ich hatte keine Probleme, Freundschaften zu knüpfen und meine Spielkameraden waren Jungen und Mädchen. Wir spielten Fußball, bauten Buden aus Kartoffelkraut oder kletterten auf Bäume; spielten mit Puppen oder Murmeln oder machten Kreisspiele, spielten Vater-Mutter-Kind oder Verstecken und Suchen. Ich hatte nie Langeweile. Es gab auch immer etwas Interessantes zu entdecken. Man traf Kinder überall, wenn man auf den Hof ging oder auf die Straße.

Kurz vor Ostern sammelte ich zusammen mit anderen Kindern Brennmaterial für das Osterfeuer auf dem Osterberg. Wir zogen mit einem Handwagen durchs Dorf und klingelten bei den Bauern. Über jeden alten Reifen, den wir ergattern konnten, freuten wir uns. Gummireifen würden tüchtig brennen.

Im Mai zogen wir mit Wassereimern los und schüttelten Maikäfer von den Ahornbäumen in der Aschersleber Straße. Wir fütterten damit die Hühner, die sich gierig darüber herstürzten. Angeblich legten sie davon mehr Eier. Im Winter waren wir meist mit Schlitten oder Skiern unterwegs. Der Mühlberg war der beste Ort für Abwärtsfahrten. Im Herbst konnte man gut Kastanien sammeln und Tiere daraus basteln.

Ich besuchte keinen Kindergarten und später auch keinen Schulhort. Vielleicht hatte ich großes Glück, dass in jenen Jahren noch nicht alles so gut organisiert war.

Ich glaube, zeitweise war das ganze Dorf mein Zuhause. Ich hatte viele Schulfreundinnen, die mich nach dem Unterricht mit zu sich nach Hause nahmen. Eigentlich wollten meine Eltern, dass ich immer sofort nach der Schule nach Hause ging und die Hausaufgaben machte. Das geschah aber so gut wie nie. Die Freundinnen hatten meist eine Mutter oder Großmutter, die zu Hause war und ich durfte nach dem Unterricht bei ihnen mitessen: Himmel und Erde, Pflaumenknödel, Schwarzsauer oder Kohlrübensuppe. Beim anschließenden Spielen vergaß ich regelmäßig die Zeit, um pünktlich nach Hause zu gehen. Wenn die Eltern dann gegen 14.30 Uhr aus der Frühschicht kamen, blieb ihnen oft nichts weiter übrig, als mich im ganzen Dorf zu suchen. Ich konnte sonst wo sein, bei Maria im Pfarrhaus, bei Gudrun im *Gasthaus zum Goldenen Stern*, bei Helga im Haus des Bürgermeisters, bei Ingrid, deren Vater Lehrer und der Großvater Bildermaler waren oder bei Erika auf dem Neubauerngehöft. Die Eltern mussten viel mit mir schimpfen, aber das Drama wiederholte sich trotzdem immer wieder. Meine Hausaufgaben aber machte ich stets und bösartige Einträge ins Tagebuch gab es nie.

Wenn ich mit den Nachbarskindern spielte, deren Eltern ebenfalls in Schichten arbeiteten, nahm das oft kein gutes Ende. Wir waren eine kleine eingeschworene Gruppe von 7 Kindern: Richard, Ute, Eckhard, Rainer, Bernd, Raimund und ich. Ohne Kontrolle machten wir in unserer Naivität viel Unsinn. Einmal spielten wir Verstecken im Kornfeld und trampelten dabei das ganze Getreide zu Kornkreisen nieder. Ein Sturm hätte es nicht so schlimm anrichten können. Die Eltern mussten danach Wiedergutmachung an den geschädigten Bauern zahlen.

Ein anderes Mal spielten wir Indianer und machten ein kleines Lagerfeuer. Der Wind trug einen Funken davon in den großen Strohdiemen. Er brannte lichterloh und die Feuerwehr musste den Brand löschen. Auch das mussten die Eltern wieder gut machen.

Wir entwendeten heimlich die Regenschirme unserer Mütter

und spielten auf den Absätzen der Kohlegrube Fallschirm-
springen. Der Wind fuhr darunter und zerbrach die Stäbe.
Unsere Mütter hatten den Schaden davon.
Als Anstifter für jeden Unsinn galt Richard. Er war der
Älteste, der uns auch das Rauchen mit Lungenzug beibrachte.
Vom Kiosk hatte er Muck-Zigaretten besorgt, angeblich für
seinen Vater. Er erklärte uns, wie man es richtig macht: kräftig
an der Zigarette ziehen, wie beim Einatmen, dann den Rauch
hinunterschlucken und ihn wieder durch die Nase ausatmen.
Lauter Rauchkringel würde es dann geben. Dass einem
davon übel wurde, war nicht beabsichtigt gewesen.
Von da an verboten uns die Eltern, mit Richard zu spielen. Er
kam später in den Jugendwerkhof, weil er schwer erziehbar
war, aber eigentlich war er immer ein guter Spielkamerad
gewesen mit tollen Ideen. Leider verlor er schon als Kind seinen
Vater, der in einem Absatzbagger in die Tiefe gestürzt war.
Nie werde ich diese Kinderjahre vergessen und noch heute
tut mir leid, was Richard passierte.
Aber so wie das Leben war und wie es sich entwickelte, war
es für mich normal. Meine Kindheit war eine abenteuerliche
Zeit, ohne Kontrolle und Einschränkungen.
Aber musste nicht später ein Konflikt daraus werden, wenn
der Gegensatz von Freiheitsgefühl und eingesperrt sein,
bewusst wird?

Meine Patentante, Grete

Ich habe noch in Erinnerung, wie ich einmal ganz allein mit
dem Puppenwagen über die Landstraße fuhr, um Tante
Grete und die Urgroßmutter zu besuchen. Ich war gerade 3
Jahre alt. Es war ein schöner Tag. Die Sonne schien, aber
meine Eltern schliefen noch fest. Ich schaute mir zuerst das
Bilderbuch an, das ich auswendig kannte und wo Katrinchen

die Großmutter besucht: „Bei Milch und Kuchen kann man scherzen" hieß es da. Das fand ich schön. Ich zog mich an und fuhr mit dem Puppenwagen los. Den Weg nach Winningen über die 3 km lange Landstraße kannte ich, denn der Vater hatte mich oft auf die Schultern genommen, wenn wir dorthin spazierten. Die Babypuppe im Puppenwagen hatte mir Tante Grete geschenkt. Unterwegs pflückte ich noch in einem Kornfeld einen Blumenstrauß. Im Bilderbuch war das genauso gewesen. Seltsamerweise begegnete ich niemandem. Es muss wohl sehr früh am Morgen gewesen sein.

Wohlbehalten kam ich bei Tante Grete und der Urgroßmutter an, aber hocherfreut waren beide nicht und es gab auch nicht Milch und Kuchen. Tante Grete war sehr aufgeregt, borgte sich ein Fahrradkörbchen, setzte mich hinein, schnallte den Puppenwagen auf den Rücksitz und fuhr mich sofort zurück nach Hause. Die Eltern waren fassungslos, doch überglücklich. Sie hatten mich schon vermisst und überall im Dorf nach mir gesucht. Aber niemand hatte mich gesehen, was eigentlich kein Wunder war.

Die Spaziergänge zu Tante Grete fielen bald für immer weg, denn einen Weg in den Westen gab es nicht.

In den Fünfzigerjahren war sie mit ihren erwachsenen Kindern Liselotte und Werner in den Westen gegangen.

Auf meinem weiteren Lebensweg konnte sie mich nicht mehr begleiten.

Herr Goerns

Das Paradies des Kindes wurde nach und nach zerstört. Ich sehe mich noch zusammen mit den Klassenkameraden der 1. Klasse vor dem Schulhaus stehen. Die Osterferien waren vorbei. Wir freuten uns, unseren Lehrer wiederzusehen, den wir abgöttisch liebten. Die meisten Kinder wurden von ihren

Müttern zur Schule gebracht, sie hielten sich an den Händen. Es hatte längst zum Unterricht geklingelt. Unser Lehrer aber kam nicht. Ob er wohl krank war? Hoffentlich war ihm nichts passiert. Er kam immer aus dem Nachbarort mit dem Fahrrad. Meist hatte er mich auf dem Rücksitz mitgenommen zur Schule, weil er sowieso an unserem Haus vorbeikam und ich den längsten Schulweg aus der Klasse hatte. Meine Mutter hatte sich an diesem Morgen schon gewundert. Heute hatte sie ihn nicht gesehen. Dann hatte sie mich zur Schule gebracht. Jetzt erfuhren wir es. Wir weinten, bis uns die Augen wehtaten, alle weinten, die Kinder und die Mütter. Wir konnten es nicht glauben. Unser über alles geliebter Herr Goerns war abgehauen. Er würde nie wieder kommen. Warum hatte er das nur getan? Hatte er denn gar nicht an uns Kinder gedacht? Wie konnte er so einfach weggehen? Wir hatten ihn doch alle so lieb.

Eines Tages war auch die Schulbank in der Reihe vor mir leer. Der ruhige, kluge Martin, meine erste heimliche große Liebe, Martin, der seinen einzigen Kaugummi aus dem Westen mit mir geteilt hatte und der noch nicht gewusst hatte, dass ich ihn einmal heiraten wollte, war eines Tages mit seinen Eltern in den Westen verschwunden. Ein altes Schulbild zeigt, dass es ihn wirklich gegeben hat. Von meinen kindlichen Träumen hat er nichts mehr erfahren. Sicherlich hat er mich irgendwann vergessen. Er wird nie erfahren haben, dass er oder auch seine Eltern mir sehr weh getan haben.

Da waren auch noch Volker, Bodo und Bärbel und viele andere, deren Namen ich inzwischen vergessen habe, die plötzlich nicht mehr da waren.

Dennoch, nicht alles war für mich nur eine Aneinander-reihung trauriger Erlebnisse. Kinder schaffen sich ihre eigene Fantasiewelt, spielen und lachen bekanntlich auch in Kriegszeiten oder in Konzentrationslagern. Viele meiner ehemaligen Landsleute würden jetzt einwenden: Das kann man nicht vergleichen und so schlimm war es auch nicht in der DDR. Sie hätten viele schöne Erlebnisse als Pioniere gehabt und würden diese niemals vergessen wollen. Es waren für sie Stunden der Gemeinsamkeit mit ihren Klassenkameraden und Freunden. Ich weiß, ich kenne diese Stunden auch. Aber viele dieser Veranstaltungen mochte ich nicht. Es waren nicht meine Spiele, die dort gespielt wurden. Ich jedenfalls hatte keine Lust nach Regeln zu spielen, die von den Pionierleitern oder Lehrern aufgestellt und auch noch kontrolliert wurden. Eine dieser ungeliebten Veranstaltungen war das Räuber- und Gendarm-Spiel. Den ganzen Nachmittag musste ich hinter einem Busch versteckt stillsitzen, bis mich endlich jemand gefunden hatte. Ich war sehr wütend. Am liebsten wäre ich einfach nach Hause gegangen. Am Ende konnte ich mich auch nicht freuen, dass ich zu den wenigen gehörte, die man nicht gefunden hatte. Ich wollte etwas anderes spielen, etwas, was mir Spaß machte, nicht das, was ich sollte.

Renate und Tante Frieda

Ich hatte eine gleichaltrige Cousine, Renate. Ihre Mutter war die ältere Schwester meines Vaters, deren erster Mann im Krieg gefallen war. Sie heiratete ein zweites Mal. Aus erster Ehe brachte sie zwei Töchter mit und der neue Mann einen Sohn. Heute nennt man das Patchwork-Familie. Renate hatte also drei verschiedene Halbgeschwister. Meine letzte Erinnerung an sie war mein 10. Geburtstag, der letzte Kindergeburtstag, an dem sie dabei war.

Aus Platzgründen sollten wir beide zusammen in einem Bett schlafen. Das war sehr schön für uns. Was da eigentlich in den Büchern unter der Bettdecke so zum Lachen gewesen war, weiß ich nicht mehr. Vielleicht war es auch nur die Freude über das verbotene Spiel mit der Taschenlampe, aber lachen kann man nur mit jemandem, den man mag und versteht. Ich weiß noch, dass wir uns auch Lieder vorgesungen haben. Ihr Lieblingslied war: „Weiße Boote". Sie sang den Refrain: „Weia candios" (Vaya con Dios) so laut, vielleicht auch so schrecklich, dass unsere Eltern ins Zimmer kamen und uns zur Ruhe ermahnten. Sonst müssten sie uns trennen. Das wollten wir dann aber doch nicht.

Als Kinder waren wir füreinander wichtig. Heute führt jeder sein Leben. Nichts lässt sich nach so langer Zeit einfach fortsetzen. Noch heute habe ich Ansichtskarten von ihr aus dem Ferienlager. Sie weiß nicht einmal selbst mehr, dass sie einmal dort war, in Schöllerhau. „Wie geht es dir? Mir geht es gut. Deine Renate." Sie wohnt seit 1958 in München und hat, soviel ich weiß, ihre Heimat bis jetzt nie wieder besucht.

Herr Winkler

Heute, nach all den Jahren weiß ich, dass der alte vornehme Herr Winkler zu den Menschen gehörte, der mich in meiner Kindheit wie kein anderer tief beeindruckte. Aber dass er den Grundstein für meine weitere Entwicklung und meine Lebenseinstellung legen würde, konnte er nicht voraussehen. Anfangs wusste ich nicht, was ich von ihm halten sollte. Die Dorfbewohner hatten Vorurteile gegen ihn. Keiner im Dorf wusste etwas über seine Vergangenheit. Er war nach dem Krieg zugezogen. Zu jener Zeit saßen die alten Leute im Sommer oft auf Stühlen oder Bänken vor ihren Häusern und unterhielten sich miteinander. Der alte Herr Winkler tat das nie. War er sich etwa zu fein? Vielleicht. Auf jedem Fall hob er sich von den anderen Dorfbewohnern ab. Die heimischen Männer liefen in Arbeitssachen, Manchesterhosen mit

Hosenträgern und karierten Hemden umher. Herr Winkler trug immer ein einfarbiges Hemd mit einer Weste und einem dazu passenden Binder. Er schien überhaupt nicht zum Dorf zu passen. Er wirkte wie ein Professor. Sie machten sich über ihn lustig. Es war in der Zeit, als Walter Ulbricht schon in den Startlöchern stand, um Wilhelm Pieck abzulösen. Man erzählte sich, Winkler habe jemanden verklagt, der ihn als Spitzbart beschimpft hatte. Tatsächlich hatte er auch solch einen Bart wie Walter Ulbricht. Manche meinten, er habe auch solche kleinen listigen Augen.

Sobald er sich mit seinem Stock einer Gruppe Erzählender näherte, schwiegen alle und Winkler ging wie ein eiskalter Schauer an ihnen vorbei.

Umso erstaunlicher fanden es die Alteingesessenen, dass sich plötzlich die Kinder für ihn interessierten und sie fragten: „Was habt ihr denn bei dem verloren?"

Die Kinder lachten und antworteten: „Es ist interessant bei ihm" und rannten mit allerhand Sachen unter dem Arm davon.

Ich gehörte damals auch zu den Kindern, die Herrn Winkler besuchten. Das erste Mal hatte mich ein jüngerer Spielkamerad mitgenommen. Er hatte gesagt: „Der Winkler kann großartige Drachen bauen, die er dann verschenkt. Wenn du mitkommst, gibt er dir vielleicht auch einen." Warum ich mitging, weiß ich nicht mehr. Des Drachens wegen jedenfalls nicht. Mag sein, dass es Neugierde, Abenteuerlust oder auch eine Mutprobe war.

Ich erinnere mich an meinen ersten Besuch, als der alte Herr oben auf der Treppe über das Geländer hinunterblickte und fragte: „Was für eine große Dame bringt denn der Herr Eckhard heute mit?"

Das klang komisch und auch wieder nicht. Er streckte mir seine Hand mit dem Siegelring entgegen. Ich konnte sehen, dass seine Fingernägel sauber und gepflegt waren. Die Hände des Vaters waren dagegen zwei große Pranken und hatten nie blitzsaubere Fingernägel.

Ich war überwältigt von dem, was ich hier vorfand. Auf einem runden Tisch standen viele mit Aufklebern versehene Schraubgläser mit dicken Wattekokons, braunen Gliederpuppen, Raupen und Schmetterlingen. Plötzlich war ich mit dem alten Mann in ein interessantes Gespräch vertieft. Er zeigte mir ein Glas mit einer etwa 5 cm langen grünen Raupe, die schwarze Querstreifen mit roten Punkten auf dem ganzen Körper hatte. Ich hatte mich immer vor den kleinen grünen Raupen geekelt, die an langen Fäden von Apfelbäumen herunterhingen. Diese Raupe hier aber sah sehr schön aus. Sie saß auf einem Möhrenblatt und es war lustig, zuzusehen, mit welchem Appetit sie daran knabberte. Papilio Machaon Linne stand auf dem Glas. „Was glaubt ihr, welcher Schmetterling einmal daraus wird?", fragte Herr Winkler. Wir Kinder hatten keine Ahnung und versuchten erfolglos zu erraten, welcher Schmetterling wohl aus der schönen Raupe einmal werden könnte.

In einer Ecke der Diele stand ein achteckiger Schrank aus Fliegengitter. Darin flatterten verschiedene Schmetterlingsarten um eine baumähnliche grüne Pflanze herum oder saßen auf kleinen Schalen mit Obst oder Flüssigkeit und nippten daran. Der alte Mann erlöste uns: „Dieser da ist es ", sagte er und zeigte auf einen schönen gelben Schmetterling mit schwarzer Umrandung und zwei roten Punkten an den spitz ausgebuchteten Hinterflügeln. „Er heißt auf Deutsch Schwalbenschwanz und ist der größte und schönste Schmetterling in unserer Gegend."

Er nannte auch noch die Namen der anderen Schmetterlinge: Admiral, Apollofalter, Distelfalter, Bläuling, großer Fuchs, Kaisermantel oder Tagpfauenauge.

Dann zeigte er mir und den anderen Kindern noch größere bunte Schmetterlinge, die sich in zahlreichen Schaukästen befanden. Die größten Schmetterlinge kamen aus Südafrika und Brasilien. Manche waren fast so groß wie eine Fledermaus. Wenn ich mich mit dem alten Herrn unterhielt, hatte ich plötzlich das Gefühl, dass er jünger wurde und weniger streng aussah.

An vielen Nachmittagen zog ich zusammen mit anderen Kindern durch die Wiesen und sammelte in leeren Marmeladengläsern Raupen, Puppen, Käfer und Schmetterlinge für Herrn Winkler. Wir nahmen immer ein Stück der Pflanze mit, auf der wir die Insekten gefunden hatten. So hatte es uns Herr Winkler gesagt.

Wenn wir zurückkamen, ließen wir ihm keine Ruhe, bis er uns zeigte, welcher Schmetterling die gefundene Raupe werden würde oder wie der kleine Käfer hieß. Meist wusste er die Antwort aus dem Kopf.

Ich fand den alten Herrn bald nicht mehr eigenartig. Man konnte viel von ihm lernen. Er besaß zahlreiche Bestimmungsbücher, ein Mikroskop, Lupen und Pinzetten. Er hatte Tötungsmittel für die Insekten, an die er aber kein Kind heranließ und Mittel, damit die schönen Farben der Flügel nicht verblassten. Er zeigte den Kindern, wie man einen Schmetterling für den Sammelkasten vorbereitet. Er legte den Körper behutsam zwischen zwei Brettchen und steckte vorsichtig eine hauchdünne spezielle Nadel durch den Brustpanzer.

Es war eine interessante Zeit. Als ich in die achte Klasse kam, ging ich aber nicht mehr zu ihm. Zwar kam ich täglich auf dem Weg zur Schule an seinem Haus vorüber, aber es kam mir bald komisch vor, ihn als großes Mädchen noch zu besuchen. Jetzt waren andere kleinere Kinder bei dem alten Herrn.

Mein Bruder und die Stadt

Als ich neun war, zog mein Bruder, der Fleischer gelernt hatte, aus dem Elternhaus aus und lebte in Aschersleben mit einer Freundin zusammen, die er später heiratete. Christa war für mich wie eine große Schwester. Seit er sie kannte, verstand ich mich auch mit ihm viel besser.

Ich fand es toll in der Stadt. Es war anders als auf dem Dorf. Hier gab es Kinos, ein Museum, ein Schwimmbad, einen Gondelteich, viele Buchläden. Christa hatte sogar schon einen Fernseher und mein Bruder eine EMW mit Beiwagen.

Einmal während der Ferien fuhren Hans und Christa ein paar Tage mit einem befreundeten Paar zum Zelten an den Bremer Teich und nahmen mich im Beiwagen mit. Das war die schönste Zeit, die ich mit ihnen erlebte. Wir schwammen durch den See, sammelten Blaubeeren und Pilze und lebten wie die Jäger und Sammler. Einmal zogen wir nachts in Gummistiefeln durch ein flaches Nebengewässer des Sees und suchten bewaffnet mit Astgabeln und Taschenlampen nach Krebsen. Mit den Astgabeln setzten wir die Krebse fest und sammelten sie in einen Eimer mit Wasser. Am nächsten Tag warfen wir die grauen Krebse in kochendes Wasser, wobei sie ganz rot wurden. Die Krebse taten mir zwar leid, aber ich machte das, was alle taten, knackte die Krebsbeine auf und aß das weiße Fleisch, das köstlich schmeckte.

Als ich 12 Jahre alt war, wurde ich Tante eines Jungen. Langsam entwuchs ich der Kindheit. Ich fuhr gern das Baby spazieren und hatte viel Spaß daran, zu erleben, wie der Kleine sprechen lernte. Dass er statt Hubschrauber Haubschruber sagte und mich Isesa nannte, war lustig, kindliche Worte, die gespeichert sind. Zuerst waren sie wohl im Gehirn unter Lachhaftes verzeichnet. Heute ist alles verknüpft mit dem Gedanken: Schade, dass alles anders kam.

Nichts ist geworden, wie es geworden wäre, wären sie nicht fortgegangen.

Immer wieder verbinde ich Lieder mit geliebten Personen. Sie sind fest in meinem Gedächtnis geblieben. *„Sindi, oh Sindi, dein Herz muss traurig sein, der Mann, den du geliebt, ließ dich allein."* Das Lieblingslied von Christa, es wird eine Schicksalsmelodie daraus werden. Ich werde es noch viele Jahre danach auf meiner Mandoline spielen und die Traurigkeit suchen, als könnte ich damit etwas Verlorenes wiederfinden.

Im April 1961 flüchtete mein Bruder mit seiner Familie in den Westen. Es war ein Sonntag. Als ich am Morgen aufwachte, war alles anders in unserer Wohnung. Auf dem Fußboden standen Kisten und Koffer, auf der Anrichte der Fernseher des Bruders und im Fenster der Vogelbauer mit dem Wellensittich Jumbo.

Die Eltern hatten diese Sachen in der Nacht zu Fuß mit dem Handwagen über die 10 km lange Landstraße aus der Wohnung des Bruders geholt.

Sie waren erschöpft und aufgeregt. Bestimmt würden bald Leute von der Polizei oder der Staatssicherheit kommen, um etwas über die Flucht von Hans und seiner Familie zu erfahren und um zu überprüfen, ob die Eltern und ich etwas damit zu tun hatten. Wir mussten uns eine glaubhafte Geschichte ausdenken.

„Sie kommen meist zuerst zu den Kindern, denn die verplappern sich am leichtesten", hatte der Vater gesagt.

Sie kamen nicht umhin, mich einzuweihen. Ich sollte sagen, dass ich nichts weiß, und ich durfte auch mit keinem darüber sprechen. Da ich nun aber doch etwas wusste, musste ich glaubhaft lügen können. Und diesmal war es keine einfache Notlüge. „Schau mir in die Augen!", hatte der Vater oft gefordert, wenn er sich nicht sicher war, ob ich die Wahrheit sagte.

„Lügen haben kurze Beine. Es kommt sowieso alles raus." Ich übte nun stundenlang vor dem Spiegel und überprüfte immer wieder die Wirkung auf andere, berichtigte meine Mimik und den Ton der Worte, bis ich sicher war, es richtig vorzutragen. Es war nicht einfach, jemandem fest in die Augen zu sehen und dabei zu lügen. Die Augen durften nicht zwinkern oder ausweichen, schon gar nicht beschämt zu Boden sehen, das war verdächtig.

Die Eltern hatten in ihrem Leben die Erfahrung gemacht, dass man sich gegen Diktaturen nicht auflehnen kann. Aber man konnte dennoch mit seinem Gewissen in Einklang leben.

Die Mutter sagte: „Denk immer an das Lied *Die Gedanken sind frei*. Wer kann sie erraten? Es wird dir helfen und dir Kraft geben. Wenn du fühlst, dass es falsch ist, was du tun sollst, darfst du es nicht tun, sondern musst nach Auswegen suchen. Es gibt immer eine gute Lösung."

Der Vater erzählte mir, dass es 1953 im Bergwerk einen Aufstand gegeben hatte und die Rädelsführer festgenommen werden sollten. Da hatte er einen von ihnen zur Flucht verholfen, indem er ihn mit seiner E-Lok aus der Grube fuhr. Der Mann war doch kein Verbrecher, er hatte sich nur für bessere Arbeitsbedingungen eingesetzt. Er war noch in der Nacht mit seiner Familie in den Westen geflohen. Die Polizisten hatten vergebens am falschen Ende des Tagebaus auf ihn gewartet. Er schaute mich ernst an und fügte hinzu: „Geh niemals in eine Partei. Wenn es anders kommt, ziehen sie dich dafür zur Verantwortung!"

Ich hatte mich darauf gefreut, bald in der Stadt bei meinem Bruder und seiner Familie zu wohnen. Das war nun vorbei. Aber verraten würde ich sie trotzdem nie im Leben. Die Eltern konnten sich auf mich verlassen.

Erster Kontakt mit der Staatssicherheit

Tatsächlich kamen am nächsten Tag zwei Männer in langen Mänteln. Es war einen Monat vor meinem 14. Geburtstag. Die Eltern waren gerade in die Mittagsschicht gegangen und ich spielte Ball mit den Nachbarskindern auf dem Hof. Die Männer passten auf die Beschreibung, die mir die Eltern gegeben hatten. Sie fragten mich eine ganze Weile aus, aber ich war gut vorbereitet und wusste genau, was ich antworten musste: „Mein Bruder wohnt doch nicht mehr hier. Er ist verheiratet und wohnt in der Stadt. Ich weiß nicht, wo er ist. Ich habe ihn schon lange nicht mehr gesehen, ich glaube seit vier Wochen."

Die Männer schienen von meinen Aussagen und dem unschuldigen ahnungslosen Blick überzeugt gewesen zu sein. Sie lächelten und gingen wieder. Die mit den langen Mänteln konnten keinen Eindruck auf mich machen, auch wenn sie noch so freundlich taten.

Dennoch war diese Befragung ein erstes einschneidendes Erlebnis. Nicht allen Menschen konnte man vertrauen. Man musste gut überlegen, was und wem man etwas erzählen durfte.

Aus dem unbeschwerten fröhlichen Kind, das ich gewesen war und das sich mit jedem verstehen konnte, wurde bald ein zurückgezogener nachdenklicher Teenager. Keinem erzählte ich jemals etwas von meinem Bruder und seiner Familie.

Kapitel II – Jugend

Meine Jugendzeit wurde eine sehr nachdenkliche und zurückgezogene Zeit. Ich denke, die Verluste der geliebten Personen haben mich betroffen gemacht und mich geprägt. Manchmal fehlten sie mir sehr und ich musste denken: „Es ist, als wenn sie gestorben sind. Aber eigentlich ist es noch viel schlimmer. Sie leben und ich weiß nicht wo. Ich kann sie nicht mehr erreichen." Sie wurden zu Vermissten in einem Krieg, der in der Seele stattfindet. Verwandte, Vertraute, Freunde oder Staatsfeinde? Ich fing an, Gedichte und Tagebücher zu schreiben. Sie sind fast alle verloren gegangen, denn zum Schluss gehörte auch ich zu denen, die gingen und nichts mitnehmen konnten. Ein Gedicht über den Zerfall unserer Familie ist noch heute in meinem Kopf, ein Gedicht, das man nicht aufsagen konnte, man musste es verstecken. Für mich war es wichtig. Ich konnte damit protestieren und trauern. Aber ich werde es nicht noch einmal aufschreiben. Ich möchte nicht, dass jemand meint, ich dächte, die holprigen Verse wären Poesie. Ich werde es auch weiterhin in mir tragen. Ich denke nicht, dass ich ein trauriger oder nachtragender Mensch geworden bin. Das bisher Erwähnte könnte den Eindruck erwecken. Ich habe eher immer versucht, alles zu verarbeiten, zu erklären, zu verstehen. Natürlich habe auch ich alberne oder glückliche Seiten der Jugend kennengelernt. Aber vieles war doch oberflächlich und richtige Freunde, wie in der Kindheit, habe ich in meiner Jugendzeit nicht wieder gefunden. Oft war es am einfachsten, sich zurückzuziehen. Ich schuf mir meine eigene Welt. Die Fantasie wurde mir wichtiger als die Realität.

Berlin kurz vor dem Mauerbau 1961

Der Geschichtslehrer, Herr Eggers, hatte für die Achtklässler eine Abschlussfahrt nach Berlin organisiert. Seine lockere lustige Art kam bei den Schülern gut an. Trotzdem gehörte ich nicht zu denen, die sich ihm offenbarten. Wir waren zum Brandenburger Tor gegangen, das zu jener Zeit noch durchgängig war. Nur einige Grenzsoldaten kontrollierten die Ausweise. Der Lehrer sprach kurz mit einem der Uniformierten und sagte dann augenzwinkernd: „Kommt, Kinder! Wir hauen jetzt alle ab in den Westen, aber wir kommen natürlich auch wieder zurück." Es war lustig gemeint, andererseits aber auch makaber. Während die anderen aus der Klasse dem Lehrer lachend folgten, hatte ich meine eigenen traurigen Gedanken. Ich stellte mir vor, dass der Bruder und die Schwägerin mit dem Baby im Kinderwagen ein paar Monate zuvor hier durch dieses Tor für immer davongegangen waren.

In der Schule hatten wir vorbereitend für die Klassenfahrt einen Film über den Reichstagsbrand 1933 gesehen. Eine besonders tragische Rolle spielte dabei ein junger Mann aus Holland, der den Brand gelegt haben sollte. Er hieß Marinus van der Lubbe, war 25 Jahre alt und politisch links gerichtet. Er beherrschte die deutsche Sprache nicht ausreichend und man musste den Eindruck gewinnen, dass die Nazis nur einen Sündenbock brauchten, um gegen die Kommunisten vorzugehen. Sie nutzten ihn zu ihrer Machtergreifung aus. Lubbe wurde am 10. Januar 1934 in Leipzig zum Tode verurteilt.

Ein paar Minuten lang stand ich mit meinen Klassenkameraden vor dem alten Reichstagsgebäude, das aus Hitlers Zeiten übrig geblieben war. Der einst prächtige Palast sah verrußt und abbruchreif aus. Die Kuppel war eingestürzt und die Fensterscheiben zerbrochen. Es war eine Ruine aus der Zeit, als es noch ein einziges Deutschland gegeben hatte. Jetzt gab es zwei deutsche Staaten.

Dass die DDR das bessere deutsche Land war, war keine Frage für uns Schüler. Es war nur logisch, dass der Sozialismus eines Tages auf der ganzen Welt siegen würde. So hatte ich es auch in der letzten Staatsbürgerkundearbeit formuliert und eine gute Note bekommen.

13.08.1961: Mauerbau (antifaschistischer Schutzwall)

Auf Anordnung der DDR-Regierung unter Walter Ulbricht begannen Streitkräfte in der Nacht vom 12. zum 13. August 1961 die Grenzen zu West-Berlin mit Stacheldraht abzuriegeln. Am 17. und 18. August wurde dann mit dem Bau des sogenannten antifaschistischen Schutzwalls begonnen, der Berliner Mauer, die insgesamt 156 Kilometer lang wurde. Offiziell sollte dadurch der Einfluss der Faschisten und Militaristen unterbunden werden. Tatsächlich aber musste dringend etwas getan werden, um die DDR-Bürger im Lande zu halten. Zu viele Menschen waren schon geflüchtet und es kam zu Engpässen in der Wirtschaft. Jetzt wurden mit einem Schlag 16 Millionen Menschen am Wegrennen gehindert.

Die Eltern und ich waren sehr betroffen, als wir in den Nachrichten von den Grenzschließungen in Berlin hörten.

Die Mutter litt sehr unter dem Weggang ihres Sohnes und des Enkelkindes und weinte oft. Damit gab es wohl keine Chance mehr, sie bald einmal wiederzusehen.

Der Vater sagte vorwurfsvoll: „Du wolltest damals nicht mitgehen. Jetzt ist es zu spät."

20.08.1961: Urlaub mit den Eltern im Harz

Zum ersten und einzigen Mal in ihrem Leben gönnten sich die Eltern zusammen mit einem befreundeten Ehepaar einen gemeinsamen Urlaub im Harz. Sie meinten, mit 14 könne man mich nicht mehr in das Kinderferienlager schicken. Ich hatte ja schon Jugendweihe und war größer als die Mutter.

Mit meiner hochtoupierten Frisur sah ich fast erwachsen aus und trug inzwischen, wie alle anderen Jugendlichen, Minirock und Absatzschuhe, sehr zum Leidwesen der Mutter, die nun keine Kinderkleidchen mit Rüschen mehr nähen konnte und zum Leidwesen des Vaters, der bemerkte, wie die jungen Männer mir nachschauten. Am liebsten wäre ich gar nicht mehr mit den Eltern zusammen weggefahren, denn dann musste ich mich unterordnen wie ein Kleinkind. Ich hatte andere Vorstellungen vom Urlaub, wäre lieber zu Hause geblieben und hätte mit meinen Freundinnen etwas unternommen, wie Schwimmen, Tanzen, ins Kino gehen. Aber ich musste ja unbedingt mitfahren, damit ich unter Kontrolle war. Früher hatten sie es mit der Kontrolle auch nicht so genau genommen.

Die Eltern hatten sich für eine Unterkunft in Elbingerode entschieden, weil sie hier keinen Passierschein brauchten wie in Elend oder Schierke. Vor dem Krieg, als junge Leute, waren sie einmal von Schierke aus auf den Brocken gestiegen. 1939 war dort eine Wetterwarte errichtet worden, die man auch heute noch gut aus der Ferne erblicken konnte. Den Brocken besteigen, konnte man allerdings schon seit Gründung der DDR nicht mehr. Hinaufsteigen durften nur die Meteorologen, die hier weiterhin Klimadaten sammelten und täglich zu Fuß von Schierke aus aufsteigen mussten.

Der 1.142 m hohe Berg lag im Grenzgebiet der DDR und das Brockenplateau war nach dem Krieg sowjetisches Militärgebiet geworden. Jetzt richtete sich hier gerade der am westlichsten liegende Abhördienst Moskaus ein und auf dem gegenüber liegenden kleineren Wurmberg saßen die Amerikaner mit ihren Abhördiensten.

Dazwischen lag die innerdeutsche Grenze. Sie war vermint und wurde seitens der DDR von gefährlichen Schäferhunden bewacht, die sich an Laufleinen fortbewegten, laut bellten und jeden, der flüchten wollte, in Stücke reißen würden.

Ich war nicht sicher, ob die Eltern wirklich nur vorhatten, hier Urlaub zu machen, oder ob sie nicht auch Eindrücke von den Fluchtmöglichkeiten im Harz gewinnen wollten.

Auf jedem Fall wäre eine Flucht in dieser Gegend genauso sinnlos gewesen wie in Berlin, durch die jetzt die Todeszone mit der Mauer führte. Seitdem sich die Eltern ein Kofferradio angeschafft hatten, bekam auch ich die Chance, Musik und Nachrichten anzuhören.

Der amerikanische Rundfunksender RIAS berichtete am 24. August vom ersten Mauertoten, dem 24-jährigen Günter Litfin. Er wurde beim Schwimmen durch den Humboldthafen erschossen.

Ich wanderte mit den Eltern und deren Freunden durch die Wälder, entlang der Holtemme und der Schlucht Steinerne Renne, immer ein Stück hinter ihnen her, mit dem Kofferradio in der Hand und machte irgendwie meinen eigenen Urlaub. Sie ließen mich in Ruhe, weil sie wohl Rücksicht nahmen auf mein pubertäres Alter.

Ich musste allerdings zugeben, dass die Landschaft entlang des Flusses sehr beeindruckend war. Einmal setzten wir uns alle auf die großen runden Steine im Fluss. Da hörten wir in der Ferne einen Kuckuck.

Als kleines Kind hatte ich immer gerufen: „Lieber Kuckuck sag mir doch, wie viel Jahre leb ich noch!" Dann hatte ich die Kuckucksrufe gezählt und mich gefreut, wenn es viele waren und ich sehr alt werden würde. Jetzt rief ich den Spruch nicht, aber im Stillen zählte ich trotzdem mit. Der Kuckuck hatte Ausdauer. Er schenkte mir noch 40 Jahre. Dann würde es 2001 sein. Eine unvorstellbare Jahreszahl. Ich wäre dann 54 Jahre alt. Meine Mutter wäre 80 und mein Vati 85. Na ja, alles war ja nur ein unglaublicher Spaß.

An einem anderen Tag stiegen wir mit steilen Eisenleitern auf den Ottofelsen, einem 36 m hohen Felsbrocken und hatten einen herrlichen Rundblick. Den scheinbar endlosen Bergen des Harzes sah man von hier aus nicht die Teilung in Ost und West an. Hinter uns auf einem Hügel lag das Schloss Wernigerode und vor uns türmte sich der wuchtige unerreichbare Brocken. Wir waren nur ca. 10 km Luftlinie von der deutsch-deutschen Grenze entfernt. Ich glaubte, in der Ferne die Hunde bellen zu hören, die die Grenze bewachten. Aber mein Vater sagte: „So weit kann man das nicht hören. Du hörst ja auch nicht in Königsaue, wenn ein Hund in Aschersleben bellt!"

In Elbingerode begegneten wir Frauen in langen schwarzen Kleidern und weißen Hauben. „Sie sind Diakonissen, erklärte die Mutter, christliche Nonnen, die hauptsächlich in der Krankenpflege arbeiten, in Kinder- oder Seniorenheimen oder in armen Ländern."

Ich fand das sehr interessant. Aber die Begeisterung dafür wurde mir schnell ausgeredet. „Diakonissen dürfen nicht heiraten und Kinder kriegen. Ich glaube, dafür bist du gar nicht geschaffen. Du musst erst mal weiter in die Schule gehen."

Sept. 1961: Auf der EOS in der Kreisstadt

Die meisten meiner Spielgefährten aus der Kindheit gingen weiter im Dorf in die 10-klassige polytechnische Oberschule. Meine Eltern waren stolz, dass ich auf der EOS in der Stadt das Abitur machen durfte. Mit den früheren Freundinnen aus dem Heimatort besuchte ich zwar im September 1961

31

noch einige Wochen lang die Tanzschule. Aber danach wurden die Kontakte immer seltener.

Ich musste täglich mit der Kleinbahn zur Schule fahren und wenn ich zu Hause war, viel lernen.

In die Abiturklasse kamen Schüler aus den umliegenden Dörfern und der Stadt, meist waren es immer zwei befreundete. Ich blieb übrig und fühlte mich isoliert. Ich schrieb Tagebuch und versuchte in Gedichten und Geschichten meine Probleme und Sorgen zu verarbeiten. Mit einem Schlüssel, den ich an der Halskette trug, konnte ich das Tagebuch verschließen. Irgendwann ging es verloren. Aber das ist eine andere Geschichte. Noch heute erinnere ich mich an einige dieser verloren gegangenen Verse.

Die Eltern mochten wohl glauben, dass sie das Beste für ihre Tochter taten. Sie ahnten nicht, dass meine Schulzeit auf der EOS eine sehr bedrückende Zeit wurde.

Kurz nach dem Eintritt in die Schule wurden einige Lehrer und Schüler von der Schule verwiesen, angeblich weil sie staatsfeindliche Ansichten verbreitet hatten. Einige Schüler hatten kurz vor den Abiturprüfungen gestanden. Ich kannte sie nicht näher, aber als der Englischlehrer, Herr Giggel, der bei allen sehr beliebt war, sich für immer von der Klasse verabschiedete, indem er jedem die Hand drückte und ein paar freundliche Worte sagte, standen allen die Tränen in den Augen.

Später beging eine Mitschülerin der Parallelklasse Selbstmord, angeblich aus Liebeskummer. Niemand aus ihrer engsten Umgebung hatte geahnt, dass so etwas passieren konnte. Sie war wohl mit ihren Problemen genau so allein geblieben wie ich. Und hätte es für mich nicht eines Tages ein anderes unerwartetes Ereignis gegeben, das letztlich Hilfe brachte, wer weiß, was mir passiert wäre.

1962: Abschied von Herrn Winkler

Eines Tages, als ich von der Schule nach Hause ging, stand Herr Winkler auf seinem Stock gestützt vor der Haustür. Er sah blass und krank aus. Er tat mir leid und ich bedauerte sehr, dass ich mich schon lange nicht mehr bei ihm gemeldet hatte. Ich überlegte, ob ich ihn ansprechen sollte, aber da machte er schon den ersten Schritt auf mich zu und sagte: „Ich habe auf Sie gewartet. Ich habe gehört, dass Sie jetzt auch Englisch in der Schule lernen." Dass er mich jetzt mit Sie anredete, störte mich sehr. Es war, als waren wir uns wieder fremd geworden. „Sprechen Sie doch bitte wie früher mit mir, Herr Winkler, mit dem Sie komme ich mir komisch vor."

„Na gut, aber inzwischen sehe ich ja ein junges Fräulein vor mir, das schon vor einiger Zeit Jugendweihe hatte." Ein kaum merkbares Lächeln huschte über sein Gesicht. Er bat mich hinauf in seine Wohnung, weil er mir etwas Wichtiges zeigen und sagen wollte. Diesmal ging es nicht um die Schmetterlinge. Er zeigte mir Briefe und Postkarten aus aller Welt."

Erst jetzt erfuhr ich, dass Herr Winkler in seinem Berufsleben ein Dolmetscher und Übersetzer gewesen war. Er sprach perfekt spanisch, französisch und englisch. Als er sich zur Ruhe setzen musste, begann er Schmetterlinge zu sammeln. Er fand so viel Freude daran, dass er in vielen ausländischen Zeitungen inserierte und mit Leuten aus aller Welt in Verbindung trat, um Schmetterlinge auszutauschen.

Er fragte mich in einer seltsam berührenden Art: „Glaubst du, dass jemand mit einem Achtzigjährigen korrespondieren möchte?" Dann erzählte er, dass er sich leider nur mit jungen Menschen austauschen konnte und dazu musste er selber jung sein. Also sah er keine andere Möglichkeit, als seine Schreibfreunde in aller Welt zu täuschen. Er schickte ihnen Fotos aus seiner Jugendzeit und gab sich als Handelsreisender aus. Eigentlich war er ein ehrlicher und ehrenhafter Mensch. Jetzt wollte er sein Gewissen beruhigen und um Vergebung bitten.

Ein Schreibfreund lag ihm besonders am Herzen. Er zeigte mir das Bild eines jungen Nigerianers in traditioneller Bekleidung seines Ibo-Stammes und sagte: „Er heißt Ibrahim Mamuru, ist ein ehrlicher Mensch und ist es nicht wert, belogen zu werden. Ich hoffe, er kann mir verzeihen. Hättest du wohl Interesse, ihm die Wahrheit über mich zu schreiben?"

Ich versprach es ihm.

Als ich ihn fragte, wie er an so viele ausländische Adressen gekommen war, schrieb Herr Winkler mir die Adresse von *pen friends* in der Tschechoslowakei auf. Sie vermittelten internationale Brieffreundschaften.

Herr Winkler starb tatsächlich einige Tage später.

Ibrahim, der Schreibfreund

Ich hielt mein Versprechen und schrieb dem jungen Mann aus Nigeria die Wahrheit über Herrn Winkler. Ibrahim wurde danach mein lebenslanger Schreibfreund. Für ihn war Herr Winkler immer ein junger aufgeschlossener Mann gewesen. Er hatte nie daran gezweifelt, mit einem 25-jährigen Mann zu korrespondieren.

Ich war 15, als der Briefwechsel begann. Ibrahim war sechs Jahre älter und hatte schon einige Lebenserfahrung. Er wurde für mich das lebende Tagebuch, dem ich alles anvertrauen konnte. Er schrieb zuverlässig und gab immer interessante Antworten auf meine Fragen. Da ich die Briefe in Englisch schreiben musste, war ich im Fach Englisch bald besser als die anderen aus meiner Klasse und gewann Einsichten, zu denen ich ohne ihn niemals gelangt wäre. Einmal schrieb ich ihm von dem geteilten Berlin und dass die Menschen in der

DDR eingesperrt seien. Nie im Leben könnten sie in ein westliches Land reisen, auch wenn sie das Geld dazu hätten. Sie waren nicht frei. Darauf antwortete er: „Ich bin auch nicht frei. Zwar könnte ich reisen, wohin ich wollte, aber ich habe kein Geld." Wir stellten fest, dass es Freiheit nicht für alle Menschen gab und dass wir zu denen gehörten, die aufgrund unserer Geburt benachteiligt waren und wohl nie frei sein würden. In der Schule lernte ich im Fach Staatsbürgerkunde: Freiheit ist Einsicht in die Notwendigkeit. Sollte ich einsehen, dass es im Sozialismus keine Freunde hinter den Grenzen geben durfte? Müsste es nicht besser heißen: Freiheit ist absolut notwendig?

Mein Bruder, der nun schon ein paar Jahre im Westen lebte, schickte ab und zu eine Ansichtskarte aus dem Urlaub: aus Tirol, vom Gardasee oder aus Jugoslawien. Ich war begeistert von den schönen bunten Karten und begann, eine Sammlung von Ansichtskarten anzulegen. Es war ein schönes, aber auch trauriges Hobby, denn ich würde nie zu meinem Bruder reisen können und auch nie zu den Orten auf den Ansichtskarten. Ich sprach mit niemandem über derartige Gedanken. Ich kannte auch keinen in der Klasse, der Westverwandtschaft oder andere Auslandskontakte hatte.

Das Mädchen, das in seiner Kindheit so viele Spielfreunde gehabt hatte, wurde zur Einzelgängerin. Ich begann an allem zu zweifeln und alles kritisch zu hinterfragen.

Womit ich mich beschäftigte, wussten nur mein Tagebuch oder Ibrahim. Während die Mutter Pakete in den Westen schickte und wir auch Westpakete bekamen, schrieb ich Briefe. Die Briefe an den Bruder hatten meist nur oberflächlichen Inhalt, über das Wetter, das Alltagsleben oder über den Wellensittich Jumbo, den sie hinterlassen hatten und der nun mit Wellensittich Jacki zusammenlebte.

Mein Leben pendelte sich dennoch in eine Art Gleichgewicht

ein. In der EOS gehörte ich zwar nicht mehr zu den Klassenbesten, dafür aber nahm ich intensiver an außerschulischen Arbeitsgemeinschaften teil, wie Schulchor oder Zeichenzirkel.

In meiner Freizeit schrieb ich inzwischen nicht nur Briefe an den Bruder und Ibrahim, sondern hatte mir über *pen friends* in der Tschechoslowakei Adressen aus aller Welt besorgt, aus Indien Jaswant Singh Tind, aus Japan Toshio Terai, aus Italien Günter Schwarzer, aus Frankreich Gerard Degieux und aus England Bridget Shreadgill.

Der Russischlehrer hatte ebenfalls Adressen verteilt und erhoffte sich dadurch bessere Noten seiner Schüler. Also schrieb ich auch an Nadejda Boizowa in der Sowjetunion.

Ich war immer gut beschäftigt mit mir und den anderen unbekannten Menschen. Ich erfuhr viel über die Schreibfreunde und das Leben in anderen Ländern. Doch ich würde diese Menschen nie im Leben von Angesicht zu Angesicht kennenlernen.

1963: Abriss des Heimatdorfes

Von staatlicher Seite war beschlossen worden, das Dorf Königsaue abzubaggern und die Einwohner in die Kreisstadt sowie in einen neu zu errichtenden Ort umzusiedeln. Braunkohle war wichtig für die Volkswirtschaft. Zuerst wurden die Gräber des Friedhofs umgebettet. Dann fraßen sich riesige Bagger und Planierraupen durch den Ort. Alle Gebäude wurden gesprengt und in Schutt und Asche gelegt, der Wasserturm, das Schochsche Gutshaus, das unsere Schule geworden war, das Kulturhaus, das Landwarenhaus, das Majoranwerk, die Windmühle, die beiden Kirchen und natürlich auch das 15 Familien-Haus, in dem ich meine Kindheit verbracht hatte.

In der Kreisstadt erhielten wir eine Neubauwohnung und lebten nun nicht mehr mit den ehemaligen Nachbarn zusammen.

Der Abschied vom Dorf fiel vielen Menschen schwer, vor allem aber den älteren. Ich hatte den Vorteil, Aschersleben bereits zu kennen. Ich war schon 2 Jahre lang mit Kleinbahn oder Bus dorthin zur Schule gefahren und vor dieser Zeit hatte mein Bruder dort gelebt. Aber es war dennoch sehr traurig, mitzuerleben, wie das Dorf zerstört wurde und für immer verloren ging. Orte, an denen ich mit Freunden und Schulkameraden gespielt hatte, gab es nur noch in der Erinnerung. Unvergesslich wird der Silvesterabend 1962 bleiben. Der Pfarrer, Marias Vater, hatte uns erlaubt, dass Maria, Gudrun und ich die Glocken der evangelischen Kirche läuteten. Wir strengten uns tüchtig an, hängten uns abwechselnd in die Seile und brachten die Glocken in Bewegung, um das Neue Jahr einzuläuten. Aber es war ein trauriger Abschied. Es war das erste und letzte Mal, dass ich die Glocken läutete. Kurze Zeit später wurde die Kirche gesprengt, in der ich getauft wurde, Hochzeiten miterlebte und zu Weihnachten Krippenspiele sah.

Wie viele andere Menschen musste ich mich aber daran gewöhnen, dass sich alles änderte. Das nicht enden wollende Abschiednehmen von geliebten Menschen gehörte bereits zum alltäglichen Leben. Und jetzt kam noch der Abschied vom Dorf und seinen Menschen hinzu. Gemeinsam mit anderen Betroffenen darüber zu klagen, ergab keinen Sinn. Die Kontakte zu meinen Freundinnen und Klassenkameraden gingen zwar nicht endgültig in die Brüche, aber man entfernte sich mehr und mehr, denn jeder zog an einen neuen Wohnort. Das Schreiben half mir, Dinge zu verarbeiten, und wurde zur notwendigen Lebenshilfe. Das einstige Dorf Königsaue lag dort, wo jetzt der Königsauer See ist. Umgeben von Büschen und Bäumen ist es heute ein unzugängliches Naturschutzgebiet, ein Paradies für Vögel und seltene Tierarten.

1965: Julia und die Abschlussfahrt nach Ungarn

Wie das Leben so spielt, kamen auch immer wieder schöne Ereignisse hinzu, die Spuren im Gedächtnis hinterlassen. Der beliebte Englischlehrer Dr. Blume hatte für die Abschlussfahrt der Abiturklasse einen deutsch/ungarischen Klassenaustausch organisiert, mit der Absicht, Land und Leute kennenzulernen und die englische Sprache zu fördern.

Der Klassenaustausch nach Ungarn war für DDR-Verhältnisse außergewöhnlich. Normalerweise kannte man so etwas nur aus den westlichen Ländern, wo man nach England oder Frankreich fuhr, um die Landessprache zu lernen.

Nicht alle Eltern meiner Klasse konnten das notwendige Geld für die Ungarnfahrt aufbringen. Aber meine Eltern taten alles, was mir nützen konnte.

Zuerst kam Julia in die deutsche Familie, dann fuhr ich zu Julia. Wir beide verstanden uns auf Anhieb sehr gut. Für mich war das ein Grund, etwas Ungarisch zu lernen, und Julia lernte Deutsch hinzu. Wir besuchten uns immer wieder gegenseitig, auch als wir später eigene Familien und Kinder hatten.

In den ersten Jahren sprachen wir nur Englisch miteinander und mussten immer unsere Wörterbücher dabei haben. Wir brauchten viel Fantasie, wenn wir etwas sagen wollten und die Wörter dafür nicht kannten.

Ich mochte Ungarn sehr. Dort war alles heller und bunter als in der DDR. Durch den engen Kontakt mit Julias Familie lernte ich mehr vom Land kennen als jeder andere Urlauber, der nur an den Plattensee oder nach Budapest fuhr. Ich fühlte mich in Julias Familie fast wie zu Hause. Ihre Eltern und der Bruder standen mir sehr nahe und wir hatten immer viel Spaß miteinander.

1965: Abitur und Bernd

Ich tat das, was alle Jugendlichen taten, ins Kino gehen oder zum Tanzen. Mit einer Klassenkameradin teilte ich meine Hobbys, Singen und Zeichnen. Da wir in die gleichen Arbeitsgemeinschaften gingen, befreundeten wir uns nach und nach. Ich lernte dadurch auch andere Jugendliche aus der Stadt kennen, verliebte mich und trennte mich wieder. Keiner der jungen Männer konnte meinem nigerianischen Schreibfreund das Wasser reichen. Es musste einer sein, dem ich alles erzählen konnte und der immer zu mir halten würde.

Meine Ausbildung hieß Abitur mit Facharbeiterbrief. Eine Woche musste man auf dem Volksgut arbeiten und drei Wochen war man in der Schule.

Einmal im Monat traf ich mit anderen Abiturienten auf dem Volksgut zusammen, deren Ausbildung ähnlich war, nur dass sie Facharbeiter mit Abitur hieß. Dazu gehörte auch Bernd, ein gut aussehender interessanter Schüler, im gleichen Alter wie ich. Er unterschied sich sehr von den anderen, konnte Gitarre spielen und hatte eine ganz besondere eigene Meinung. Er war im Kinderheim groß geworden. Seine Eltern waren in den Westen geflüchtet, als er drei Jahre alt war, und hatten ihn und zwei weitere Geschwister zurückgelassen. Eigentlich hätte er dem Staat dankbar dafür sein müssen, dass er im Heim groß geworden war. Aber er hatte viel Schlimmes erlebt, das er wohl nie verkraften würde. Auf die Erzieher war er nicht gut zu sprechen. Die Strafen im Heim nahmen kein Ende. Wie oft hatte er nachts barfuß und mit erhobenen Händen auf dem Flur stehen müssen, nur weil er seinem Bettnachbarn etwas zugeflüstert hatte. Dabei erkältete er sich die Blase und wurde krank. Wie oft musste er erleben, dass er nicht einmal zu Weihnachten ein Stück

Schokolade bekam. Die Erzieher hatten alles für ihre eigenen Kinder mit nach Hause genommen. Niemand kümmerte sich im Heim um die Seelen der Kinder. Nie hatte er auf jemandes Schoß gesessen, keiner tröstete ihn oder kontrollierte die Hausaufgaben und half bei Problemen. Nein, die Ideologie des Staates war nicht die, an welche er glaubte. Dass er es überhaupt in eine Abiturklasse geschafft hatte, lag einzig und allein an seinem starken Willen. Bernd war sehr intelligent und liebte Mathematik und Biologie. Er war auch ein sehr guter Sportler und holte etliche Preise im 100 m-Lauf. Er wirkte schon wie ein Erwachsener. Ich bewunderte ihn für das, was er aus sich gemacht hatte.

Inzwischen ging das letzte Schuljahr zu Ende und die Abiturprüfungen standen an. Ich bestand das Abitur mit der Note befriedigend. Einsen hatte ich nur in Englisch und Kunsterziehung. Mir schwebte vor, Porzellanmalerin in Meißen zu werden, was leider nicht glückte. Ich bewarb mich für eine Lithografie-Lehre und auch als Glasmalerin. Schließlich wurde ein Pädagogikstudium daraus mit der Fachrichtung Biologie und Chemie, was nicht meine erste Wahl gewesen war.

Ich kannte Bernd nun ein halbes Jahr und jeder hatte seine eigenen Vorstellungen von der Zukunft und seinem Studium. In den nächsten Monaten würden sich unsere Wege trennen; ich würde nach Güstrow (Mecklenburg) zum Pädagogikstudium gehen, er nach Löbau (Sachsen) zur Offiziershochschule. Wir würden uns schreiben und ab und zu wiedersehen. Voraussichtlich hätte die Entfernung voneinander irgendwann zu unserer Trennung geführt.

Aber es kam anders und es wäre besser nicht so gekommen. Ich hatte gerade erst mein Studium angefangen, als ich bemerkte, dass ich schwanger war.

Kapitel III – Studium, Kinder, Arbeit

1965/66: Heirat, Studienabbruch. Franks Geburt, Scheidung
Wir sahen es wohl beide als unsere Pflicht an, zu heiraten.
Bernd wollte kein Kind in die Welt setzen, das ohne Vater
groß wurde. Er wollte eine Familie gründen, die er selbst
nicht gehabt hatte. Aber so einfach wurde es nicht, wir waren
beide erst 18 Jahre und hatten gerade unsere Ausbildung
angefangen. Jeder wollte sein Studium zu Ende bringen.
Am 31.12.1965 heirateten wir, nur im Kreis meiner Eltern
und Großeltern. Eine Traumhochzeit sah anders aus.
Kurz vor den Prüfungen an der Pädagogischen Hochschule
wurde unser Sohn Frank geboren. Ich musste das Studium
aufgeben, denn ich hätte die Prüfungen nicht bestanden. Ich
hatte weder Zeit zum Lernen, noch Mut und Kraft, an mich
zu glauben. Bernd war nicht der liebevolle Partner, den ich
mir gewünscht hatte, er war ja selber noch zu jung und
unerfahren, um ein guter Vater und Ehemann zu sein. Es
war, als hätten zwei Kinder ein Kind bekommen. Wir wohnten noch bei meinen Eltern in einem halben Zimmer. Es gab
oft Streit. Bernd konnte nicht Gitarre spielen, weil er dann die
anderen störte, vor allem das Baby. Ich konnte keine Briefe
oder Tagebuch schreiben, dann wäre Bernd eifersüchtig
geworden. Ich war froh, wenn er wieder nach Löbau fuhr.
Ich besuchte an der Volkshochschule einen Kurs für Steno
und Schreibmaschine. Danach nahm ich eine Arbeit als
Schreibkraft im Wohnungsbaukombinat an. Einmal musste
ich dort in der Betriebsküche aushelfen, Kartoffeln zu schälen,
weil Leute fehlten. Zufällig konnte ich mit anhören, wie über
mich geredet wurde: „Die kann ja nicht mal Kartoffeln schälen."
„Kein Wunder! Die hat Abitur."
„Sie war immer ein verwöhntes Kind. Bei der Auswahl zum

Abitur entschied sich die Schule damals für sie statt für einen Jungen, der die gleichen Noten hatte, nur weil sie ein Arbeiterkind war und seine Eltern Selbstständige. Sie hätte auf den Abiturplatz verzichten sollen, denn sie hat es ja am Ende zu nichts gebracht."

Das zu hören, tat weh. Meine Mitmenschen hielten also nichts von mir. Man schaute mir freundlich ins Gesicht und redete herablassend hinter meinem Rücken. Ich versuchte, mich davon nicht beeinflussen zu lassen. Aber mir war selbst klar, dass ich das nicht konnte. Ich hatte ja tatsächlich versagt.

Nach eineinhalb Jahren, in denen ich als Schreibkraft beim Wohnungsbau gearbeitet hatte, kam es zum endgültigen Bruch mit Bernd.

Er hatte mein Tagebuch und die Briefe von Ibrahim gefunden und sie gelesen. Danach hatte er mich als dumm und naiv bezeichnet. Als ich zu weinen anfing, nahm er das Tagebuch und die Briefe und zerriss sie vor meinen Augen. Für mich waren sie die wichtigsten Aufzeichnungen, die mir Halt im Leben gegeben hatten. Für ihn war es nur Kinderkram.

Als ich zu ihm sagte: „Ich werde mich scheiden lassen", antwortete er nur: „Tu das!"

Er fuhr zurück nach Löbau und ich reichte gleich am nächsten Tag die Scheidung ein. Wir wurden schnell und problemlos geschieden, da wir uns einig waren, dass wir nicht zusammenpassten. Ich war gerade 20 und bekam das Sorgerecht. Eigentlich aber war es meine Mutter, die sich liebevoll bis zum 5. Lebensjahr um ihren Enkel kümmerte. Sie hatte ihre Arbeit im Bergbau aufgegeben und ich arbeitete dafür ganztags im Büro.

Einmal am Wochenende hatte Bernd seinen kleinen Sohn abgeholt und mit ihm etwas unternommen. Ich hielt mich zurück, aber meine Eltern sagten zu ihm, es wäre besser, wenn er nicht mehr kommen würde. „Das Kind wird nur hin-und hergerissen."

Er kam dann auch nicht mehr und der Sohn lernte den Vater nicht kennen.

Glücklich war ich nicht mit meiner Situation. Ich bereute, dass ich nicht wenigstens versucht hatte, das Studium weiterzuführen. Das Gehalt als Schreibkraft war zu gering und mein Selbstwertgefühl war im Keller. Ich war gescheitert, noch bevor mein Erwachsenenleben angefangen hatte.

1967/1968: Halle-Neustadt

Als der Betrieb mir vorschlug, nach Halle-Neustadt auf Montage zu gehen, um mehr zu verdienen, nahm ich das Angebot in Absprache mit den Eltern an. In Halle-Neustadt wurden zu dieser Zeit zahlreiche Wohnungen in Plattenbauweise für die Chemiearbeiter von Leuna und Buna errichtet.

Ich war während der Woche in einem Arbeiterwohnheim untergebracht, wie alle anderen, die auf Montage waren. Mit Vera, einer gleichaltrigen, noch ledigen Frau, befreundete ich mich. Wir arbeiteten beide als Schreibkräfte in der technischen Abteilung, zu der verschiedene Bauingenieure gehörten.

Bis auf den Abteilungsleiter waren wir alle junge und abenteuerliche Leute. Nach Feierabend verabredeten wir uns oft, um etwas gemeinsam zu unternehmen, und wurden bald zu einer engen Gemeinschaft.

Seltsamerweise blieben mir von Halle-Neustadt die Erlebnisse mit der Volkspolizei am besten in Erinnerung. Ziemlich idiotisch war ein Abend, als die ganze Gruppe nach Halle, ins Steintor-Varieté gehen wollte.

Wir waren spät dran und es war inzwischen dunkel geworden. Unweit einer Straßenbahnhaltestelle mussten wir die Straße überqueren. Da die Ampel eine sehr lange Rotphase hatte und kein Auto kam, gingen wir schnell im Gänsemarsch über die Straße. Am anderen Ende aber warteten schon zwei Polizisten.

Einer nach dem anderen wurde abkassiert und musste ein Bußgeld von 15 Mark bezahlen.

Ein anderes Mal hatten wir nach Feierabend in unseren Büroräumen ein geselliges Zusammensein organisiert. Es hatte reichlich Alkohol gegeben und wir tanzten bis in die Nacht hinein. Punkt Mitternacht kamen drei Polizeibeamte, um die Feier aufzulösen, da sie nicht angemeldet war. „Verlassen sie bitte auf der Stelle das Gebäude und gehen sie nach Hause!" Die Sekretärin, eine gut proportionierte Dreißigjährige mit langen roten Haaren, hatte sich genug Mut angetrunken und versuchte es mit Charme: „Aber liebe Polizei, seien sie doch mal nicht so."

Zwei der Polizisten versuchten, sie hinauszubefördern. Sie schrie: „Fassen sie mich gefälligst nicht an, sie Schweine!" Sie holte tüchtig aus und gab einem der beiden eine kräftige Ohrfeige, wobei ihre Fingernägel eine Blutspur in seinem Gesicht hinterließen. Sie riss sich los und rannte davon. Allen war klar, dass es ein Nachspiel geben würde.

Am nächsten Tag war die Sekretärin noch vor Arbeitsbeginn zum Friseur gegangen und kam mit einer blonden Kurzhaarfrisur zur Arbeit.

Gegen Mittag erschienen die drei Polizisten noch einmal in der Baubaracke, um die Rothaarige ausfindig zu machen. Die Arbeitskollegen gaben bereitwillig Auskunft, aber keiner kannte eine Frau, auf die die Beschreibung der Polizei passte, nicht einmal die blonde kurzhaarige Sekretärin, die sonst alles wusste.

Fast jeder hatte frühmorgens ein Kofferradio dabei, wenn er gegen 6.00 Uhr auf der Straße zwischen den großen Wohnblocks zur Arbeit ging. Die Polizei in Halle-Neustadt sorgte für Ruhe und Ordnung und war immer in der Nähe, um Ruhestörer zu erwischen. Aber Jugend wäre nicht Jugend, wenn sie nicht provozieren würde. Selbst ich gönnte mir das Mitmachen. Wir drehten die Kofferradios laut auf und gingen damit die Straße hinunter, an deren Ende die Polizei schon auf uns wartete. Wenn wir näherkamen, drehten wir die Musik aus. Wir wurden natürlich kontrolliert und uns wurde angedroht, eine Strafe zu zahlen, oder sie würden die Radios konfiszieren. Wir beteuerten jedes Mal, dass wir unsere Radios nicht angemacht hätten, es mussten andere gewesen sein. Und es sei ja nicht verboten, ein Radio zur Arbeit mitzunehmen, oder?

Die Regierung war besonders stolz auf den Block 10, der mit 380 m der längste Wohnblock der DDR war. Auf 10 Stockwerken, in denen es 536 Ein- und 320 Mehrzimmerwohnungen gab, konnten 3000 Menschen wohnen. Das waren 1000 mehr, als in meinem Dorf gewohnt hatten.

Einmal, im März 1968, erlebte ich hier den Besuch Walter Ulbrichts, was für mich ein seltsames Ereignis war.

Ich stand nur wenige Meter hinter einer Absperrung vor dem Staatsratsvorsitzenden und konnte ihn genau betrachten. Für einen Moment bekam ich einen Schreck. Sein Gesicht sah gelblich aus wie bei einer Wachspuppe, es war ohne Mimik, als sei er kein lebendiger Mensch. Er hielt eine Dankesrede auf die Bauarbeiter und sprach vom weiteren Aufbau des Sozialismus in der Chemiearbeiterstadt. Es ging nicht nur um Bau von Schulen, Krippen, Kindergärten und Einkaufszentren, sondern auch um ein verbessertes Kulturleben. Es war eine jener Reden, die man so oder ähnlich immer wieder zu hören bekam. Ich konnte weder Begeisterung noch Ablehnung empfinden, nur Leere und Ratlosigkeit und meine Gedanken schweiften ab. Als ich 15 war, hatte ich nachts heimlich Radio Luxemburg und die neuesten Hits der Beatles gehört. Mit Ibrahim hatte ich darüber korrespondiert und mit Begeisterung Englisch gelernt. Walter Ulbricht hatte sich mit seiner Äußerung zur Beatmusik öffentlich blamiert, als er sagte: *„Ist es denn wirklich so, dass wir jeden Dreck, der vom Westen kommt, nur kopieren müssen? Ich denke, Genossen, mit der Monotonie des Je-Je-Je, und wie das alles heißt, ja, sollte man doch Schluss machen."*

Von Ulbrichts Rede für die Bauarbeiter blieb mir nichts im Gedächtnis. Aber dieses gelbliche Wachsgesicht sehe ich noch heute vor mir.

In Halle Neustadt gab es in der Einkaufsmeile verschiedene Geschäfte, wie Kaufhalle, Post und Apotheke, aber auch eine kleine Gaststätte, in der eine Musikbox stand. Dort konnte man durch Knopfdruck und Bezahlung einer Gebühr Schallplatten anhören. Mehrmals waren wir nach Feierabend dorthin gegangen, hatten etwas getrunken und Musik angehört. Einmal hatten wir es allerdings übertrieben. Die Männer mochten Hazy Osterwalds „Criminal Tango"und ließen ihn mehrmals ablaufen. Dabei forderten sie uns Frauen zum Tanz auf. Aber das erlaubte der Wirt nicht: „Hier ist keine Tanzgaststätte. Verlassen sie sofort die Gastwirtschaft, sonst muss ich die Polizei rufen!"

Es war ein schöner Sommerabend und viel zu früh, um schlafen zu gehen. Da entschlossen wir uns, am Baggersee schwimmen zu gehen und dabei Musik aus dem Kofferradio anzuhören. Zur Schlagermusik von Frank Schöbel und Chris Doerk konnten wir dann zwar keinen Tango tanzen, aber die Männer sprangen bei „Links von mir, rechts von mir" von den Baggerseeklippen ins Wasser und tauchten unter.

Wenn es keine Verabredungen mit den Arbeitskollegen gab, beschäftigte ich mich abends mit den Fachbüchern, die ich von meinem abgebrochenen Biologie-/Chemie-Studium noch besaß und mitgenommen hatte. Ich wusste, dass die

Montagezeit eine vorübergehende Sache war. So konnte es nicht bis zum Rest meines Lebens weitergehen. Viele meiner Arbeitskollegen waren liiert oder hatten Familie und fuhren am Wochenende nach Hause. Auch Vera würde demnächst heiraten. Alles würde sich ändern. Ich hatte in Halle Neustadt eine gute Zeit erlebt, aber ich musste an die Zukunft denken und für meinen kleinen Sohn da sein. Ein neuer Lebensabschnitt musste beginnen.

Als die Zeit der Aufnahmeprüfungen am Pädagogischen Institut in Kröllwitz kam, besorgte ich alle Unterlagen, die ich für ein erneutes Studium brauchte und bewarb mich noch einmal für das Biologie/Chemie Studium. Ich wollte vor allem mir selbst beweisen, dass ich dieses Studium zu Ende bringen konnte. Ich bestand die Aufnahmeprüfung, aber mir wurde eindringlich gesagt, dass ich dem Staat Geld koste, und wenn ich dieses Studium noch einmal abbrechen würde, bekäme ich nie wieder einen Studienplatz.

August 1968: Ungarn, Puszta, Blumenkarneval Debrecen
Bevor ich das Studium erneut aufnahm, fuhr ich zwei Wochen zu Julia nach Ungarn. Es war mein zweiter Besuch nach dem Klassenaustausch. Julia studierte jetzt in Budapest Außenhandel und hatte Semesterferien, genau wie ihr Bruder, der in Moskau studierte. So konnten wir zusammen unsere Zeit verbringen. Der Bruder sprach inzwischen fließend Russisch. Unsere allgemeine Verständigungssprache aber blieb Englisch. Julias Eltern hatten Freude daran, uns eine schöne Zeit zu bieten. Sie waren nicht reich, aber sie waren auch nicht arm. Der Vater war Maurermeister und sein eigener Chef, die Mutter mit Leib und Seele Hausfrau. Sie kochte und backte in dem kleinen Backhaus auf dem Hof die schmackhaftesten Kuchen und Gerichte. Oft nahmen wir draußen am Tisch

unter dem großen Kastanienbaum das Frühstück ein. Der Vater war der Typ eines Ungarn, wie man ihn sich vorstellt, braun gebrannt, mit einem Schnauzbart und stets gut gelaunt. Aus dem Frühstück machte er immer eine Zeremonie. Er kam mit einer Flasche Barack Palinka und Schnapsgläsern der Größe 2 Deka an den Tisch und bestand darauf, erst einmal ein Gläschen zu trinken. Ich war das Alkoholtrinken nicht gewöhnt, aber aus Gründen der Gastfreundschaft konnte ich nicht ablehnen und ließ es über mich ergehen.

Einmal wurde es recht peinlich für mich, und nicht nur, weil ich beschwipst war. Der Vater erhob sein Glas: „Egészségedre! Prost!" Als ich den Toast erwiderte, fingen alle an zu lachen und wollten gar nicht mehr aufhören. Julia erklärte: „Du musst das Wort lang aussprechen, also etwa: egges scheegedre. Wenn du schegg sagst, ist das ein schlechtes Wort. Sie zeigte auf ihr Hinterteil. Aha, ich hatte verstanden. „Bocsánat. Entschuldigung." Danach wurde ein kleiner schwarzer Kaffe (kis fekete kávé) getrunken und dann gab es frisch gebackene Kifli mit Aprikosenmarmelade und dazu Melone.

Missverständnisse hatte es auch beim Mittagessen gegeben. Mein Magen lehnte einige der ungewohnten Speisen ab, z. B. Letscho oder Hühnersuppe mit Hühnerbeinen, an denen die Krallen noch dran waren. Für Julias Vater war das allerdings eine Delikatesse. Er übernahm gern mein Hühnerbein und knabberte genüsslich die Haut davon ab. Richtig schlimm erging es mir mit der scharfen Fischsuppe. Ich musste nach dem ersten Löffel derart nach Luft ringen, dass ich fürchtete, zu ersticken. Durch eine Art Wiederbelebungsklatschen auf den Rücken ging alles noch einmal gut.

Ähnliches hatten Julia und ich im Jahr zuvor mit dem Bruder erlebt, der das in der DDR beliebte Tatar (rohes Rinderhack mit Ei, Zwiebeln und Gewürzen) nicht bei sich behalten konnte. Seitdem benutzten wir das Wort Tatar für alles, was wir nicht mochten. Es war durchaus erlaubt, etwas abzulehnen, bevor es zu Schlimmerem kommen konnte. Die Gastgeber gewannen die Einsicht, dass man als Fremder nicht alles vertragen konnte. Andere Völker, andere Sitten. Es ging also weit über die Gastfreundschaft hinaus.

Puszta

Einmal fuhren Julia, ihr Bruder und ich mit dem Vater in die Puszta, nach Hortobagy zum Brückenmarkt, in der Nähe der berühmten Neunbogenbrücke. Es war nicht weit entfernt von Debrecen. Irgendwann bog der Vater von der Landstraße auf eine unbefestigte Straße ab, die durch eine ärmliche Siedlung führte, die nur aus wenigen kleinen Lehmhäusern mit Schilfdächern bestand. Hühner, Gänse, und Schweine liefen über die Dorfstraße und zwischendrin rannten noch kleine rotznäsige Kinder in schmutzigen, abgerissenen Sachen. Julias Vater musste sehr langsam fahren und höllisch aufpassen, damit nichts passierte. Vor den Häusern saßen Frauen in langen bunten Kleidern und erzählten miteinander, als wäre das hier das Normalste auf der Welt. Manche von ihnen hatten ihre Brüste entblößt und stillten ihre Babys.

Von Armut in Ungarn hatte ich bisher noch nie etwas gesehen und empfand Mitleid mit diesen Menschen. Das hier war ein völliger Gegensatz zum Leben in Julias Familie oder meiner eigenen. Es war die Schattenseite des Lebens und wir lebten auf der Sonnenseite.

Aber Julia erklärte mir, dass ich kein Mitleid haben brauche. Es seien Sinti und Roma und der freie Wille dieser Menschen, so zu leben.

Der Staat hatte wohl versucht, sie in Neubauten unterzubringen und an eine geregelte Arbeit zu gewöhnen, aber das sei nur zu einem geringen Teil gelungen. Viele wollten kein anderes Leben. Was sie aber hervorragend konnten, war Geige spielen und andere Streichinstrumente.

Hinter der Siedlung breitete sich ein scheinbar endloses gelb-grünes Steppenland aus mit einem riesigen Himmel darüber, die weite Tiefebene der Puszta. Ab und zu war ein alter Bauern-hof in der Landschaft zu erkennen oder ein alter Ziehbrunnen, der seine Arme weithin in die Luft streckte. Wir beobachteten, wie geschickt die Hirten auf ihren Pferden ritten und den Hunden Befehle gaben, die Schaf- oder Pferdeherden zusammen-zuhalten. Besonders eindrucksvoll waren die Herden der Graurinder mit ihren mächtig gebogenen spitzen Hörnern, die man anderswo nicht sieht.

Bei einer Csárda, nicht weit von der Neunbogenbrücke, fand ein kleines Fest statt. Dunkel bekleidete Reiter zeigten den Gästen ihre einzigartige Schau. Auf zwei Pferden gleichzeitig stehend, trieben sie zwei weitere Pferde vor sich her oder animierten sie dazu, auf zwei Beinen zu stehen, sich hinzu-setzen oder schlafen zu legen.

„Vielleicht sind sie Attilas Nachfahren, die sich nach den Mongolenstürmen hier niedergelassen hatten", versuchte Julias Vater zu erklären. Auf einer Freilichtbühne spielten Musikanten wunderschöne Melodien auf ihren Geigen und eine Gruppe junger Frauen und Männer in Volkstrachten tanzte dazu. (Ritka búza, ritka àrpa,ritka rozs) Es wurde ein Ochse am Spieß gebraten und es gab Kesselgulasch.

Zahlreiche Verkäufer boten ihre Waren an: Paprika-und Knoblauchzöpfe, Tomaten, Melonen, Aprikosen; Korbwaren, Tischdecken. Ich kaufte eine mit rotem Leder überzogene Hirtenflasche für den Vater, einen Weidenkorb für die Mutter und ein Holzpferdchen für meinen kleinen Sohn.

Blumenkarneval

Es war der 20. August 1968, Nationalfeiertag in Ungarn und der letzte Tag vor meiner Abreise. Julia, Joszef und ich sahen uns den Blumenkarneval in Debrecen an, das größte Blumenfestival in Europa, das Teil der Festlichkeiten war. Der Wagencorso wurde von dem Wagen mit der Nachbildung der ungarischen Krone angeführt. Sie bestand aus einem goldglänzenden Blütengesteck mit roten Blütenintarsien und dem goldenen Kreuz obendrauf. Viele Wagen mit den unterschiedlichsten Blumenkompositionen und singenden und feiernden Leuten schlossen sich an und fuhren durch das Stadtzentrum. Wir standen mit vielen anderen Leuten am Straßenrand und verfolgten das bunte Spektakel. Es war laut in der Stadt. Musikbands spielten die Lieder der Band Omega, für deren Liedsänger, dem blonden langhaarigen János Kóbor, Julia besonders schwärmte. Sie nannte ihn Mecky. Für mich war er so etwas wie ein ungarischer Beatle. Im Gedränge trafen wir zufällig auf Arpad und Marika, die auch am Schüleraustausch teilgenommen hatten. Wir tanzten und feierten ausgelassen mit ihnen und den vielen anderen Menschen auf den Straßen bis in den späten Abend.

Meine Tasche war gepackt. Es war Zeit zum Schlafengehen. Morgen ging es nach Hause. Ich freute mich darauf, meinen kleinen Sohn und die Eltern wiederzusehen. Ich hatte eine schöne Zeit mit Julia und ihrem Bruder verbracht und hatte mich gut erholt. Wir waren oft schwimmen gegangen, meist im Debrecener Bad, das sie Strand nannten. Wir hatten Riesenspaß in den Wellenbädern. Einmal waren wir sogar mit Julias Vater in die Höhlenbäder nach Hajduszoboszlo gefahren. Wir waren durch die Höhlengänge geschwommen, hatten uns unter einen Wasserfall gesetzt und das Wasser über den Kopf laufen lassen.

Ich schlief zufrieden ein. Mitten in der Nacht aber gab es plötzlich einen ohrenbetäubenden Knall über dem Haus. Vor Schreck sprang ich aus dem Bett. Ich konnte nur noch ein immer leiser werdendes Dröhnen vernehmen. Aber dann wiederholte sich alles. Ein fürchterliches Geräusch kam näher, wurde lauter und lauter und es knallte über dem Haus. Ich wusste nicht, was ich denken sollte. Hatte etwa ein Krieg begonnen? Ich vermutete, dass es tieffliegende Flugzeuge waren, die in kurzen Abständen über das Haus hinwegflogen. Sie kamen von Osten her.

Julia, die nebenan im Zimmer schlief, war ebenso beunruhigt und stellte das Radio an.

„In der Tschechoslowakei, in Prag gibt es Unruhen", sagte sie. „Konterrevolution und Dubcek". Sollte sich dort wiederholen, was 1953 in der DDR und 1956 in Ungarn geschah?

„Wie soll ich jetzt nach Hause kommen?", fragte ich. Julia zuckte die Achseln.

Die ungarischen Nachrichten gaben am Morgen bekannt, dass für alle DDR-Urlauber in Budapest ein Sonderzug eingesetzt wird, der über die Ukraine und Polen zurückfährt. Was in der Tschechoslowakei vor sich ging, erfuhren wir nicht so genau. Aber dass die Armeen der sozialistischen Staaten eingreifen würden, war zu vermuten. Die Sowjetunion unter Leonid Breschnew hatte die Oberkontrolle über alle sozialistischen Länder und eine Abweichung vom Kurs würde man nicht zulassen. Dubceks Reformen für einen menschlicheren Sozialismus in der Tschechoslowakei mussten strikt unterbunden werden.

Julia und ich hatten uns bisher wenig Gedanken um Politik gemacht. Wir lebten in unserer eigenen Welt, in der es um Studium und Spaß haben ging. Ich hatte zwar als junge Mutter schon mehr Verantwortung als sie, aber meine Eltern nahmen mir viel davon ab. In unserem Denken und Handeln waren Julia und ich keineswegs erwachsen genug. Jetzt wurde uns klar, wie sehr unsere Zukunft von den Maßnahmen der Regierungen abhängen konnte. Das ganze Leben konnte plötzlich anders verlaufen.

21.08.1968: Sonderzug Ungarn-DDR (über Ukraine/Polen)

Es war bekannt gemacht worden, dass der Sonderzug aus Budapest auch in Debrecen halten würde. Julias Mutter gab mir ein großes Lunchpaket und zwei Flaschen Wasser mit und umarmte mich. „Komm gut nach Hause!"
Julia und ihr Vater brachten mich zum Bahnhof: „Melde dich, wenn du zu Hause angekommen bist!" Ein ungutes Gefühl kam auf, als wir voneinander Abschied nahmen und ich in den Zug stieg. Hoffentlich ging alles gut.
Der Zug war voll von Urlaubern, viele mit Schul- oder Kleinkindern. Normalerweise würde eine Fahrt von Budapest bis Berlin ungefähr 15 Stunden dauern. Jetzt musste man mit der doppelten Zeit rechnen, vielleicht auch länger. Es war immerhin eine Fahrt ins Ungewisse.
Mir gegenüber saß ein junges Pärchen. Ich nickte wegen der durchwachten Nacht immer wieder ein und nahm die Landschaft, durch die wir fuhren, kaum wahr. Nachdem ungefähr drei bis vier Stunden vergangen waren, endete die Fahrt erst einmal auf dem ungarischen Grenzbahnhof Zahony, wo es Umspuranlagen gab. Alle mussten in einen anderen Zug steigen, denn in der Ukraine und der ganzen Sowjetunion fuhren nur Züge mit Breitspur.
Ab Zahony waren die Wagen mit hellen Holzbänken ausgestattet und nicht sehr bequem. Auf einer Eisenbahnbrücke überquerte der Zug die Theiß und erreichte bald den ersten

ukrainischen Bahnhof in Chop. Jetzt würde die Fahrt ewig lange durch die Ukraine gehen. Mir gegenüber saßen junge Eltern mit einem Baby. Sie kümmerten sich abwechselnd um das Kleine, wiegten es auf ihren Armen, gaben ihm die Nuckelflasche, fütterten es mit einem Brei aus dem Glas, windelten es und sahen keine andere Möglichkeit, als die stinkenden Windeln aus dem Fenster zu werfen. Es waren Pampers, die sie wahrscheinlich von westdeutschen Verwandten bekommen hatten, denn in der DDR und in Ungarn konnte man diese Dinge noch nicht kaufen.

Der Zug fuhr, ohne anzuhalten durch menschenleere Gegenden und scheinbar endlose Wälder. Ab und zu erschienen riesige Ackerflächen. Nur ein einziges Mal entdeckte ich eine kleine Waldsiedlung und sah eine Frau in Gummistiefeln und einer dicken grauen Wattejacke einen aufgeweichten Feldweg entlanglaufen.

Wahrscheinlich war der Zug auch durch Städte oder Industriegebiete gefahren. Wir müssen durch Lemberg, bzw. Lviv gekommen sein. Aber in Erinnerung blieben mir nur die gewaltige Größe des Landes, die nicht enden wollenden Wälder und die menschenleeren Gegenden. Irgendwie war das ja auch keine Urlaubsreise mehr. Ich wollte nur nach Hause zu meinem Kind und meinen Eltern.

Irgendwann gegen Mitternacht hielt der Zug in Warschau. Die Nacht war dunkel und man konnte vom Bahnhof aus nichts von der Stadt erkennen. Ich konnte mich nicht erinnern, wo die Waggons mit den harten Holzbänken gewechselt wurden. Jedenfalls kamen wir in einem Zug mit kunstledernen Sitzbänken in Görlitz an, nach ungefähr 40 Stunden seit Abfahrt des Zuges in Budapest. Auf dem Bahnhof wurden wir von Freiwilligen und Helfern des Deutschen Roten Kreuzes empfangen, die Getränke und belegte Brötchen verteilten und sich vor allem um alte Leute und Mütter mit Kindern kümmerten. Ich musste noch einige Anschlusszüge nehmen und konnte am Abend die Eltern und meinen kleinen Sohn wieder in den Armen halten. Zum Glück war alles gut gegangen, nicht auszudenken, wenn es eine Trennung für immer geworden wäre.

Prager Frühling

Was tatsächlich in der Nacht zum 21.08.1968 in Prag passierte, erfuhren die Eltern und ich im Westfernsehen.

Eine halbe Million Soldaten aus der Sowjetunion, Polen, Ungarn und Bulgarien waren in die Tschechoslowakei einmarschiert und hatten strategische Punkte des Landes besetzt. Sowjetische Panzer fuhren durch Prag. Es hatte Tote und Verletzte gegeben. Dubček, der 1. Sekretär der kommunistischen Partei und andere hochrangige Regierungsmitglieder wurden festgenommen und nach Moskau gebracht. Dort wurden sie unter Druck gesetzt und später schrittweise entmachtet, zugunsten des linientreuen Gustáv Husák.

Der Staatspräsident der Tschechoslowakei, Ludvik Svoboda forderte seine Landsleute in einer Radioansprache dazu auf, Ruhe zu bewahren. Die NATO verhielt sich ruhig, um der Sowjetunion keinen Vorwand für eine Intervention zu liefern.

Der sogenannte Prager Frühling war bereits 2 Tage später zu Ende. Aber Zehntausende Tschechen und Slowaken verließen das Land in Richtung Österreich und BRD, um zu erwartenden Repressalien zu entgehen.

1968-1972: Halle/Saale, Pädagogikstudium

Ich nahm das Studium ernst, das war ich meinen Eltern, meinem Kind und mir selbst schuldig. Ich wohnte noch 2 Jahre im Internat mit Studentinnen zusammen, die jünger waren als ich, und natürlich war noch keine von ihnen Mutter. Am Wochenende fuhr ich nach Hause. Während der Woche kellnerte ich nach den Vorlesungen in Gaststätten und Eisdielen, um die Eltern finanziell zu unterstützen. Die Mutter arbeitete jetzt stundenweise als Küchenhilfe im Kindergarten, wo sie Frank mitnehmen konnte.

Als ich im Haus der Armee kellnerte, einer Gaststätte, in die viele Armeeangehörige kamen, lernte ich Michael kennen. Er war in Halle stationiert und hatte als Kulturobmann seiner Einheit sogar ein eigenes Büro im ersten Stock der Gaststätte sowie eine eigene Wohnung in einer anderen Straße. Er war geschieden und hatte einen 5-jährigen Sohn, den er in der Stadt öfter besuchte. Er bot mir an, Schreibarbeiten gegen Bezahlung für ihn zu erledigen. Ich nahm das Angebot an und wir kamen uns dabei näher.

Michael war ein ganz besonderer Mensch. Er arbeitete als freischaffender Journalist. Seine Eltern waren beide praktizierende Ärzte und Psychiater. Seine Schwester lebte in der Schweiz. Er kannte die Künstlerszene in Halle und war befreundet mit dem Maler Harald Döring, zu dessen Atelier er mich einmal mitnahm. Ich hatte einen Preis in Malerei beim Studentenwettbewerb gewonnen, aber vielleicht konnten ein paar Stunden Malerei bei Döring mein Niveau noch etwas erhöhen. Letztlich wurde daraus nichts. Ich musste Geld verdienen und am Wochenende fuhr ich nach Hause. Einige Male fuhr Michael mit und hatte ursprünglich wohl tatsächlich ernsthafte Absichten. Er nahm mein Ölbild „Mutter und Kind" mit, um es rahmen zu lassen.

Einmal fuhren wir zu seinen Eltern. Der Besuch wurde für mich zu einem Schockerlebnis. An der Tür empfing die Mutter ihren Sohn nicht etwa mit einer Umarmung, sondern mit vorwurfsvollen Worten, dass er doch gewusst haben müsse, dass der Termin unpassend sei, denn weder die Köchin noch die Putzfrau seien da. Ich wäre am liebsten auf der Stelle wieder gegangen. Doch dann bat sie uns gezwungenermaßen doch noch ins Haus. Als ungebetener Gast fühlte ich mich sehr unwohl, aber auch, weil ich noch nie zuvor in einem so herrschaftlichen Haus gewesen war. Ich konnte alles nur vergleichen mit meinem einfachen Leben und wurde erschlagen von den im Übermaß vorhandenen Kostbarkeiten. Im geräumigen Salon stand eine große mit Goldrand verzierte Bodenvase mit den schönsten Blumen, die einer Bürokraft den ganzen Monatslohn gekostet hätten. Wahrscheinlich hatten Designer das ganze Haus ausgestattet. Die Teppiche und die Gardinen, die Decken und Kissen auf den Sofas, alles war farblich aufeinander abgestimmt. An den Wänden hingen Originale von Bildern, die wahrscheinlich von namhaften Künstlern waren und beim Verkauf hohe Summen erreicht hätten. Alles war auserlesen und besonders. Es gab formschöne skandinavische Möbel, die man in keinem Kaufhaus der DDR kaufen konnte. In den Bücherschränken standen kostbare Bildbände, in den Glasvitrinen Meissner Porzellanfiguren, auf dem Klavier silberne Kerzenleuchter. Viele dieser Sachen hatten ihnen angeblich Patienten vererbt, die keine Nachkommen hatten. Michaels Mutter rief ein Restaurant an und ließ etwas zu essen anliefern. Die Hähnchenteile brachte sie in die Küche und wärmte sie in einem speziellen Backofen noch einmal auf. Über die Größe und Ausstattung der Küche hätte sich jeder Restaurantbesitzer gefreut. Allein die Küche schien so groß zu sein, wie eine 2½ Zimmer Plattenbau-Wohnung und alle Wände waren bis oben hin weiß gefliest. Michael versuchte, mich bei seinen Eltern akzeptabel zu machen, indem er ihnen sagte, dass ich Biologie und Chemie studiere. Sogleich fingen die Eltern an, mir Fragen zu stellen, was ich denn von Gentechnologie halte und wie sich die Genmanipulation wohl auf die Vererbung auswirken könnte. Sie mussten mich für dumm halten, denn wissenschaftlich fundierte Antworten konnte ich nicht geben. Ich fühlte mich eingeschüchtert und war nicht in der Lage, die Unterhaltung aufzulockern. Als wir uns später verabschiedeten, bedankte sich der Vater für das schöne Bild, das ich gemalt hatte. Es verschlug mir die Sprache. Michael hatte es einfach verschenkt. Ich hatte es für mich und meinen Sohn gemalt. Er konnte es mir doch nicht einfach wegnehmen. Ich war nicht in der Lage, den Irrtum an Ort und Stelle aufzuklären. Aber ich würde Michael zur Rede stellen und das Bild zurückfordern.

21. Januar 1971: Tod der Mutter

Als ich am Montag früh das Elternhaus verlassen hatte, um zum Zug zu gehen, war alles noch in bester Ordnung. Ich hatte mit den Eltern und meinem Söhnchen zusammen gefrühstückt und wir hatten uns umarmt und voneinander verabschiedet. Es war wie immer. Meine Mutter würde bald mit dem Kleinen zur Arbeit in den Kindergarten gehen und am Freitagabend würde ich wieder zu Hause sein.

Die Mutter hatte mir unter vier Augen gesagt: „Wir sollten Vaters 55. Geburtstag am Wochenende noch einmal tüchtig feiern. Es geht ihm sehr schlecht. Vielleicht ist es sein letzter Geburtstag."

Ich hatte zwar den Ernst der Sache verstanden, denn der Vater war wirklich sehr krank. Er bekam immer häufiger epileptische Anfälle, die wahrscheinlich von den Granatsplittern aus dem Krieg herrührten und schließlich Krebs ausgelöst hatten. Andererseits freute ich mich aber auch auf die Familienfeier am Wochenende. Die Mutter konnte herrliche Kuchen backen und es war schön, wenn alle Verwandten wieder einmal zusammenkamen.

Dass auch meine Mutter in meiner Abwesenheit sehr krank wurde, davon wusste ich nichts. Sie hatte sich bei der Arbeit im Kindergarten so schwer erkältet, dass sie im Bett liegen musste. Die Schwestern der Mutter hatten sich, so gut es ging, um die kranken Eltern und um mein kleines Söhnchen gekümmert.

Aber als ich am Freitagabend nach Hause kam, fand ich eine chaotische Situation vor. Die Mutter lag apathisch im Bett und war kaum noch ansprechbar. Es roch süßlich nach Urin. Keiner hatte erkannt, dass sie in Lebensgefahr schwebte. Ich konnte nur noch die Krankenhauseinweisung veranlassen. Doch es war zu spät. Die Mutter starb am 21. Januar 1971 im Krankenhaus an Nierenversagen, einen Tag vor dem Geburtstag des Vaters, den wir noch einmal ordentlich feiern wollten. Sie war nur 49 Jahre alt geworden.

Durch den Tod der Mutter musste sich auch mein Leben einschneidend ändern. Die Mutter hatte mir immer viel abgenommen. Jetzt musste ich für alles selbst die Verantwortung übernehmen.

Am Tag der Beerdigung sah ich meinen Bruder und die Schwägerin nach 10 Jahren zum ersten Mal wieder. Als sie 1961 fortgegangen waren, war ich 14 Jahre. Jetzt war ich eine erwachsene Frau. Der kleine Uwe, den ich als Baby ausgefahren hatte, war jetzt 13 und es war noch ein weiterer Neffe von 7 Jahren hinzugekommen, der im Westen geboren wurde.

Ich werde nie vergessen wie mein Bruder und ich vor dem offenen Sarg unserer Mutter standen.

„Wir werden immer zusammenhalten", versprachen wir der Toten.

1971/72: Direktstudium unter erschwerten Bedingungen

Vor mir lagen noch zwei Studienjahre. Jetzt schien es unmöglich für eine studierende Mutter, das Studium mit einem fünfjährigen Sohn und einem kranken Vater zu Ende zu führen. Aber das Leben musste weitergehen. Die jüngeren Schwestern der Mutter boten mir auch weiterhin ihre Hilfe an, wenn es nötig war. Damit bedankten sie sich wohl bei ihrer verstorbenen großen Schwester, die sie in ihrer Kindheit und Jugend anstelle einer Mutter großgezogen hatte.

Ich lebte mit meinem Vater und dem Sohn zusammen in einer Wohnung. Frühmorgens brachte ich gewöhnlich das Söhnchen zum Kindergarten, ging zum Bahnhof und fuhr anderthalb Stunden mit dem Zug zum Studienort Halle. Während der Hin- und Rückfahrt las ich meine Aufzeichnungen und lernte für Prüfungen. Am Nachmittag holte ich Frank aus dem Kindergarten und war Hausfrau und Mutter, kochte, putzte, wusch und kümmerte mich um alles, was nötig war. Das Studium wollte ich unbedingt zu Ende bringen. Ich brauchte den Abschluss, schon allein aus finanziellen Gründen. Die Tanten schauten nach dem Vater, wenn ich nicht da war, oder holten den Jungen aus dem Kindergarten ab. Arbeiten und Geldverdienen abends nach dem Studium und Schreibarbeiten für Michael zu erledigen, war nicht mehr möglich. Außerdem war ich noch immer schockiert über den Besuch bei seinen Eltern und dass er mein Bild verschenkt hatte. Ich trennte mich von ihm.

Um noch einmal mit mir zu reden, kam er eines Abends mit dem Auto zu mir. Inzwischen war die Armeezeit vorüber und er arbeitete beim Mitteldeutschen Verlag. Er blieb in der Nacht und fuhr am nächsten Morgen zurück. Er kam nicht wieder. Ich rannte ihm nicht hinterher und beließ es dabei.

1972: Geburt von Sandra und Schuldienst

Im April 1972 wurde Sandra geboren, kurz vor Abschluss meines Studiums. Im Juni konnte ich den Termin zur Diplomverteidigung wahrnehmen. Ich bestand diese letzte Prüfung und bekam ein Abschlusszertifikat mit dem Titel Diplomlehrerin für Biologie und Chemie. Ich war froh, dass ich die Kraft aufgebracht hatte, mein Studium mit Erfolg abzuschließen. Im September 1972 begann der Schuldienst und die Probleme gingen weiter. Michael stritt die Vaterschaft ab und erkannte seine Tochter nicht an. Inzwischen lebte er mit einer anderen Frau zusammen. Es brauchte noch 2 Jahre an Gerichtsterminen, bis seine Vaterschaft offiziell bestätigt wurde. Die Gerichtsverhandlungen fanden immer am Ort des Beklagten statt, sodass ich mit dem Baby stundenlang im Zug dorthin fahren musste. Meist fuhr eine meiner Tanten mit und kümmerte sich um das Baby, wenn ich im Gerichtssaal war. Ich musste auch klagen, um mein Ölgemälde zurückzubekommen. Mit einem Baby, einem Schulkind und dem kranken Vater war es sehr schwer, sich auch noch gründlich auf den Unterricht vorzubereiten. Erschwerend kam noch hinzu, dass ich die Schule im Nachbarort mit dem Fahrrad erreichen musste. Aber ich hatte nur diese eine Chance: Weitermachen und nicht verzweifeln.

Frühmorgens nahm ich das Fahrrad in die eine und den Kinderwagen in die andere Hand und schob beides bis zur Krippe, wo ich die Kleine bis zum Nachmittag abgab. Frank ging schon allein zur Schule, die fast gegenüber der Wohnung lag. Dann fuhr ich bei Wind und Wetter die 8 km mit dem Fahrrad zum Unterricht. Anfangs hatte ich noch einen Mentor. Nach anderthalb Jahren musste ich die staatliche Prüfung (Lehramtsprüfung) bestehen.

Um der großen Verantwortung gerecht zu werden, musste ich oft über meine Kräfte hinausgehen. Nach außen hin zeigte ich mich stark und ließ mir nichts anmerken. Die Tanten unterstützten mich, aber die beruflichen Anforderungen konnten sie mir nicht abnehmen. Wenn ich in einem seelischen Tief angekommen war, schrieb ich spät abends oft noch Briefe an den langjährigen Schreibfreund in Nigeria, der inzwischen verheiratet war und 2 Kinder hatte. Wie jeder Mensch hatte auch er seine Probleme. Er musste nicht nur für seine eigene Familie sorgen, sondern auch zwei seiner Brüder unterstützen, die durch eine Krankheit erblindet waren. Wahrscheinlich schrieben wir einander immer weiter, weil wir dadurch unsere Sorgen aussprechen konnten und dies als eine Befreiung empfanden. Man brauchte seine Umwelt nicht damit zu belasten und fühlte sich viel besser, weil es fernab jemanden gab, der zuhörte und verständnisvoll antwortete.

Ich war 26 Jahre und würde wohl allein bleiben müssen. Die große Liebe und eine intakte Familie waren mir nicht vergönnt.

1975: Missglückte Lehramtsprüfung, Kinderkurheim

Ich hatte meistens nicht genügend Zeit für alles, was ich tun musste. Manches konnte ich nur oberflächlich erledigen. Einen Tag vor der Lehramtsprüfung in Chemie ging es dem Vater sehr schlecht. Er hatte wieder epileptische Anfälle und starke Schmerzen im Rücken. Ich musste den Hausarzt bestellen, der ihn dann ins Krankenhaus bringen ließ.

Als am nächsten Morgen die praktische Chemieprüfung in der Schule stattfand, war ich sehr nervös. Ich hatte keine Zeit gefunden, das Experiment, das ich vorführen wollte, am Tag zuvor noch einmal auszuprobieren.

Eine Prüfungskommission aus drei Personen saß am Ende des Klassenraumes und machte sich Notizen. Ich hatte vor, ein Experiment mit Natrium und Wasser durchzuführen und als Ergebnis der Reaktion Natronlauge und Wasserstoff nachzuweisen.

In ein Glasbecken mit Wasser gab ich zuerst einen Universalindikator, der das Wasser grün färbte. Dann ließ ich etwas Natrium auf der Wasseroberfläche eines Glasbassins hin und her flitzen. Man konnte sehen, dass sich das Wasser blau färbte. Das bedeutete, dass eine Lauge entstanden war. Weiter ging das Experiment nicht. Plötzlich gab es einen Riesenknall mit einem Funken und das Wasserglas zersprang. In Panik lief ich aus dem Klassenraum, denn ich wusste sofort, dass ich damit die Lehramtsprüfung nicht bestanden hatte. Ich durfte ab sofort den Beruf einer Biologie-Chemie Lehrerin nicht mehr ausüben. Schlimmer als das missglückte Experiment war der Vorwurf, in einer Gefahrensituation die Schüler allein gelassen zu haben. Wenngleich niemand verletzt wurde, musste ich einsehen, dass die Prüfungskommission recht hatte.

Ich arbeitete danach in einem Kinderkurheim in Schichten, teils als Erzieherin, teils als Lehrerin in verschiedenen Klassenstufen, damit die Kurkinder den Anschluss zum Schulstoff behielten. Die Arbeit war abwechslungsreich. Ich konnte mit den Kindern singen, basteln, Sport machen oder bei Stadtrundgängen historische Geschichten erzählen.

Ich war jetzt 30 Jahre alt, hatte einen Sohn von 11 und eine Tochter von 5 Jahren. Ich liebte meine Kinder über alles und war froh, dass es sie gab. Durch sie bekam ich die Kraft, mein anstrengendes Leben zu bewältigen. Manchmal erschien es mir, als erziehe nicht ich die Kinder, sondern sie mich. Als ihre Mutter hatte ich schnell erwachsen werden müssen.

Vom Kinderkurheim aus wurde ich zu einem 14-tägigen Lehrgang für Puppenspiel nach Leipzig geschickt. Ich bastelte später mit den Kur-Kindern Stab- oder Knautschpuppen und führte Stegreifspiele auf, deren Geschichten die Kinder selbst erfanden. Die Dialoge hingen davon ab, wie die Puppen gestaltet waren, ob sie z. B. lächerlich, dumm, überheblich oder stolz aussahen.

Mit dem Vater hatte ich es zu Hause nicht einfach. Nach dem Tod der Mutter griff er immer häufiger zur Flasche und ich war nicht stark genug, mich gegen ihn durchzusetzen oder auch nur ihm zu helfen. Ich war sehr unglücklich darüber. Zusätzlich belastete mich der Gedanke, dass auch mein Studium, das ich mit vielen Entbehrungen durchgezogen hatte, sinnlos geworden war.

1976: Regimekritiker

Ich war bei einer Arbeitskollegin zum Geburtstag eingeladen, auf der sich viele junge Leute trafen. Es wurde nicht nur gefeiert, sondern auch viel diskutiert.

An diesem Abend lernte ich Wolfgang kennen. Durch ihn erfuhr ich vieles, was öffentlich nicht bekannt war. Er war fasziniert von Wolf Biermann und meinte: „Biermann spricht in seinen Liedern das aus, was viele denken. Er trifft den Zeitgeist auf den Punkt." Er hatte zuletzt Biermanns Auftritt in der Nikolaikirche in Prenzlau miterlebt, von dem die Stasi vorab nichts erfahren hatte. Angeblich war er befreundet mit Wolf. Wenn ich wollte, würde er mich gern einmal mitnehmen, ganz privat. Vielleicht würde es Anfang Dezember passen? Momentan war Biermann gerade zu einem Konzert in Köln.

Nach dem Kölner Konzert durfte Wolf Biermann allerdings wegen seiner DDR-kritischen Lieder nicht mehr einreisen. Er wurde ausgebürgert. Dadurch kam es nicht mehr zum Treffen mit ihm und auch die Geschichte mit Wolfgang hatte sich bald erledigt. Doch von da an verfolgte ich die Nachrichten intensiver. Es hatte nicht viel gefehlt und ich wäre selbst in die Dissidentenkreise eingeführt worden.

Gegen Biermanns Ausweisung protestierten zwölf bekannte Schriftsteller und Künstler der DDR (Stefan Hermlin, Christa Wolf, Gerhard Wolf, Heiner Müller, Volker Braun, Erich Arendt, Jurek Becker, Sarah Kirsch, Rolf Schneider, Stefan Heym und Günter Kunert). Sie hatten einen Brief an Erich Honecker geschrieben und wollten ihn auch in der Parteizeitung *Neues Deutschland* drucken lassen. Als das nicht genehmigt wurde, ließen sie den Brief in der BRD veröffentlichen. So bekam die DDR-Bevölkerung durch das Fernsehen doch mit, was sie nicht wissen sollte.

Auch Robert Havemann, ehemaliger Kampfgefährte von Honecker und einst Professor der physikalischen Chemie an der Humboldt-Universität Berlin, hatte sich in einem Brief wegen der Ausbürgerung an den Staatsratsvorsitzenden gewandt und den Text gleichzeitig im westdeutschen *Spiegel* veröffentlichen lassen. Man hatte Havemann seit den Sechzigerjahren seinen Lehrauftrag entzogen und unter Hausarrest gestellt.

Bald traten weitere Regimekritiker hervor. Die Bevölkerung horchte auf. Beliebte Schauspieler wie Manfred Krug und Armin Müller-Stahl verließen die DDR. Viele Regimekritiker kamen auch aus den Reihen der evangelischen Kirche, wie z.B. Pfarrer Rainer Eppelmann, der in Berlin Friedrichshain Bluesmessen veranstaltete und damit viele Jugendliche an sich zog. Kurz vor seinem Tod rief Havemann gemeinsam mit Pfarrer Eppelmann im Berliner Appell zu Abrüstung in Ost und West auf.

Es musste etwas passieren. Es lag in der Luft. Man atmete es förmlich ein. Die Menschen wollten nicht mehr eingesperrt sein und sich bevormunden lassen.

1977: Umzug und Neuanfang

Von einem Arbeitskollegen hatte ich gehört, dass rund um Berlin Lehrer für naturwissenschaftliche Fächer gesucht würden. Ich telefonierte mit dem dortigen Kreisschulrat und erzählte ihm von der missglückten Prüfungsstunde. Er sagte: „Wenn Sie ihr Studium abgeschlossen haben, dann können Sie auch unterrichten." Ich wagte den Umzug mit den Kindern und versuchte einen Neuanfang. Die Tanten kümmerten sich, so gut es ging, weiterhin um den kranken Vater.

Ab 1977 arbeitete ich wieder als Lehrerin. Ich unterrichtete Biologie und Chemie und vertrat häufig andere Fächer, wie z.B. Kunsterziehung und Englisch. Beruflich konnte ich zufrieden sein, aber Glück und Liebe mit einem Lebenspartner konnte ich nicht finden.

14. Juli 1979: Tod des Vaters

Aus der Ferne hatte sich das Verhältnis zum Vater etwas verbessert. Leider verstarb er während der Schulferien 1979, als ich ihn mit den Kindern besuchte an seiner schweren Krebskrankheit. Ich machte mir Vorwürfe, weil ich in der schwersten Zeit seines Lebens nicht bei ihm gewesen war.

Die Eltern hatten alles für mich getan und mich unterstützt, solange sie konnten. Ich hatte die besten Eltern gehabt, die ich überhaupt haben konnte. Jetzt konnte ich nur noch traurig sein über den Verlust und mit Dankbarkeit zurückblicken.

Ich musste mich um die Beerdigung kümmern, den Bruder im Westen benachrichtigen und alles erledigen, was mit dem Tod in Verbindung stand.

Irgendwo hatte ich einmal gelesen: Schreiben ist Hilfe gegen den Tod. Das hatte ich selbst auch schon herausgefunden. Ich musste aktiv und positiv bleiben. Also schrieb ich immer weiter, um nicht zu verzweifeln. In traurigen Zeiten lenkte ich mich oft sogar ab, indem ich mir lustige Verse oder Kurzgeschichten ausdachte.

Ich war sicher, dass ich auch ganze Romane hätte schreiben können. Aber dazu fehlten mir Zeit und Geld und wohl auch eine entsprechende literarische Ausbildung.

Der Gedanke ließ mich nicht mehr los. Wenn ich doch schon mein Leben lang viele Briefe, Gedichte und Geschichten schrieb, warum dann nicht auch Bücher? Natürlich hätten ich und die Kinder vom Schreiben nicht leben können. In meinem Beruf müsste ich auch weiterhin arbeiten. Aber vielleicht war es einen Versuch wert. Ich schloss mich einem Zirkel „Schreibende Arbeiter" an und las dort ab und zu einige meiner Gedichte und Geschichten vor, es waren immer die harmlosen und unangreifbaren. Wir kritisierten und verbesserten unsere kleinen Werke und der Zirkelleiter, Kinderbuchautor Klaus Mehler, gab eine Anthologie heraus, die u. a. auch ein Gedicht von mir enthielt.

Aber Hunderte anderer Gedichte und Geschichten schrieb ich weiterhin für die Schublade.

Fernstudium am Literaturinstitut

Ich bewarb mich am Literaturinstitut „Johannes R. Becher" in Leipzig, das von Max Walter Schulz geleitet wurde, für ein dreijähriges Fernstudium mit der Fachrichtung Lyrik/Prosa und wurde angenommen. Als Abschlussarbeit reichte ich eine Erzählung mit dem Titel *Kirschplantage* ein. Es war eine Trennungsgeschichte, die ich sehr lieblos geschrieben hatte, denn ich musste linientreu bleiben und es war nicht einfach, meine wahren Gefühle zu unterdrücken. Ich schloss das dreijährige Fernstudium dennoch mit dem Diplom ab. Aber ich gab den Gedanken auf, jemals ein Buch zu veröffentlichen. Schreiben wie Christa Wolf, deren Roman *Der geteilte Himmel* in aller Munde war und hoch gelobt wurde, war mir nicht möglich. Ich konnte keinen Beitrag zur Verbesserung unserer Gesellschaft leisten, wenn ich eine zweifelhafte Ideologie als die einzig wahre hinstellen musste. Wenn ich etwas für die Öffentlichkeit schreiben wollte, musste ich meine eigene Sicht auf die Welt zum Ausdruck bringen können. Dazu aber brauchte es Mut und Ehrlichkeit, aber Meinungsfreiheit war in der DDR kein Grundrecht.

Zu Hause diskutierten die Kinder und ich über die Missstände im Lande und wir hatten viele Ideen zur Verbesserung der wirtschaftlichen und politischen Lage. Aber wir hatten nicht den Mut, bzw. wir konnten es uns nicht leisten, unsere Gedanken öffentlich zu äußern, denn Kritik bedeutete, dass man staatsfeindlich gesinnt war und Nachteile in Kauf nehmen musste.

Mein pubertärer Sohn hatte es allerdings gewagt, in einem Staatsbürgerkundetest zu schreiben: „Karl Marx würde sich im Grabe umdrehen" oder „Wie soll ich Westdeutschland und die DDR vergleichen, wenn ich nie nach Westdeutschland darf?" Der Direktor seiner Schule veranlasste sofort nach Schulschluss eine Aussprache zwischen mir, meinem Sohn und jemandem von der Staatssicherheit. Frank und ich hatten keine Chance, uns vorher abzusprechen. Zum Glück verlief die Aussprache glimpflich und es hatte vorerst keine weiteren Folgen. Es hätte passieren können, dass ich meine Arbeit verlor und unser Lebensunterhalt nicht mehr gesichert war.

Frank hatte natürlich die Aufmerksamkeit auf sich gezogen. Im letzten Schuljahr wurde er an eine Schule im Nachbarort versetzt. Er musste jeden Tag mit dem Fahrrad dorthin fahren. 1982 beendete er dort mit guten Ergebnissen die 10. Klasse.

Die Kinder mussten einsehen, dass es besser war, sich mit der eigenen Meinung zurückzuhalten, um keine Schwierigkeiten zu bekommen. In einem autoritären Staat konnte man nicht gewinnen. Die Partei hatte grundsätzlich immer recht.

1983: Udo Lindenbergs Sonderzug nach Pankow

Als Udo Lindenberg 1983 seinen Sonderzug nach Pankow sang, schmunzelte die Bevölkerung. Er schien der einzige westdeutsche Sänger zu sein, der für das ostdeutsche Volk sang. Er nannte Honecker einen Oberindianer, der heimlich auf dem Klo die Lederjacke anzieht und Westradio hört, aber ihn nicht im Palast der Republik auftreten lässt.

Im Oktober 1983 durfte Lindenberg dann doch im Palast der Republik singen, wie alle anderen „Schlageraffen". Allerdings durfte er nur vor ausgewähltem Publikum auftreten. Seine Fans wurden draußen vor dem Palast von der Polizei zurückgehalten.

Die Regierung der DDR traute Lindenberg nicht über den Weg. Während seines Aufenthalts wurde er intensiv überwacht.

1987 schenkte Lindenberg Honecker bei dessen erstem Besuch in der BRD, in Wuppertal, eine Lederjacke.

In meinem Lehrerkollegium war man entrüstet. Wie konnte sich ein Schlagersänger mit einem Staatsoberhaupt auf eine Stufe stellen und ihn überhaupt duzen? Ein Ding der Unmöglichkeit! Auf jedem Fall hatte Udo Lindenberg eine Diskussion in der Bevölkerung ausgelöst. Man machte sich lustig über die Regierenden. Sein Lied wurde zur Hymne gegen den Mauerbau und die Borniertheit des Staates.

1988: Einladung von der Universität Sokoto/Nigeria

Ibrahim hatte mir eine offizielle Einladung von der Universität Sokoto geschickt, ein Original, das gestempelt und signiert war. Daraus ging hervor, dass ich zu einem Freundschaftsbesuch eingeladen war, aufgrund 25-jähriger Korrespondenz und dass man für meine Unterkunft und Versorgung aufkommen würde.

Ich hatte im Nebenjob bei geschlossenen Veranstaltungen gekellnert und das Geld für den Flug mühsam zusammengespart.

Ich schrieb einen Brief an die Ministerin für Volksbildung, Margot Honecker, in der Hoffnung auf einen positiven Bescheid.

Die Antwort kam schnell zurück. Die Reise wurde abgelehnt. Für Dienstreisen mussten Devisen ausgegeben werden. Für eine Reise nach Nigeria gab es keinen Anlass. Ich wollte das so nicht hinnehmen und suchte nach einer anderen Möglichkeit, um die Reise doch noch durchzusetzen.

Juni 1989: Honecker-Sprechstunde

Anfang Juni war ich nach telefonischer Voranmeldung nach Berlin gefahren. Ich versuchte nun, in der Honecker-Sprechstunde eine Genehmigung für die Reise nach Nigeria zu erhalten. Dann würde ich am 22. Juli 1989, 19:15 Uhr von Berlin Schönefeld aus nach Sofia fliegen und 5.20 Uhr in Lagos landen. Ich hatte es Ibrahim geschrieben und gehofft, mit der Schlussakte von Helsinki 1975 eine rechtliche Grundlage zu besitzen. Dienstreisen in das kapitalistische Ausland konnten inzwischen genehmigt werden.

Ich hatte erwartet, dass viele Menschen mit ihren Anliegen in die Honecker-Sprechstunde kommen würden und es bestimmt eine lange Warteschlange gab. Aber das Gegenteil war der Fall. Nachdem ich geklingelt hatte, öffnete jemand die Tür und ließ mich herein. Ein Staatssekretär im mittleren Alter stand in genügend großem Abstand hinter einer Art Empfangstresen und bat mich, im Wartezimmer Platz zu nehmen. Dann ging er hinaus und ließ mich in dem weiß getünchten Raum mit dem Bild des Staatsratsvorsitzenden allein. Ich hatte das unangenehme Gefühl, dass er mich beobachtete. Nach eineinhalb Stunden kam der Staatssekretär zurück und verkündete hinter seiner Barriere: „Solange es die politischen Bedingungen erfordern, werden keine Auslandsreisen ins kapitalistische Ausland genehmigt. Es gibt keine rechtliche Grundlage dafür."

Es klang wie ein Hohn, aber ich versuchte dennoch mit ihm von Mensch zu Mensch zu reden. „Hören Sie, ich habe eine Einladung von einer Universität bekommen. Ich unterrichte Englisch wie eine tote Sprache, so wie Latein, weil ich noch nie in einem englischsprachigen Land war. Eine Kollegin von mir unterrichtet Französisch. Sie hat eine Genehmigung für eine Reise nach Paris bekommen! Warum ich nicht?" Er schaute verständnislos auf mich herab und zuckte nur mit den Achseln: „Ich kann nichts anderes sagen."

Er machte eine unmissverständliche höfliche Geste und ich stand wieder vor der Tür.

Lange hatte ich geglaubt, dass es einen gesunden Menschenverstand auch bei Staatsbeamten geben müsse. Aber da alles seinen sozialistischen Gang ging, zählte das Glück eines Einzelnen nichts. Ich spürte, wie sich etwas in mir entwickelte, was ich nie zuvor gekannt hatte: Hass. Ich war gedemütigt worden und wie ein kleiner Hund mit einem Tritt in den Hintern vor die Tür befördert worden. Aber ich hatte mich festgebissen. Man sollte mich nur nicht unterschätzen. Von nun an würde ich mich gegen die staatlichen Gesetze wehren, die Freundschaften und Reisen zu ausländischen Menschen verboten.

Budapest: Juli 1989

Aus der Nigeria-Reise war nichts geworden. Meine Kinder, inzwischen 23 und 17 Jahre alt, hatten ihre eigenen Vorstellungen von Urlaub. Als sie klein waren, hatten wir öfter zusammen Urlaub gemacht. Einmal hatten wir uns sogar mit der Familie meines Bruders in Ungarn, in Fonyod getroffen und ein paar Tage zusammen verbracht.

Ich war deprimiert. Um mich herum war alles Grau in Grau, die Häuser, die Straßen, die Abgase, der Staub in der Luft. Ich wollte nur weg und auf bessere Gedanken kommen.

Wenn schon keine Reise nach Nigeria, dann eben wieder nach Ungarn. Ungarn bedeutete Sonne, Farbe, Entspannung. Julia verbrachte allerdings die Sommerferien in diesem Jahr mit ihrer Familie in Italien. Meine Arbeitskollegin Ilse hatte vorgeschlagen: „Wenn du möchtest, kannst du gern ab dem 20. Juli ein paar Tage mit uns verbringen. Wir sind auf dem internationalen Campingplatz in Budapest. Wir können für dich ein kleines Einmannzelt mitnehmen."

Ohne groß darüber nachzudenken, hatte ich das Angebot angenommen und war am 20. Juli 1989 mit dem Nachtzug von Berlin losgefahren, der kurz nach 9 auf dem Keleti Bahnhof in Budapest ankam. Gleich nach Ankunft ging ich zum internationalen Campingplatz, der zentral und sehr schön im Grünen lag. Aber Ilses Name war in der Anmeldung nicht bekannt. Vielleicht war etwas schief gegangen. Dann musste ich später noch einmal nachfragen.

Als ich durch Budapest ging, fiel mir auf, dass sehr viele junge Leute mit Rucksäcken in der Stadt waren und eine Menge Trabis mit DDR-Kennzeichen in den Straßen parkten, manche hatten sogar keine Nummernschilder mehr. Ich hatte Budapest noch ganz anders in Erinnerung. Natürlich hatte ich die Nachrichten verfolgt und wusste, dass viele Urlauber ihre Chance nutzen wollten, um in den Westen zu gelangen, seitdem die Ungarn die Grenzzäune zu Österreich abbauten. Das Wetter war angenehm, zwar etwas bewölkt, aber die Sonne schien. Ich ging über die viel befahrene Margaretenbrücke und von dort auf die Margareteninsel. Ich musste den Tag irgendwie herumkriegen. In dem schönen Thermalbad, dem japanischen Garten und auf dem Wasserturm war ich Jahre zuvor schon mit Julia gewesen. An einem Stand am Wegesrand kaufte ich ein Stück Langosch und eine Flasche Wasser. Auf den Parkanlagen unter den Bäumen lagerte eine Gruppe von Jugendlichen, umgeben von Gepäck. Sie unterhielten sich, lachten und ließen eine Flasche herumgehen. Ich suchte mir ein schattiges Fleckchen auf dem Rasen, legte meinen Kopf auf den Rucksack und schlief ein.

Nachdem ich mich ein paar Stunden erholt hatte, beschloss ich, zum Bahnhof zurückzugehen und den Rucksack erst einmal in einem Schließfach unterzubringen.

Der Bahnhof war überfüllt mit Menschen. Viele streckten sich wie Obdachlose auf dem Fußboden aus, schliefen oder ruhten sich aus. Ein freies Schließfach war nicht mehr zu finden. Als ich enttäuscht an einer Gruppe junger Leute vorbeiging, die auf dem Boden hockte, wurde ich von jemandem angesprochen: „Willst du dich vielleicht an uns anschließen? Dann könnten wir dir ein Schließfach besorgen."

„Wie meinst du das?", erwiderte ich ungläubig.

„Na ja, du siehst aus, als willst du auch nicht zurück in die DDR, oder?" Ich blieb eine Weile stehen und hörte mir an, was die Jugendlichen zu sagen hatten. Schließfächer waren auf die Dauer zu teuer. Um nicht aller 24 Stunden neu zu bezahlen, manipulierten sie die Schlösser, indem sie die Zeitschaltung mit einer Haarnadel zurückdrehten und dann mehrere Gepäckstücke in einem Schließfach unterbrachten. So konnten sie das Fach behalten, solange sie wollten und etwas Geld sparen, von dem sie sowieso zu wenig hatten. Nachts schliefen sie im Zug, der ab 2 Uhr für die Fahrt nach Berlin bereitgestellt wurde, aber erst gegen 6 Uhr abfuhr. Kurz vor Abfahrt stiegen sie dann wieder aus. Noch war nicht klar, wie sie es schaffen konnten, nach Österreich bzw. in die BRD zu gelangen. Sie wollten das aber herausfinden.

Ich schaute in die müden, aber erwartungsvollen Gesichter der Aussteiger.

Dann wünschte ich ihnen viel Glück und meinte: „Ich habe nicht vor, die DDR zu verlassen, ich habe zwei Kinder zu Hause."

Ich ging wieder mit dem schweren Rucksack in Richtung Innenstadt und fragte nochmals auf dem internationalen Campingplatz nach. Aber Ilse war bis jetzt nicht registriert. Ich überlegte, was ich tun konnte.

Ich hatte 400 Mark umtauschen dürfen, davon für 12 Tage Forint und 2 Tage tschechische Kronen. Ein Hotelzimmer konnte ich mir davon nicht leisten. Dann wären in einer Nacht schon 100 Mark weg gewesen. Ich musste bedenken, dass ich auch noch etwas zu essen und zu trinken kaufen musste.

Im Jahr zuvor hatte ich noch mit Gesine, einer ehemaligen Kollegin, in Budapest in der Junggesellenwohnung von Julias Bruder übernachtet. Aber die war jetzt vergeben. Wir hatten damals „Wototok" kennengelernt, einen Budapester, der sich als guter Stadtführer erwiesen hatte. Er wollte unbedingt Deutsch lernen, weil sein Bruder in der DDR, in Eisenhüttenstadt, arbeitete und er auch die Absicht hatte, dorthin zu gehen. Eigentlich hieß er Joszef Nagy, aber da er immer wieder fragte: „Voltatok itt? (Waren sie schon einmal hier?), hatte er sich selbst den Namen gegeben. Ich hatte seine Adresse noch im Portemonnaie. Jetzt konnte Wototok vielleicht der Retter in der Not werden. Ich ging zum Deák Ferenc Tér und erkundigte mich, welcher Bus nach Kerulet fuhr. In der Hadrianus utca, die in einem Plattenbauviertel lag, stieg ich aus. Die angegebene Adresse war leicht zu finden. Ich klingelte bei Nagy. Ein älterer Mann öffnete die Tür. Es war der Vater. Ich zeigte ihm die Adresse mit der Handschrift seines Sohnes. Er verstand kein Deutsch, wohl aber, dass ich mit seinem Sohn befreundet war. Er bat mich herein und schien untröstlich zu sein. Jozsef war gerade in der DDR bei seinem Bruder. Ich wagte nicht zu fragen, ob ich ein paar Tage bei ihm übernachten könne. Bestimmt hätte er zugesagt, denn er war ein höflicher Mensch, hatte mir sogar einen „kis fekete kave" angeboten. Ich verabschiedete mich bald und fuhr zurück. Noch einmal fragte ich am Campingplatz nach. Aber Ilse war nicht erschienen.

Was sollte ich jetzt tun? Ich überdachte meine Möglichkeiten. Vielleicht hatte Ilse die Reise absagen müssen oder konnte erst später losfahren. Eine Chance, mich zu benachrichtigen, gab es ja nicht.

Die jugendlichen Schließfachknacker hatten mir zumindest eine Option angeboten. Ich würde noch ein paar Tage warten und auf dem Campingplatz nachfragen. Dann war Julia vielleicht auch zurück aus Italien und ich konnte nach Zalaegerszeg fahren.

Tagsüber konnte ich auf die Margareteninsel gehen, in der Sonne liegen oder durch die Stadt wandern, Eis oder Langosch und Melone essen und zur Fischerbastei gehen, wo der Eintritt nichts kostete. Ich konnte von dort das Parlament betrachten oder die Touristenbusse beobachten, die in die Donau fuhren und zu Schwimmbussen wurden. Wenn es kalt und dunkel wurde, musste ich zum Bahnhof zurückgehen und wie die anderen im bereitgestellten Zug übernachten. Ich musste nur rechtzeitig wieder aussteigen.

Aber so einfach wurde es dann doch nicht. Das Wetter schlug schon am nächsten Tag um und es begann den ganzen Tag zu regnen. Ich rettete mich in der Nähe des Nuygati Bahnhofs in das große Kaufhaus und fuhr die Rolltreppen hoch und runter, sah mir Kleider und Pullover an, die ich mir nicht leisten konnte, beobachtete gut angezogene Frauen, die österreichisch sprachen und Schuhe anprobierten, die sie auch bezahlen konnten.

In der Nacht stieg ich in den bereitgestellten Zug nach Berlin. Aber von Schlafen konnte keine Rede sein. Die harten Zweiersitze waren viel zu kurz, um sich lang auszustrecken. Eigentlich konnte man dort nur sitzen und die Augen schließen. Zwei Nächte hatte ich so verbracht und war völlig übermüdet und durchgefroren.

Als es am dritten Tag noch immer regnete und ich Schüttelfrost und Fieber bekam, gab ich auf. Es war einfach dumm von mir gewesen, nach Ungarn zu fahren und mich auf andere zu verlassen.

Ich wollte nur noch nach Hause und ausschlafen. In der dritten Nacht blieb ich einfach im Zug sitzen, der gegen 6.00 Uhr zurück nach Berlin fuhr.

12.08.1989: Ferien und allein zu Hause

Ich hatte meine Ungarn-Erkältung auskuriert und hätte trotzdem noch weiter im Bett bleiben können. Aber die hellen Gardinen ließen das Sonnenlicht durch und ich wachte auf.

Mikosch, unser getigerter Kater, hatte zu meinen Füßen

geschlafen. Er hatte sich unbemerkt eingeschlichen. Normalerweise schlief er immer mit Pussi, seiner Mutter, in der Garage. „Na komm schon, du Verrückter!", sagte ich und nahm ihn auf den Arm. Ich schmuste ein wenig mit ihm, indem ich ihn auf den Arm nahm und meine langen blonden Haare über seinen Kopf fallen ließ. Es war so, als verstünde er sehr gut, dass ich Trost brauchte. Mit seinen Samtpfötchen berührte er vorsichtig mein Gesicht und schnurrte zufrieden. „Du bist ein wahnsinnig toller Kater. Ein Glück, dass wir dich haben!" Ich setzte ihn ab und er folgte mir in die Küche. Als ich ihm sein Lieblingsessen in den Futternapf tat, klein geschnittenen Rinderpansen, meldete sich auch Pussi lautstark draußen auf dem Hof. Ich ließ sie durch die Küchentür herein, die gleichzeitig die Haustür war. Die beiden Katzen fraßen zusammen aus einem Napf, besser gesagt, sie zogen die Pansenstücke aus dem Napf und schlangen sie dann vom Fußboden aus in sich hinein.

Ich schaute auf die Küchenuhr. Es war erst sieben Uhr. „Macht nichts", dachte ich, „dann kann ich den Brief an Ibrahim noch zu Ende schreiben, bevor der Postkasten geleert wird." Ich band meine Haare mit einem Haargummi zusammen und ging unter die Dusche. Im Bad hingen noch die schmutzigen Handtücher der Kinder, die nun schon seit einer Woche fort waren. Ich öffnete die Waschmaschinentür, warf sie zu dem Haufen Bettwäsche und stellte die Waschmaschine an.

Ich beneidete meine großen Kinder, Frank und Sandra, die froh und frei, wie Zugvögel, in den Sommerurlaub verschwunden waren. Frank und ein paar Freunde hatten sich mit ihren frisierten Mopeds zum Zelten an die Ostsee aufgemacht und Sandra war mit dem Zug zu Wilfried nach Mecklenburg gefahren. Wilfried war ihr erster Freund.

Ich beendete den Brief an Ibrahim, klebte eine Marke auf den

Luftpostbrief und brachte ihn zum Briefkasten, gleich um die Hausecke. Ich hatte Glück. Das Postauto für die 8-Uhr-Leerung fuhr gerade vor.

Beim Bäcker nebenan kaufte ich zwei frische warme Brötchen, brühte mir eine Tasse schwarzen türkischen Kaffee auf und aß die beiden Brötchen mit Butter und Erdbeermarmelade. Ab und zu schaute ich durch das Fenster auf den Innenhof des Hauses. Ein großer Sonnenfleck kroch langsam über das Hoftor und füllte mehr und mehr den Hof aus.

Ich überlegte, ob ich dort vielleicht eine Liege hinstellen sollte, um ein Sonnenbad zu nehmen und ein Buch zu lesen. Aber ich gab den Gedanken schnell wieder auf, da der Vermieter seinen Wartburg aus der Garage fuhr, um ihn auf dem Hof zu waschen.

Um der Versuchung zu entgehen, ins endlose Grübeln zu versinken, entschloss ich mich, eine kleine Fahrradtour mit meinem Klapprad zu machen.

Ich fuhr die Teerstraße zum Wald hinunter. Auf der rechten Seite, hinter einem doppelten Stacheldrahtzaun lag der sowjetische Flugplatz.

Manchmal landete dort eine große Transportmaschine, eine Iljuschin oder eine Antonow. Aber heute war dort nicht viel los. In einiger Entfernung auf dem Landeplatz hantierten einige Soldaten an einem kleineren Flieger, wahrscheinlich einer MiG 25. Ich interessierte mich wenig für derartige Kampfflugzeuge. Aber wenn man hier wohnte, hörte man irgendwann doch einmal etwas darüber. Man nahm es einfach auf. Ich konnte einen Blick in den nächstliegenden offenen Hangar werfen, der von außen wie ein grün bewachsener Hügel aussah. Der Flieger, der dort drinstand, schien der gleiche zu sein wie der auf der Landebahn.

„Karascho, towarischtsch", hörte ich im Vorbeifahren.

Ich musste in mich hineinlachen.

„Ras, dwa, tri, towarischtsch kompanie!", hatte Frank einmal hinter vorgehaltener Hand befohlen, als die sowjetischen Soldaten im Gleichschritt durch den Ort marschierten. Kontakte zwischen den Stadtbewohnern und den sowjetischen Armeeangehörigen gab es meines Wissens nicht. Es war wohl auch nicht von der Regierung gewünscht. Ein Versuch, sowjetische und deutsche Familien in einem gemeinsamen Neubauviertel unterzubringen, war gescheitert. Viele Menschen mochten die sowjetischen Besatzer nicht. Es gab zwar die Organisation Deutsch Sowjetische Freundschaft, der auch ich beigetreten war. Dort zahlte man lediglich einen Monats- oder Jahresbeitrag.

Sandra hatte als kleines Mädchen einmal rohe Eier auf ein Flugzeug geworfen und dann stolz verkündet: „Wisst ihr, dass man auf Flugzeuge, die in der Sonne stehen, Eier braten kann?"

Vieles, was die Kinder hinter meinem Rücken angestellt hatten, erzählten sie mir erst Jahre später, manches vielleicht nie. Ich trat gleichmäßig in die Pedalen. Als Rennrad oder Trekkingrad war mein Klapprad nicht gerade geeignet. Ich fuhr gewöhnlich nur damit zur Schule, und dann drehten sich meine Gedanken um den Lehrstoff, den ich gleich unterrichten musste. Heute jedoch setzte das Treten der Pedalen immer wieder ein Nachdenken über mich selbst in Gang. Ich hatte das Gefühl, in einem Labyrinth zu leben. Ich wollte da raus. Aber gab es überhaupt einen Ausweg?

Ich radelte den langen Teerweg bis zum nächsten Ort durch den Kiefernwald, ohne auf meine Umgebung zu achten. Ich hatte weder die von Stacheldraht umgebenen Kasernen noch die sowjetische Wohnsiedlung mitten im Wald richtig wahrgenommen, war am Waldsee vorbeigefahren, an Rehen im Gehölz, an einer Menge roter Fliegenpilze, an alten efeubewachsenen Bäumen. Nichts konnte mich von meinen traurigen Gedanken ablenken. Gegen Mittag war ich wieder zu Hause, stellte das Fahrrad im Hof ab, ging ins Haus und begann, mir die Zeit mit dem Banjo zu vertreiben. Seltsamerweise fielen mir ständig Volkslieder ein, die ich gut umtexten konnte, um meinen Ärger abzureagieren. „Auf der Mauer, auf der Lauer sitzt ne kleine Wanze", das hatte doch so einen schönen Doppelsinn! Oder: „Hänschen klein, ging allein in die fremde Botschaft rein", „Kommt ein Vogel geflogen", wobei ich an den Rechtsanwalt dachte, der den Freikauf von Ausreisewilligen mit der BRD regelte, „Kein schöner Land in dieser Zeit, als hier das unsre weit und breit. Wo wir uns finden wohl unter Linden..." In Gedanken war ich dabei Unter den Linden in Berlin. Ich schrieb die Texte in ein kleines Büchlein und überlegte, ob ich vielleicht doch noch nicht alles versucht hatte für die Reise nach Nigeria. Vielleicht war ich nur noch nicht an die richtige Adresse gekommen. Immerhin war es schon einigen gelungen, Auslandsreisen genehmigt zu bekommen. Waren sie etwa alle Stasi-Mitarbeiter? Der Physiklehrer meiner Schule hatte im Jahr zuvor sogar einige Wochen in der BRD zugebracht, obwohl er längst noch kein Rentner war. Als das neue Schuljahr begann, war er nicht zurückgekommen. Es wurde gemunkelt, dass er im Westen als Spion enttarnt worden sei. Jetzt musste man verhandeln, damit er zurückkommen konnte. Warum manche reisen durften und andere nicht, war ziemlich mysteriös. Eine Stasi-Mitarbeiterin oder eine Spionin wollte ich natürlich nicht sein, aber vielleicht sollte ich es noch einmal beim Innenminister versuchen. Vielleicht würde er die Reise nach Nigeria befürworten.

Ich setzte mich also an den Schreibtisch und schrieb einen Brief an den Innenminister.

Brief an den Innenminister

Sehr geehrter Herr Minister,

Ich bitte um Genehmigung einer Reise nach Nigeria. Der Grund ist eine Einladung von der Universität Sokoto (siehe Anlage) Ich stehe seit fast 25 Jahren mit dem Sekretär der Universität im Briefkontakt, der u. a. für die UN arbeitet.

Seit 17 Jahren arbeite ich im Schuldienst und unterrichte auch Englisch. Ein Aufenthalt in einem englischsprachigen Land wäre für mich vergleichbar einem Weiterbildungskurs.

Entsprechend der Verordnung über Reisen von Bürgern der DDR nach dem Ausland vom 30.11.88 besteht die Möglichkeit, meine Reise als Studienreise gelten zu lassen.

Da einige meiner Lehrerkollegen bereits Genehmigungen zu Auslandsreisen erhalten haben, dürfte das eigentlich auch für mich zutreffen.

Nach Aussprachen mit der VP-Dienststelle meines Wohnortes sowie mit Beamten Ihres Ministeriums scheint es jedoch wesentlich einfacher zu sein, eine Zusage zur ständigen Ausreise zu erhalten, als zu einem Besuch im Ausland.

Ich möchte klarstellen, dass ich keine Ausreise aus der DDR beantragen möchte, sondern eine Auslandsreise nach Nigeria.

Mit freundlichen Grüßen

Anbei übersende ich Ihnen die notwendigen Unterlagen

3 Passbilder

Einladung des Gastgebers (Universität Sokoto)

3 x Reiseunterlagen

Sonntag, 13. August 1989: 28. Jahrestag des Mauerbaus
Die Wanduhr tickte laut in die Stille. Ich fragte mich, ob es von nun an bis zum Ende meiner Tage immer so sein würde? Die Kinder flogen aus dem Nest, begannen ihr eigenes Leben, hatten Freunde, Träume und Zukunftspläne. Ich aber führte mit zweiundvierzig Jahren ein einsames und unglückliches Leben, dann und wann einmal ein Sexabenteuer, aber nichts von Dauer.

Ich wollte Ibrahim endlich persönlich kennenlernen, den Menschen, der mir Halt im Leben gegeben hatte, nachdem der Bruder in den Westen gegangen war und die Eltern frühzeitig starben. Ich hatte nur diesen einen Menschen, dem ich alles anvertrauen konnte, seit meiner Kindheit, seit fast 25 Jahren. Die Menschen um mich herum waren Kollegen, Nachbarn, Bekannte, Eltern und Schüler, Menschen, die nichts von meiner Seele und meinen Träumen wussten. Für die anderen war ich Lehrerin und Mutter, mein eigentliches Ich kannte keiner. Ich selbst ahnte auch nur, dass es etwas in mir gab, das ich selbst war. Aber es hatte sich nicht entwickeln können. Mich selbst als Person hatte es nie gegeben. Erst jetzt, als die Kinder eigene Wege gingen, wollte auch ich endlich mein Leben wiederfinden, das irgendwo zwischen Kindheit und Erwachsensein verloren gegangen war.

Ich fühlte mich schrecklich einsam. Meine Seele schrie. Niemand fragte, danach, ob ich zufrieden war mit meinem Leben oder auch nicht. Ich hätte gern eine intakte Familie gehabt. Aber ein Vater für zwei Kinder ließ sich ohnehin nicht finden.

Die Kinder waren in den letzten zwanzig Jahren das Wichtigste für mich gewesen. Kam jetzt die Zeit, wo sie nicht nur ihre eigenen Wege gingen, sondern bald für immer aus dem Haus?" Sandra machte gerade eine Lehre als Kellnerin. Aber sie hatte sich diese Lehre nicht ausgesucht. Sie war ihr aufgezwungen worden. Sie war eigentlich künstlerisch sehr begabt und hatte schon als Zehnjährige im Heimatkalender der Stadt eine Zeichnung veröffentlicht. Inzwischen verdiente sie sich zusätzlich Geld, indem sie T-Shirts für Freunde und Bekannte bemalte, mit Portraits, die sie meist von Passbilden abmalte. Die Ähnlichkeiten waren unverkennbar. Sie machte das sehr gut-

Im 9. Schuljahr war ich mit ihr zu einem Lehrmeister für Schriftenmalerei gegangen und hatte von ihm die Zusage zur Ausbildung erhalten. Aber dann entschied er sich doch für jemand anderen.

Ich hatte beim Amt für Berufsplanung Einspruch dagegen erhoben, dass Sandra einen Beruf erlernen sollte, der nicht zu ihr passte. Man sagte mir: „Wenn der Direktor der Schule bestätigen würde, dass ihr Kind tatsächlich so künstlerisch begabt ist, wie sie sagen, lässt sich vielleicht etwas machen."

Aber der Direktor setzte sich nicht für Sandra ein. Er war der gleiche Direktor, der für Frank den Schulwechsel veranlasst hatte. Seine Meinung lautete: „Sandra sollte erst einmal lernen, sich unterzuordnen und dafür sei der Kellner-Beruf gerade das Richtige."

Sandra war anfangs sehr enttäuscht. Aber dann machte sie aus der Not eine Tugend. Aufgrund ihrer besonderen Leistungen durfte sie ein halbes Jahr eher ihren Berufsabschluss machen. Die gewonnene Zeit nutzte sie, indem sie einen Englischkurs (11.Klasse) an der Volkshochschule belegte.

Sie schwor sich, nicht einen einzigen Tag als Kellnerin zu arbeiten, und bemalte weiterhin T-Shirts, nach Motiven, die ihre Auftraggeber vorgaben. Aber sie wollte natürlich einen zweiten Bildungsweg finden und irgendwann in Berlin Design studieren. Sandra war ein äußerst willensstarkes Mädchen und es war zu erwarten, dass sie ihren Weg gehen würde. Ihr fünf Jahre älterer Freund bestärkte sie in ihrem Vorhaben. Irgendwann würden sie beide zum Studium nach Berlin gehen. Sie hatten Wünsche und Ziele und schienen ein gutes Paar zu werden. Aber in die Zukunft konnte natürlich niemand schauen.

Frank kam mit seiner Ausbildung als Maurer gut zurecht. Er war der Abschluss-Beste geworden. Einmal hatte er gesagt: „Der Direktor konnte mir nicht mein Leben versauen. Ich wollte immer nur Maurer werden. Da kann ich jeden Tag sehen, was ich geschafft habe, kann jemandem das Haus oder die Garage zeigen, die ich gebaut habe. Ich könnte mir nicht vorstellen, Bäcker zu sein, jeden Tag das Gleiche machen und immer ist alles weggegessen? Nein danke."

Die Kinder schienen trotz zeitweiliger Rückschläge ihren zukünftigen Weg zu gehen. Was aber fing ich selbst noch in meinem Leben an? Gescheiterte Beziehungen hatte ich zur Genüge hinter mich gebracht. Aber Alleinsein war auch keine Alternative. Man kam auf die komischsten Gedanken und konnte depressiv dabei werden.

Ich schaltete Radio DDR II ein. Die Puhdys sangen „Alt wie ein Baum möchte ich werden. Es war ein sehr berührendes Lied. Ich summte leise mit und mein Blick fiel dabei auf die große grüne Baobabpflanze auf dem Fensterbrett. Die Pflanze glich dem riesigen Baum auf der Ansichtskarte, die neben dem Kalender am Korkbrett steckte. Irgendwo in der Savanne Nigerias, zwischen der Sahara und dem tropischen Regenwald wuchs diese Pflanze als riesiger Baum. Manchmal diente er ausgehöhlt sogar als kleiner Ziegenstall. Der Baobab war für mich inzwischen mehr als eine grüne Zimmerpflanze. Er kam aus der unberührten ewigen Natur und war ein Symbol der Hoffnung und Sehnsucht geworden. Der Baobab war auch die Pflanze des „Kleinen Prinzen", die ihm

Sorgen bereitete, weil sie seinen kleinen Asteroiden über-wuchern und mit dem Wurzelwerk sprengen konnte. Meine Kinder nannten die Pflanze nur noch Geldbaum. Aber das war durchaus kein Gegensatz zum symbolischen Wert. Bereits hundert Abkömmlinge hatte ich in kleine Töpfe gepflanzt. Sie standen verteilt in der ganzen Wohnung, auf Fensterbrettern, Buchregalen und auf dem Schreibtisch, als ließe sich damit auch die Hoffnung hundertfach vermehren. Die Verkäuferin im Blumenladen um die Ecke wollte die Pflanzen bei einer Größe von 15 cm abnehmen und im Geschäft verkaufen. Pro Stück sollte ich dann eine Mark bekommen.

Einen Moment lang musste ich schmunzeln. Durch das Fenster konnte ich den Kater beobachten. Er saß auf dem Sattel meines Fahrrades, als wolle er gleich damit losfahren. Ich klopfte an die Fensterscheibe. Kaum hatte der Kater das bemerkt, sprang er herunter und lief mir durch die Küchentür entgegen.

Ein Schmetterling war mit in die Küche gelangt und gaukelte durch den Raum. Es war ein Kaisermantel. Der Kater sprang auf den Stuhl, um ihn zu fangen.

„Nein, Mikosch! Lass den Schmetterling in Ruhe!" Ich schubste ihn beiseite. Der Schmetterling hatte sich auf den Baobab gesetzt und seine Flügel zugeklappt. Ich nahm ihn vorsichtig zwischen Daumen und Zeigefinger und ließ ihn wieder ins Freie.

Ich musste dabei an Herrn Winkler denken, der mir wohl die Sehnsucht nach Afrika in die Seele gepflanzt hatte.

Als die Nachrichten kamen, schaltete ich das Radio aus. Ich mochte nicht mehr hören, wie die Ungarnflüchtlinge als Verräter bezeichnet wurden. Ich hatte ja selbst erlebt, was sich in Budapest abspielte, und konnte jeden verstehen, der davonlief.

Ich schaute auf die Uhr. Es war kurz nach 14.00 Uhr. Auf dem Tisch lag noch der Brief an den Innenminister und das kleine Büchlein mit den zehn umgetexteten Volksliedern, die ich auf dem Banjo gespielt hatte. Ich summte vor mich hin: „Auf der Mauer auf der Lauer sitzt ne kleine Wanze". Dann steckte ich Brief, Heft und Banjo in den Rucksack, zog eine Jacke über und entschloss mich, nach Berlin zu fahren.

Berlin Alexanderplatz

Ich stieg am S-Bahnhof Alexanderplatz aus und wollte dann unter den Linden entlang zum Brandenburger Tor gehen. Die Sonne brannte wie ein Ofen auf die Hauptstadt der DDR. Noch nie war ich am Jahrestag des Mauerbaus in Berlin gewesen, es schien aber ein gutes Datum zu sein, um wahrgenommen zu werden. Die Sonne lag auf der Kugel des Fernsehturms und blendete mich, als ich nach oben schaute. Tatsächlich war da ganz deutlich die Reflexion eines Kreuzes zu erkennen. „Ulbrichts Gedächtniskirche", musste ich denken und erinnerte mich an die Geschichte, die nach der Einweihung des Fernsehturms 1969 umging. Angeblich sollte Ulbricht so wütend gewesen sein über das Kreuz, dass er den Architekten von der Stasi vernehmen ließ. Man sollte herausfinden, ob das Kreuz absichtlich eingeplant worden war.
Die Leute spazierten in allen Richtungen über den weitläufigen Alexanderplatz, vorbei am Brunnen der Völkerfreundschaft und der Weltzeituhr. Es schien jedoch, als würden heute nicht so viele Leute in das Zentrum-Kaufhaus gehen, es gab eine stärkere Bewegung in Richtung Rathauspassagen. Eine Gruppe Kinder saß auf den Treppenstufen zum Restaurant und warf Brötchenreste auf das Pflaster, woraufhin ein Schwarm Tauben und Spatzen zwischen die Menschenmenge flatterte. Eine Beobachtungskamera hoch oben am Haus der

Staatssicherheit verfolgte das Treiben auf dem Platz. Es war brennend heiß. Ich stellte mich in die Schlange am Eiswagen an und kaufte ein Softeis. Plötzlich vernahm ich ein aufbrausendes Gelächter und Beifallklatschen und glaubte, meinen Augen und Ohren nicht zu trauen. Zwei jugendliche Männer in FDJ-Hemden führten einen ballettartigen Siegestanz um den Springbrunnen auf. Voller Enthusiasmus schwenkten sie dabei Hammer und Sichel aus Pappmaschee über ihren Köpfen. Sie drehten sich pirouettenartig um ihre eigene Achse, knicksten nieder, indem sie mit einer Hand das FDJ-Hemd wie ein Spitzenröckchen von ihrem Körper abspreizten, blickten dann heroisch zum Himmel empor und hüpften schließlich mit elegantem Sprung in das Wasser des Springbrunnens, dass es hoch aufspritzte und die Umstehenden nass machte. Der Beifall verebbte, als plötzlich ein Polizeiauto auftauchte. Die jungen Männer ließen sich widerstandslos festnehmen. Die Zuschauer verhielten sich still. Das Auto fuhr davon und die Leute gingen ihrer Wege, als wäre nichts geschehen. Nie zuvor hatte ich so eine Vorstellung erlebt. Unglaublich! Man wagte es, sich öffentlich über das System lustig zu machen.

Am Fernsehturm stand eine Menschenmenge nach Eintrittskarten an. Wer nach Berlin kam, musste wenigstens von der Aussichtsplattform aus einem Blick auf die Sehenswürdigkeiten geworfen haben und auf das Dach des Westberliner Springer-Verlages, das direkt darunter zu sehen war und an ein Hakenkreuz erinnerte. Ob das auch die Absicht des Architekten gewesen war, blieb genauso fraglich. Man konnte von oben bis zum Brandenburger Tor sehen und sogar das Reichstagsgebäude hinter der Mauer erkennen. Ich ging durch die Rathauspassagen, vorbei am roten Rathaus und dem Palast der Republik. Auf der anderen Straßenseite erstrahlte der

Dom mit seiner grünen Kuppel und dem goldenen Kreuz auf der Spitze. Ich hatte miterlebt, dass er jahrelang restauriert wurde und spürte nun ein seltsames Gefühl von Stolz darüber, dass die Arbeiten fertig geworden waren. Ich ging auf der rechten Straßenseite weiter, ließ die Museumsinsel mit dem Bode- und Pergamonmuseum hinter mir und überquerte die Spree am Marx-Engels-Platz. Beinahe hätte ich den Fluss nicht wahrgenommen. Die Spree war völlig einbetoniert und wirkte eher wie ein großer Abwasserkanal. Ich blieb kurz stehen und sah auf das dunkle Wasser herunter, auf dem ein paar Stockenten schwammen. Wie immer standen an der Neuen Wache zwei Soldaten mit dem Gewehr über der Schulter in strenger Haltung, ernst geradeaus blickend. Sie bewachten das ewige Feuer zum Gedenken an die Opfer des Faschismus und Militarismus. Das über zehn Meter hohe Reiterstandbild des Preußenkönigs Friedrich II. erhob sich mitten auf der Straße und teilte die prächtige Allee „Unter den Linden" mit ihren Schatten spendenden grünen Baumreihen. Der „Alte Fritz" schaute gelassen auf die Passanten und Autos herab, die rechts an ihm vorbei zum Brandenburger Tor fuhren und links zurückkamen.

Unter den Linden

Ich setzte mich unter den Linden auf eine Bank. Die Luft flimmerte vor Hitze. Hier im Schatten konnte man es einigermaßen aushalten. Eine Weile überlegte ich noch, ob ich bei meinem Vorhaben, Aufsehen zu erregen, bleiben sollte. Aber ich sah keinen anderen Weg mehr, mein Reiseanliegen durchzusetzen. Zu oft hatte man mich abblitzen lassen und ich konnte nicht mehr aufgeben. Der Kampf hatte längst angefangen und ich wollte ihn gewinnen.

Ich packte mein Banjo aus und begann leise scheinbar unverfängliche Volkslieder zu spielen: „Auf der Mauer auf der Lauer sitzt `ne kleine Wanze" und „Kein schöner Land in dieser Zeit". Fußgänger gingen vorüber und wunderten sich. Es war nicht üblich, sich auf eine Bank zu setzen und Lieder zu spielen. Straßenmusiker, Bettler und Hausierer gab es in der DDR nicht. Aber es erschien keine Polizei. Stattdessen trat eine Gruppe junger Leute neugierig näher und hörte zu. „Warum tun sie das eigentlich?", fragte eine etwa dreißigjährige Frau mit ernstem Gesicht. Nachdem ich ihr meine Absicht erklärt hatte, meinte sie: „Ich kann Sie verstehen, aber ich möchte Sie bitten, Ihr Leben nicht leichtsinnig wegzuwerfen. Ich spreche aus eigener Erfahrung. Ich habe drei Jahre Haft im Frauengefängnis „Hohenfels" hinter mir. Ich sage Ihnen, Sie werden psychisch kaputtgemacht, wenn Sie dort rein müssen. Ich leide heute an Schlafstörungen und Ängsten. Ich kämpfe jetzt darum, meinen kleinen Jungen wiederzubekommen. Sie haben ihn in ein Heim gesteckt. Ich kam als „Politische" ins Gefängnis, aber ich wurde schlechter behandelt als die Massenmörderin, die eigenhändig Judenkinder umgebracht hatte. Bitte geben Sie Ihren Plan auf. Sie können nicht gewinnen."

Die Leute gingen weiter. Ich hatte nicht gewagt, zu fragen, weshalb die Frau ins Gefängnis gekommen war, doch ich steckte mein Banjo ein. Ich hatte noch nie vom Frauengefängnis Hohenfels gehört und mir nie Gedanken über Leute gemacht, die politisch inhaftiert worden waren. Aber als ich in die Augen der Frau gesehen hatte, wusste ich, dass sie die Wahrheit gesprochen hatte.

Zum Brandenburger Tor

Nachdenklich ging ich in Richtung Brandenburger Tor weiter, den Rucksack mit dem Banjo über der Schulter. Nur flüchtig nahm ich die Bauwerke zur Linken und Rechten wahr,

Staatsbibliothek, Haus der Gewerkschaft, Hotel Unter den Linden, Haus des Zentralrates der FDJ. Ich ließ mich mit dem Strom der Passanten vorwärtstreiben. Meist waren es junge Leute, Jugendliche oder Pärchen, die sich an den Händen hielten. Ich fühlte mich ihnen verbunden. Es waren Gleichgesinnte, die sich hier in einer Art stillem Protest versammelten. Sie kannten einander nicht und gehörten keiner organisierten Gruppe an. Wahrscheinlich kamen sie einfach, um zu sehen, ob sich etwas ereignete am 28. Jahrestag des Mauerbaus, offiziell „antifaschistischer Schutzwall" genannt.

Man ging allein oder zu zweit und doch schien es, als wäre es ein Leichtes, sich plötzlich zusammenzuschließen zu einer großen Demonstration. Seit den Wahlfälschungen bei den Kommunalwahlen am siebenten Mai sollte es immerhin schon einige Protestdemos und Verhaftungen auf dem Alexanderplatz gegeben haben. Dass 99 Prozent der Wähler die SED wiedergewählt haben sollten, war einfach nicht denkbar. Viele Wählernamen waren von vornherein schon nicht mehr auf die Wahllisten gesetzt worden, weil sie entweder einen Ausreiseantrag gestellt hatten oder bereits im Jahr zuvor nicht zur Wahl erschienen waren. Dass die Festnahme der zwei jugendlichen Tänzer auf dem Alexanderplatz von den Zuschauern protestlos hingenommen worden war, war für mich im Nachhinein fast unverständlich.

Meine Aufmerksamkeit wurde plötzlich auf die Hauseingänge rechts und links der Straße gelenkt. Fast in jedem stand ein Uniformierter. Meist waren es junge Männer, kaum älter als Frank, fast jungenhaft noch. Passanten und Polizisten beobachteten sich gegenseitig. Je näher ich dem Brandenburger Tor kam, umso dichter wurde das Polizeiaufgebot.

Die Luft war aufgeladen. Hier braute sich etwas zusammen wie bei einem nahenden Gewitter. Man konnte es mit allen

Sinnen spüren.
Wer es heute wagte, hier entlangzugehen, konnte nur die Absicht haben, zu provozieren. Die Polizei war darauf vorbereitet.

Am Brandenburger Tor

Etwa 30 Meter vor dem Brandenburger Tor war ein Seil über die Straße gespannt worden. Ein Polizist forderte die Leute auf, nicht weiterzugehen. Die meisten jungen Leute, die hier entlanggingen, waren erst geboren, als die Mauer schon stand. Sie kannten Berlin nicht anders. Sie waren ein wenig aufmüpfig, drehten sich dann aber um und gingen in Richtung Stadtmitte zurück. Eine junge Frau aber ließ sich nicht zurückhalten, lachte hysterisch und stieg über das Seil. Der Polizist blieb ruhig an seinem Platz stehen und unternahm nichts dagegen. Ich blieb eine Weile hinter der Absperrung stehen und beobachtete das Spiel. Die Frau schritt erhobenen Hauptes über den freien Platz dahin, wie auf einer Bühne. Das Brandenburger Tor und die dahinter verlaufende drei Meter hohe Mauer wirkten wie eine gewaltige Gefängniskulisse zur Oper Nabucco. Fenena, Tochter des babylonischen Königs Nabucco und die gefangenen Hebräer sollen zur Hinrichtungsstätte geführt werden. Die Todgeweihten singen erst leise, dann immer lauter anschwellend den sehnsuchtsvollen Gefangenenchor. Aber die Frau kam nicht zu ihrem Auftritt. Das Spiel lief anders, ohne Freiheitschor und Befreiung der Hebräer. Sobald drei Leute zusammenstanden, wurden sie aufgefordert, auseinanderzugehen.
Direkt vor dem Brandenburger Tor, hinter einer weiteren Absperrung knieten zwei Männer und zündeten Kerzen an. Die Grenzsoldaten, die direkt hinter dem Seil standen, sahen zu und ließen sie gewähren. Zwei Einsatzwagen der Polizei standen links und rechts des Platzes. Man behielt die Situation

im Auge. Auf dem grünen Rasen zwischen dem Brandenburger Tor und der Mauer hoppelten unterdessen eine Menge wilder Kaninchen völlig sorglos umher, gingen dem Vorgang ihrer Arterhaltung nach und ließen sich überhaupt nicht stören. Sie lebten inzwischen seit mehr als hundert Kaninchen-Generationen hier und hatten erfahren, dass man ihnen nichts antun würde. Die junge Frau, die über den Platz gegangen war, wurde mit anderen Leuten aufgefordert, in den Einsatzwagen zu steigen. Sie wurden abtransportiert. So musste ich es also machen, wenn ich zu Wort kommen und den Brief an den Minister für Inneres loswerden wollte. Jetzt trat ich in das Rampenlicht. Ich ignorierte die Worte des Uniformierten neben mir und ging über den freien Platz, direkt auf die vor den Kerzen knienden Männer zu. Ich blieb neben einem Mann zu meiner Rechten stehen und fragte, weshalb er vor der Kerze kniee. Er blickte zu mir auf und antwortete in einem seltsam vertrauten Ton, der mich überraschte: „Ich komme jedes Jahr hierher, seit mein Freund an der Mauer erschossen wurde." Der Uniformierte hinter dem Seil lauschte dem Gespräch. Der Mann sprach weiter: „Sie scheinen mich nicht zu kennen, aber ich sehe sie oft, wenn Sie mit ihrem Fahrrad zur Schule fahren. Meine Nichte hat mir gesagt, dass sie bei Ihnen Unterricht hat." Es stellte sich heraus, dass er als Traktorfahrer auf der LPG arbeitete, nicht weit von meiner Schule. Ich kannte Steffi, seine Nichte. Ihn hatte ich nie zuvor bemerkt. Wir lächelten uns an. „Na dann, bis zur nächsten Begegnung." Er vertiefte sich wieder in seine Andacht und ich ging weiter. Irgendwann würde ich ihn wiedersehen und mich vielleicht länger mit ihm unterhalten. Ich stellte fest, dass es noch andere Personen gab, die Kerzen angezündet hatten, und ging langsam auf die gegenüberliegende Straßenseite hinüber, dort wo das Botschaftsgebäude der UdSSR war und ein Einsatzwagen der Polizei stand. Ich bemerkte, dass man mich im Blick behielt, ja geradezu erwartete. Ich hatte es so gewollt. Zwei Jahre lang war ich überall von Beamten oder Sekretären abgewiesen worden. Jetzt wollte ich die letzte Hürde nehmen. Ich konnte einfach nicht aufgeben, bevor ich nicht alles versucht hatte. Die Polizei sollte mich nur endlich festnehmen. „Wo ein Wille ist, ist auch ein Weg." „Fliegt, Gedanken auf goldenen Flügeln." Der Minister für Reiseangelegenheiten sollte höchstpersönlich entscheiden. Ich wollte es genau wissen. Kamen die Entscheidungen tatsächlich von ganz oben? Ich stellte mich neben zwei junge Männer, die ebenfalls Kerzen angezündet hatten, und begann ein Gespräch mit ihnen. Ich erfuhr, dass heute viele Menschen aus allen Teilen des Landes gekommen waren, die einen Ausreiseantrag gestellt hatten. Sie selbst gehörten auch dazu. Einer kam aus Gernrode im Harz, der andere aus Magdeburg. Vielleicht gab es eine Chance, wenn man provozierte, eher ausgewiesen zu werden. Im Januar hatte es bereits einen großen Rausschmiss gegeben, entweder weil man Unruhen bei den Wahlen vorbeugen wollte oder wieder Devisen brauchte. Jedenfalls hatte man 200 ungeliebte Zeitgenossen an den Westen verkauft. Gerade sagte der eine: „Mein Großvater lebt in Essen. Er ist sehr krank und würde gern sehen, dass ich seine Schreinerei übernehme. Ich bin der einzige Enkel, der es machen könnte." Da hielt das Einsatzfahrzeug, ein W 50, quietschend neben uns.

Zusammen mit den Leuten, die Kerzen angezündet hatten, wurde ich aufgefordert, meinen Ausweis abzugeben und ins Auto zu steigen. Unterhaltung war verboten.

Festnahme und Abtransport

Das Auto fuhr mit hoher Geschwindigkeit los und bog nicht weit vom Brandenburger Tor rechts in eine Seitenstraße ein. Die Fahrt dauerte nur wenige Minuten. Der Traktorfahrer saß neben mir auf der Rückbank. Er wirkte äußerst nervös. Seine Hände zitterten. Plötzlich fasste er in seine Jackentasche und zog ein großes Messer hervor, eine Art Hirschfänger. Ich bekam einen Schreck, glaubte aber nicht, dass er mir etwas antun wollte. Ich gab ihm mit Mimik und Gestik zu verstehen, dass er das Messer im Auto lassen sollte, Waffenbesitz wurde bestraft. Immerhin war das eine Waffe und so groß, wie sie war, konnte man schon jemanden damit umbringen.

Er befolgte meinen Rat und ließ das Messer im Wagen liegen. Das Auto fuhr in einen großen Innenhof, der umgeben war von hohen Gebäuden mit Garagen. Es standen noch einige andere Polizeiautos auf dem Platz. Wir mussten alle aussteigen und wurden dann einzeln in einen zu ebener Erde liegenden Verhörraum geführt.

Ganzkörperkontrolle und Strafsitzen mit Beleuchtung

Eine Polizistin führte zur Sicherheit eine Ganzkörperkontrolle bei mir durch. Ich musste mich entkleiden und begutachten lassen. Dann durfte ich mich wieder anziehen, musste aber meinen Rucksack mit dem Banjo und dem Brief an den Innenminister abgeben.

Ich wurde in ein höher gelegenes Stockwerk geführt, in einen großen flurähnlichen Raum. Dort befanden sich zwei lange Stuhlreihen, deren Rückenlehnen aneinanderstießen. Schätzungsweise vierzig Leute saßen schon dort, von grellen Deckenlampen beleuchtet. Es wirkte zuerst wie eine lustige Geburtstagsfeier mit gemischtem Publikum. Gleich würde Musik erklingen und ein Stuhltanz beginnen, bei dem nach und nach immer ein Stuhl weggenommen wird und schließlich ein Sieger übrigbleibt. Aber es wurde weder lustig, noch würde es einen Sieger geben.

Alle mussten still auf ihren Stühlen sitzen bleiben und warten, bis sie zum Verhör geführt wurden. Es dauerte viele Stunden und ging die ganze Nacht hindurch. Wer zur Toilette musste, hatte sich mit erhobenem Arm zu melden und wurde dann von einem Uniformierten begleitet. Ich konnte nicht überblicken, wie die Leute aussahen, die mit mir zusammen aufgegriffen wurden. Wenn man in einer Reihe sitzt, und sich nicht bewegen oder umdrehen darf, ist das nicht möglich. Neben mir saß eine junge Frau. Ich fragte leise unter vorgehaltener Hand: „Warum sind Sie hier?" Ich erfuhr, dass sie und ihr Mann bei einer Kontrolle festgenommen wurden. Sie hatten ihre Ausweise nicht dabei. Zu ihrem Unglück hatten sie ihr Baby bei einer Nachbarin gelassen und konnten diese nun nicht einmal benachrichtigen. Der andere Stuhlnachbar hatte einen Ausreiseantrag gestellt. Hinter meinem Rücken flüsterten zwei junge Männer. Es waren die Balletttänzer vom Alexanderplatz. „Ich habe euch gesehen", sagte ich wohl etwas zu laut. Der Uniformierte am Eingang forderte zur Ruhe auf. Ein Schmunzeln ging dennoch durch die Stuhlreihen. Scheinbar war ich nur von derartigen Kriminellen oder Verbrechern umgeben, die sich alle außerordentlich diszipliniert verhielten und sich in stillem Protest übten.

Die Nacht wurde unangenehm lang auf den harten Stühlen und bei grellem Licht. Ich schloss die Augen, nickte ein und wachte immer wieder erschreckt auf.

Irgendwann am frühen Morgen kam ein Uniformierter mit einem Teller geschmierter Schnitten in den Raum und bot sie zum Essen an. Einer der „Delinquenten" flüsterte: „Nicht essen! Die machen da etwas rein, wovon man Magenschmerzen bekommt!"

Es war ein rötlicher Brotaufstrich, der aussah wie eine dünn aufgekratzte Teewurst. Ich war am Abend zuvor gegen 21.00 Uhr festgenommen worden und hatte Hunger. Mein Magen knurrte laut, denn ich hatte seit gestern Mittag nichts gegessen. Ich nahm eine Schnitte. Das Brot bog sich an den Rändern, war hart und ausgetrocknet, so als wäre es von einer vorgestrigen Party übriggeblieben. Es knirschte beim Reinbeißen. Ich konnte daraus nur schlussfolgern, dass es Absicht sein musste, die Leute damit zu bestrafen. Magenschmerzen bekam ich davon aber nicht.

14.08.1989: Das Verhör

Gegen 8.00 Uhr wurde ich von einem jungen Polizisten zum Verhör geführt. In dem relativ kleinen dunklen Raum standen mehrere Uniformierte, die evtl. einschreiten mussten, wenn es nötig wurde.

Ein übergroßer brauner Schreibtisch dominierte den Raum, auf dem Stifte und Dokumente lagen sowie ein Telefon und ein Tonbandgerät. Davor stand ein einfacher Stuhl. Ich wurde aufgefordert, Platz zu nehmen. Hinter dem Tisch saß ein hochrangiger Beamter im mittleren Alter, mit dunkler Brille und grau werdenden Haaren.

Ohne mir Beachtung zu schenken, begann er zuerst mit den üblichen Fragen: Name, Geburtsort, Wohnort, Beruf usw. Wahrscheinlich hielt er sich an ein vorgegebenes Verhörprotokoll, einem Blatt Papier, das vor ihm lag. Er musste ein starker Raucher sein. Dafür sprach auch seine kratzige tiefe Stimme. Ich musste dabei an einen alternden Wolf denken.

Dann kamen Fragen, die Beweise erbringen sollten. Erst jetzt schaute er mich eindringlich, ja fast feindselig an.

„Warum haben Sie einen Ausreiseantrag gestellt?"

„Ich habe keinen Ausreiseantrag gestellt."

Der Beamte ging wohl davon aus, dass alle Menschen, die man hierher gebracht hatte, Ausreiseanträge gestellt hatten, also Staatsfeinde waren, mit denen man hart umgehen musste. „Also, noch einmal: Warum wollen Sie ausreisen?" Ich will nicht ausreisen. Ich möchte nur eine Auslandsreise beantragen", antwortete ich.

Ich versuchte, zu erklären, dass ich als Beweis einen Brief an den Innenminister in meinem Rucksack habe und froh wäre, wenn dieser Brief von hier aus weitergeleitet würde. Der Verhörspezialist fühlte sich wohl veralbert und brach in ein kurzes Gelächter aus: „Ich bin doch kein Briefträger. Machen Sie das doch selber."

„Ich möchte wissen, warum Sie einen Ausreiseantrag gestellt haben?"

„Das habe ich nicht", wiederholte ich.

„Warum sind Sie dann am 13. August am antifaschistischen Schutzwall festgenommen worden?"

„Weil ich den Brief für eine Auslandsreise abgeben wollte und keine andere Chance mehr gesehen habe."

„Warum mussten Sie das gerade am 13. August tun, wo es zu staatsfeindlichen Aktionen kommen konnte?"

„Um festgenommen zu werden, musste es der 13. August sein. Ein anderer Tag wäre sinnlos gewesen."

Ich hatte lediglich auf Fragen zu antworten und bekam keine Gelegenheit, mich zu erklären. Mitgefühl und Verständnis war hier nicht zu erwarten. Ich spürte Verachtung für diese respektlose dumme Behandlung.

Eine Weile war Stille. Dann schüttelte der Beamte den Kopf, sah mich durchdringend an und sprach in überlautem Ton: „Sie können jetzt nach Hause gehen. Dass wir Ihren Kreisschulrat benachrichtigen werden, dürfte Ihnen wohl klar sein und auch, dass Sie daraus die Konsequenzen ziehen müssen."

Frühstück im Café in Berlin

Übermüdet, verärgert und hungrig verließ ich gegen 9.00 Uhr das Polizeigebäude mit meinem Rucksack. In einiger Entfernung entdeckte ich auf der anderen Straßenseite ein hübsches Café, das aussah wie ein kleiner Glaspalast. Ich entschied mich, hineinzugehen und erst einmal zu frühstücken. Mir war etwas schwindlig. Leicht wie ein Engel schwebte ich über die Straße. Ich kannte dieses Gefühl. Manchmal litt ich unter zu niedrigem Blutdruck. Dann konnte eine Tasse Kaffee hilfreich sein.

Es war noch früh und das Café ziemlich leer. Ich musste einer der ersten Gäste sein. Ich setzte mich an einen Vierertisch, direkt an die große Fensterscheibe, mit Blick auf die Straße und bestellte einen Kaffee und ein belegtes Brötchen mit Ei.

Seltsamerweise füllte sich das Café ziemlich bald und die Plätze wurden rar. Eine freundliche, gut gekleidete, etwas ältere Frau, fragte mich, ob sie sich zu mir setzen könne. Sie bestellte ein Stück Kuchen und eine Tasse Kaffee und wir kamen ins Gespräch.

Bisher hatte ich mich mit fremden Menschen nie über meine persönlichen Angelegenheiten unterhalten. Aber die Frau machte einen vertrauenswürdigen Eindruck. Fast mütterlich fragte sie: „Geht es ihnen gut? Sie sehen irgendwie erschöpft und blass aus."

Mir standen die Tränen in den Augen.

Nach dieser schrecklichen Nacht und dem morgendlichen Verhör tat es gut, mit jemandem zu sprechen, der einem zuhörte.

Ich erzählte, was seit gestern am Brandenburger Tor mit mir geschehen war und dass ich doch nichts weiter wollte, als einmal meinen Schreibfreund in Nigeria persönlich kennenzulernen, der Sekretär an der Universität Sokoto war. Wir schrieben uns nun schon seit 25 Jahren. Er war jemand, der sich für Menschenrechte und internationale Zusammenarbeit einsetzte. Ich hatte ihm viel zu verdanken. Durch den ständigen Briefwechsel hatte ich besser Englisch gelernt und konnte dadurch sogar an der Schule und an der Volkshochschule Englisch unterrichten. Aber wir würden uns wohl nie im Leben sehen, weil der Staat es verbot. Das war unmenschlich. Die Frau hatte interessiert zugehört und gemeint: „Sprechen Sie nicht von unmenschlich. Der Staat tut doch auch viel Gutes für seine Menschen. Denken Sie nur an Kinderkrippe, Kindergarten, gute Schulbildung, Studium. Jeder kann nach seinen Fähigkeiten arbeiten. Jeder Staat hat aber auch seine Gesetze, nach denen man sich richten muss. Wer es nicht tut, bekommt großen Ärger. Steigern Sie sich nicht in etwas hinein, das Sie nicht gewinnen können. Schlagen Sie sich ihre Reisegedanken aus dem Kopf, wenn Sie nicht unglücklich werden wollen."

Ich konnte das nicht akzeptieren: „Aber es kann doch nicht so bleiben. Wenn eine Freundschaftsreise etwas Staatsfeindliches ist, dann ist etwas falsch mit der Regierung!"

Die Frau schüttelte den Kopf: „Ich kann Ihnen nur raten, aufzugeben, sonst werden Sie in große Schwierigkeiten kommen. Denken Sie darüber nach!"

Ich bedankte mich schließlich für das Gespräch, bezahlte, nahm meinen Rucksack und ging meiner Wege, die Straße Unter den Linden entlang in Richtung Fernsehturm.

Ich kam nicht umhin, über die Frau nachzudenken. Irgendetwas stimmte nicht. Vielleicht arbeitete sie mit der Staatssicherheit zusammen, vielleicht ging sie immer in dieses Café, um Einfluss auf solche, zu nehmen, die gerade vom Verhör kamen. Aber warum sollte sich die Stasi so viel Mühe machen?

Ich war nicht sicher, was ich glauben sollte.
Am Alexanderplatz stieg ich in die S-Bahn nach Bernau, um von dort mit dem Zug nach Hause zu fahren.

Zufälliges Treffen

Auf dem Weg vom Bahnhof kam mir Hanne entgegen, eine junge Frau Mitte dreißig, die in meiner Volkshochschulklasse Englisch lernte. Der Altersunterschied zwischen uns war kaum zu bemerken. Ich mochte Hannes aufgeschlossene direkte Art und wenn ich nicht gerade ihre Lehrerin gewesen wäre, hätten wir vielleicht Freundinnen sein können.

In der ersten Stunde hatte ich alle Teilnehmer gefragt, weshalb sie Englisch lernen wollten. Die Antworten waren fast alle gleich: Englisch war eine wichtige Verständigungssprache. Nur Hanne hatte als Einzige etwas anderes gesagt: „Mein Mann und ich haben einen Ausreiseantrag gestellt. Er ist schon ausgewiesen worden, ich sitze noch auf gepackten Koffern. Ich will die Zeit nutzen. Das Lernen lenkt mich ab."

„Schön Sie zu treffen", meinte Hanne. „Ich freue mich schon auf September, wenn der Kurs weitergeht." Sie schaute mich dabei etwas nachdenklich an: „Geht es Ihnen gut?"

Ich versuchte, zu lächeln: „Ich weiß im Moment nicht, was sein wird."

„Wie das? ", fragte Hanne erstaunt. „Wollen Sie etwa nicht weitermachen?"

Da viele Menschen unterwegs waren und ich nur kurz erwähnen konnte, was in Berlin geschehen war, schlug Hanne vor, dass wir uns am nächsten Tag treffen sollten. Sie verstand schnell, dass es eine Geschichte gab, die nicht für alle Ohren gedacht war.

„Vielleicht kann ich Ihnen helfen."

15.08.1989: Verbündete

Es war ein sehr heißer Tag. Das Thermometer an der Hauswand hatte 30 Grad im Schatten angezeigt. Hanne und ich trafen uns an der Eisdiele, in der Nähe des Stadtparks. Als wir uns die Hand gaben, sagte ich: „Ab jetzt bitte du." Hanne lachte: „Sehr gern." Wir waren uns nicht nur sympathisch, wir waren nun auch Verbündete. Wir kauften uns ein Eis und setzten uns auf eine Bank unter einen Baum, wo wir unbehelligt erzählen konnten. Hanne verstand, dass auch ich meinen Arbeitsplatz verlieren konnte. Sie erzählte, dass sie ihre Arbeit als Physiotherapeutin aufgeben musste, nachdem sie den Ausreiseantrag gestellt hatte. Da sie aber Geld brauchte und über ihren Mann Kontakte zu Schaustellern besaß, schloss sie sich denen an. Sie nahm an Volksfesten rund um Berlin teil und verkaufte Waffeln in einem Zirkuswagen. Das war als vorübergehender Erwerb gedacht, bis auch sie das Land verlassen durfte.

Wenn ich wollte, konnte ich gleich in den nächsten Tagen mit ihr kommen und ausprobieren, ob ich solch einen Job machen konnte, falls ich Berufsverbot bekam. Immerhin hatte ich ja noch Ferien und meine Kinder waren alt genug, um allein zurechtzukommen.

Ich nahm das Angebot an. Irgendwie musste ich mich auf die unsichere Zukunft vorbereiten. Mit Hanne zusammen würde diese Art Probezeit nicht nur ein Abenteuer, sondern vielleicht auch der Beginn einer Freundschaft werden.

16.08-20.08.1989: Rummelplatz Hoppegarten Hönow

Wir waren mit Hannes Trabi gefahren. Das vereinfachte die Anreise. Dann mussten wir nicht das Berliner S- und U-Bahnnetz nehmen. Der Rummelplatz befand sich allerdings nicht weit von der letzten U-Bahnhaltestelle und wenn wir wollten, konnten wir jederzeit auch mit der Bahn ins Zentrum fahren. Nur würden wir wohl kaum dazu Zeit finden. Wir kamen am frühen Abend in der Unterkunft an. Es war nicht der von mir erwartete Zirkuswagen, sondern ein angemieteter kleiner Raum mit zwei Betten in einem privaten Haus. Nachdem wir unsere Sachen verstaut hatten, gingen wir noch zum Rummelplatz, die neue Arbeitsstelle ansehen.

Hanne war keine Unbekannte dort. Sie wurde sofort von einigen Schaustellern kameradschaftlich begrüßt und daran erinnert, dass am kommenden Abend für alle Grillabend geplant sei.

Hanne bestätigte, dass wir beide kommen würden.

Auf dem Rummelplatz war alles schon fertig aufgebaut, Autoscooter, Kettenkarussell, Luftschaukel, Riesenrad.

Es gab Losbuden aller Art mit Puppen, Teddys, Autos und vielem anderem Schnickschnack, Schießstände zum Abschießen von Plastikblumen und sehr viele Verkaufsstände, an denen es Bratwurst, Steak, Kartoffelpuffer, Zuckerwatte, glasierte Äpfel, gebrannte Mandeln, Quarkbällchen und Eis geben würde. Hannes Waffelstand befand sich mittendrin. Es war ein Wagen aus hellem Holz, mit Runddach und aufklappbarem Seitenteil, das oberhalb als Wetterschutz diente und unten eine Verkaufstheke hatte. Ich sollte ab morgen früh 10 Uhr die vier Waffeleisen im Hintergrund bedienen und Hanne würde sie noch mit Puderzucker bestreuen und verkaufen. Wir mussten aber morgen ganz früh erst noch zum Großmarkt fahren und die bestellten Eimer mit Eierkuchenteig abholen. „Du brauchst dir keine Gedanken machen, das kriegen wir schon hin", meinte Hanne.

Ein typischer Arbeitstag auf dem Rummel

Gegen 7 Uhr fuhren wir auf der Landsberger Chaussee zum Großmarkt, linker Hand vorbei an dem Stadtteil Marzahn, deren große weitläufige Wohnblocks wie riesige Bauklötze aus der Landschaft herausragten. Die Neubauten waren erst in den letzten zwanzig Jahren um einen alten Ortskern herum entstanden.

Beim Großmarkt hatte ein freundlicher junger Verkäufer die drei Eimer mit Teig schon bereitgestellt und trug sie zum Trabi. Hanne kaufte noch ein paar Flaschen Sahne und einige Pakete Eier dazu und meinte: „Das müssen wir noch unterrühren. Dann schmeckt es wesentlich besser."

Punkt 10 Uhr füllte sich der Festplatz mit Menschenmassen. Meistens waren es Familien mit Kindern, die sich und ihren Sprösslingen noch etwas Gutes gönnen wollten, bevor die Ferienzeit vorüber war. Laute Musik dröhnte aus den Lautsprechern über den Platz. Jedes Fahrgeschäft hatte seine eigene Musik und Lautstärke, die sich vermischte mit dem Stimmengewirr der Menschen, der Losverkäufer und Marktschreier.

Die Sonne brannte auf den Festplatz. Es wehte kein Lüftchen. Die Temperaturen kletterten schnell über 30 Grad. Nachdem Hanne mir die Arbeitsweise an den Waffeleisen erklärt hatte, befüllte ich ein Waffeleisen nach dem anderen. Ich musste darauf achten, dass nie alle Waffeleisen zur gleichen Zeit fertig waren, und es musste schnell gehen, weil die Schlangen an der Theke immer länger wurden. Zur hohen Außentemperatur kamen an den Waffeleisen noch ein paar Grad Celsius hinzu. Ich war zwar einiges gewöhnt und scheute mich auch nicht vor der Arbeit, aber die ungewohnt hohe Temperatur und der Geruch nach dem Öl, womit ich ab und zu die Eisen einpinseln musste, machten mir zu schaffen. Die Hitze stieg mir zu Kopf und mir wurde etwas schwindlig. Die Seitentür des Wagens war zwar geöffnet, aber sie ließ keinen Luftzug durch. Ich musste immer wieder einen Schluck aus der Wasserflasche nehmen, um nicht umzufallen und das Tempo durchhalten zu können. Aber allein hätte Hanne es gar nicht geschafft. Sie war froh, dass sie mich als Aushilfe gefunden hatte. Der Stand war von 10.00 Uhr bis 22.00 Uhr geöffnet. Gegen Abend wurde es weniger mit dem Verkauf, aber es war auch nötig, um langsam zur Ruhe zu kommen. Nachdem alle Schausteller ihre Arbeit beendet hatten, gab es vor dem Schlafengehen noch einen gemeinschaftlichen Grillabend. Alle hatten sich eine Sitzgelegenheit mitgebracht, Hocker, Stühle oder Bierkästen und bildeten damit einen Kreis um das Grillfeuer. Die Musik war überall verstummt und man aß, trank und erzählte miteinander.

Eine Flasche Korn wurde herumgereicht. Normalerweise würde ich keinen Alkohol trinken, aber Hanne hatte mich als ihre Freundin vorgestellt und sah mich nun scheel von der Seite an: „Mach schon, ist ja kein Gift, oder?" Also nahm ich einen Schluck und schüttelte mich: „Bah..." Alle schauten mich an und lachten. „Alles Gewohnheitssache", meinte einer, ein anderer: „Einmal ist immer das erste Mal."

Besonders die Männer, die in der Überzahl waren, hatten dabei ihr Gesprächsthema gefunden. „Die Frauen, die sich besonders zieren, das sind die Schlimmsten", hieß es. Dann fiel der Name Beate Uhse und Einer, den sie Olli nannten, übergab Hanne ein kleines Geschenk: „Wo dein Männe jetzt nicht zur Verfügung steht, und du gerade Geburtstag hattest." „Auspacken! Auspacken!" hieß es. Die ahnungslose Hanne wickelte freudestrahlend mehrere Lagen Papier ab, bis das blaue längliche Objekt zum Vorschein kam."

Dann sprang sie empört auf, gab dem Überbringer eine Ohr-

feige und sagte: „Vielleicht ist es gut für deine Frau, wenn du keinen mehr hochkriegst!" Sie warf es ihm vor die Füße.
Die versammelte Gesellschaft brach in Lachen aus. Ich hatte nicht gesehen, was Hanne geschenkt bekommen hatte und fragte, was es war.
Hanne schüttelte den Kopf. Olli hielt jetzt das blaue Ding hoch, grinste und brachte es durch einen Knopfdruck in Bewegung.
„Mein Gott, es ist doch nur ein Dildo vom Beate Uhse Laden."

Abschied vom Waffelbacken

Ich war froh, dass ich die drei Tage auf dem Rummelplatz überstanden hatte. Die große Hitze, der süße Ölgeruch und die hektische Arbeitszeit von 12 Stunden, das war recht gewöhnungsbedürftig. Was ich anfangs als Abenteuer und eventuellen Ausweg angesehen hatte, entpuppte sich schnell als eine kräftezehrende anstrengende Arbeit, die mir meine Grenzen aufgezeigt hatte.

„Schade, aber ich verstehe das. Lass uns wenigstens einen schönen Abschluss machen", meinte Hanne, als ich ihr die Gründe nannte.

Hanne hatte zwei Plätze im Café Moskau reservieren lassen.

Wir fuhren mit der S-Bahn bis zur Karl-Marx-Allee, die in den 60 iger Jahren noch Stalinallee hieß.

Das Café war als Nationalitätenrestaurant geplant und einge-richtet worden. Es war ein bedeutendes Vorzeigeobjekt mit vielen Konferenzräumen, das sich international sehen lassen konnte. Der Eingang zum Restaurant befand sich an einer Ecke des Hauses. Auf dem Dach darüber war ein metallenes Objekt des ersten Sputniks angebracht. Über und neben der Eingangstür gab es ein in blau, grau und braun gehaltenes großes Mosaik, welches das Leben von arbeitenden Menschen und Familien mit Kindern aus der Sowjetunion darstellte. Im Gebäude gab es verschiedene Räume mit Namen anderer Bruderländer. Insgesamt gab es Plätze für mehr als 600 Gäste. Die Wände hatten Holzverkleidungen und waren mit Meißener Porzellan geschmückt. Die Einrichtung war wohl nicht für den Durchschnitt der Bevölkerung gedacht, sondern eher ein zentraler Treffpunkt für Personen mit Rang und Namen, für Touristen aus anderen Ländern, die hier aber auch auf DDR-Bürger treffen konnten. Ich sah mich um und war erstaunt. An den Tischen schienen Menschen aus allen Erdteilen zu sitzen und Hanne war hier keine Unbekannte. Die Kellnerin, die uns bediente, wechselte mit ihr zuerst ein paar private Worte. Danach bestellte Hanne für uns einen halbtrockenen Sekt mit Erdbeeren, als Vorspeise Käsewürzbissen, als Hauptspeise Filetgulasch Stroganoff mit Risotto und Salat und als Nachspeise Kaffee und Aprikosentorte. Das war mehr als ausreichend. Wir genossen die Speisen und unterhielten uns darüber, wie nun alles weitergehen sollte.

„Vielleicht ist ja alles halb so schlimm und du machst den Kurs an der Volkshochschule weiter", sagte Hanne, „dann sehen wir uns vielleicht in ein paar Tagen wieder, es sei denn, ich werde plötzlich innerhalb von 24 Stunden ausgewiesen."

„Auf jedem Fall bleiben wir in Verbindung", erwiderte ich.

„Und danke, dass du mir deine Hilfe angeboten hast."

Freitag, 25.08.1989: Vorbereitung auf das Schuljahr 89/90

Es war die Nacht vor der Vorbereitungswoche. Ich war mit bedrückenden Gedanken ins Bett gegangen und wälzte mich unruhig hin und her, bis ich schließlich in einen Albtraum verfiel, in dem ich die Hauptperson war. Erstaunlicherweise konnte ich fliegen. Es war schön, so weit oben mit der Sonne durch die Luft zu schweben und auf die Erde herunterzuschauen. Plötzlich aber verdunkelte sich der Himmel und ich stürzte ab. Unter mir lag ein Friedhof. Ich konnte in ein ausgehobenes Grab schauen, in dem ein offener Sarg stand. Ich hatte erkannt, wer die Verstorbene war, und bekam einen fürchterlichen Schreck. Kalter Schweiß sammelte sich auf meiner Stirn. Zum Glück schrillte der Wecker. Es war 7.00 Uhr. Erlöst atmete ich tief durch. Nein, ich war noch nicht gestorben.

Trotzdem gab mir der Traum zu denken. Er war nicht allzu weit von der Wirklichkeit entfernt.

Ich schob die buntgeblümten Gardinen zur Seite und blickte durch das Fenster auf den gepflasterten Innenhof. „Trügerische Ruhe", musste ich denken.

Die Kinder schliefen noch. Sandras zweites Lehrjahr fing erst in einer Woche an und Frank musste am Montag wieder arbeiten. Ich schluckte ein Aspirin mit etwas Wasser aus der Flasche hinunter, die auf dem Nachtschrank stand. Das Thermometer, das draußen im Schatten an der Fensterwand hing, zeigte 24 Grad.

Die Küche roch nach kaltem Zigarettenrauch und abgestandenem Bier. Frank hatte wieder in der Küche geraucht und seine Schachtel Karo und den vollen Aschenbecher stehengelassen. Ich mochte das nicht. Die Küche besaß nur ein Fenster, das schlecht zu öffnen ging. Der Holzrahmen hatte sich verzogen und klemmte. Außerdem stand die große Baobabpflanze auf dem Fensterbrett. Ich schüttete die Asche in den Mülleimer, öffnete die Tür zum Bad und ließ frische Luft durch das Badfenster herein. Der Abreißkalender zeigte Donnerstag, den 24.08.89. Ich riss das Blatt ab, las es und ließ es für Sandra auf dem Küchentisch liegen, die gerne die Rückseite mit den

Sprüchen las, seit sie den Englischkurs an der Volkshochschule besuchte. „Wo ein Wille ist, ist auch ein Weg. Where there is a will, there is a way. William Shakespeare."

Der Pfeifkessel meldete sich.

Ich sprang schnell auf, um ihn vom Herd zu nehmen, damit die Kinder nicht wach wurden. Dabei stolperte ich über den Kater, der sich erschreckt ins Bad rettete und stieß mit dem Knie an die scharfe Kante des Tischbeines. Ich schrie auf. Davon war Frank wach geworden. Er steckte sein verschlafenes Gesicht durch die Tür: „Ist was passiert?" Ich rieb mir das Knie: „Nicht so schlimm, schlaf ruhig weiter."

„Nein, jetzt bin ich wach. Er nahm den Pfeifkessel vom Herd. „Ich trinke eine Tasse Kaffee mit und dann will ich ein bisschen an meinem Moped basteln."

Er brühte zwei große Tassen schwarzen Kaffee auf und stellte sie auf den Tisch. „Milch?" „Nein, danke."

„Frank, ich will ja nicht meckern, aber kannst du nicht wenigstens den Aschenbecher leeren und die Bierflaschen wegstellen? Du weißt, dass ich es nicht leiden kann, wenn es so aussieht und riecht."

„Okay, okay, jetzt reg dich ab. Ich weiß, dass du wegen heute nervös bist."

Er legte Brot, Marmelade, Besteck und Teller auf den Tisch. „Was essen?" Er grinste.

„Typisch" musste ich denken und strich ihm über seine struppigen Haare. Er bemühte sich, mich zu beruhigen. Er mochte es nicht, wenn es Unstimmigkeiten gab.

„Ich höre ja schon auf zu meckern", sagte ich. „Aber meine Nerven sind momentan wirklich nicht die besten. Ich weiß nicht, wie alles weiter gehen wird. Ich kann nur vermuten, dass ich entlassen werde. Vielleicht schon heute."

„Wart`s ab! Es kann ja auch sein, dass nichts passiert. Du

machst dir immer zu viele Gedanken. Damals, als der Typ von der Stasi wegen meiner Stabüarbeit in die Schule kam, war auch alles im Sande verlaufen."

„Wann ist Sandra eigentlich nach Hause gekommen?" Ich biss in meine Marmeladenschnitte.

„Es war nicht so spät wie sonst. Sie will heute Vormittag mit Wilfried noch eine Woche an die Müritz zelten fahren. Er ist deshalb auch gleich hiergeblieben."

„Schön, dass ich das auch noch erfahre, bevor sie weg ist."

„Mein Gott, wir sind erwachsen! Sie hat doch noch eine Woche frei. Sie wollte dich gestern einfach nicht mehr wecken."

Ich fühlte mich hilflos, weil ich an allem nichts ändern konnte. Die Kinder machten, was sie wollten, und begründeten alles damit, dass sie erwachsen seien. Zum Glück nahm Sandra wenigstens die Pille. Ich wünschte nicht, dass es ihr eines Tages so erging wie mir selbst, schwanger mit 18.

Frank drehte das Radio auf UKW und stellte DT64, die Sendung „Morgenrock" ein.

„Wie findest du das, Mutti?" Tina Turner, die Queen of Rock sang: „What's love got to do with it." Er stellte lauter.

„Find ich super, mach aber bitte wieder leiser. Ich habe schon eine Kopfschmerztablette genommen."

Er tat es wortlos, dann rührte er nachdenklich mit dem Löffel in der Tasse herum. Ich betrachtete ihn dabei.

„War gestern Abend noch jemand anders hier?"

„Nein. Nur Sandra und Wilfried. Warum?"

„Wegen der Bierflaschen."

„Nein, wir haben nur ein bisschen länger als sonst getagt."

Frank biss herzhaft in sein dick beschmiertes Marmeladenbrot. „Und worüber habt ihr gesprochen?"

„Ach, Verschiedenes. Wilfried will jetzt FDJ-Vorsitzender

werden. Er meinte, keiner will es machen, aber vielleicht kann man in dieser Position etwas ändern. Sandra fand auch, dass das eine gute Idee ist. Unsere viel gepriesene Volkswirtschaft liegt doch völlig am Boden. Man sollte sie besser Sauwirtschaft nennen. Keiner fühlt sich richtig verantwortlich. Alles verkommt."

„Und was habt ihr euch vorgestellt? Wollt ihr drei den Staat retten?" Ich pustete über den heißen Kaffee.

„Warum nicht? Es muss alles vernünftiger werden. Als ich noch zur Schule ging, habe ich nicht gewusst, was draußen in den Betrieben abgeht, aber jetzt kann ich es jeden Tag selbst erleben. Wenn man die Maschinenparks und Materiallager sieht, kann man sich nur die Haare raufen! Was da so alles vor sich hin gammelt! Meist noch brauchbares Material. Das ist doch alles Volkseigentum, unser Geld, oder? Es wird einfach so weggeworfen. Keinen kümmert es. Die Arbeiter spielen lieber stundenlang Karten und warten, bis irgendwann mal von irgendwoher eine Lieferung kommt. Wenn es eine Art Vermittlungszentrale für Maschinen und Material gäbe, wo man anrufen könnte und die Leute dort würden einem einen Betrieb vermitteln, wo es rumliegt, brauchte man es nur dort abzuholen und könnte weiterarbeiten."

„Und was machst du, wenn keine Transportmittel da sind?"

„Das kann man auch in den Griff kriegen. Es gibt genügend alte Klapperkisten, die man wieder zum Rollen bringen kann. Es gibt so vieles, was man machen könnte. Irgendwie haben aber alle die Nase voll und keiner ändert was. Das ist einfach nicht mehr zu ertragen. Da muss doch was geschehen, oder?"

Frank hatte sich in Rage geredet und sah mich herausfordernd an.

„Du hast ja recht, Frank Aber es ist sehr schwierig in diesem

Staat, etwas Vernünftiges durchzusetzen, das weißt du doch selbst. Wer kritisiert und verbessern will, kann leicht auf die Rote Liste kommen. Im Allgemeinen gibt die Partei vor, was richtig ist und gemacht werden muss. Man braucht Verbündete und muss sich gut überlegen, wem man es sagt und wie man es sagt."

„Mutti, wenn sich nicht bald etwas ändert, laufen noch alle weg oder die Grenzen zu Polen und der Tschechoslowakei werden dicht gemacht, damit keiner mehr wegkann."

Ich sah auf die Uhr, die über der Tür an der Wand hing.

„Tut mir leid. Ich muss mich beeilen, bin nicht mal unter der Dusche gewesen. Vielleicht können wir heute, wenn ich von der Schule zurück bin, weiterreden."

Frank warf Mikosch einen Kronkorken zu: „Hopp! Fang die Maus!"

Ich verschwand im Bad unter die Dusche und vollführte dabei ein paar Rumpfbeugen. Dann kämmte ich mir mit einer Drahtbürste die Haare, machte ein paar Lidstriche um die Augen, zog Jeans und T-Shirt an und war fertig. Es war gleich Nachrichtenzeit.

„Stell mal DDR I an, Frank!" Der Nachrichtensprecher teilte mit, dass wieder Hunderte von DDR-Bürgern das Land verlassen hatten und dass man auf solche Menschen keinen Wert legen brauche. „Idiot!", bemerkte Frank und schaltete das Radio ab. Ich nahm meine Aktentasche und ging zur Küchentür hinaus.

„Bis später! Hoffentlich sehe ich Sandra noch, wenn ich zurückkomme."

„Wenn du willst, kannst du das Moped nehmen!", rief Frank hinterher.

„Nein danke, du weißt genau, dass ich damit nicht mehr fahre, seitdem du es frisiert hast!" Ich hörte Frank lachen.

Dann holte ich mein Klappfahrrad aus der Garage. Der Kater ließ es sich nicht nehmen, mir durch die Hoftür bis zur Straßenecke zu folgen.

„Geh wieder nach Hause, Mikosch!", sagte ich. „Ich muss zur Schule."

In der Schule

Ich fuhr die Straße zum Wald hinunter, um später in den Radweg am Kanal einzubiegen. Zehn Minuten später war ich im Nachbarort angekommen. Der dreistöckige Schulkomplex war schon von Weitem zu erkennen. Noch waren Ferien, aber für mich fing die Vorbereitungswoche an. Ich fuhr die Straße zur Schule hinunter, vorbei an kleinen Einfamilienhäusern und einer Schlange Leute, die beim Bäcker anstanden. Ich entdeckte bekannte Gesichter von Schülern und Dorfbewohnern. Wir grüßten einander freundlich, als sei alles klar und in ein paar Tagen würde alles wieder seinen gewohnten Gang gehen.

Ein hellgrüner Trabi stand auf der Straße vor der Schule. Er gehörte Ilse. Beim Vorbeifahren konnte ich entdecken, dass eine Gitarre auf der Rückbank lag. Mit Ilse hatte ich einiges zu bereden wegen des missglückten Budapest-Aufenthaltes. Ich stellte mein Rad im überdachten Fahrradstand ab und öffnete mit dem Sicherheitsschlüssel die große Glastür zur Schule. „Ich muss mich zusammenreißen", dachte ich. „Vielleicht hat Frank recht. Einfach abwarten." Links führte die Treppe zum Lehrerzimmer hinauf, vorbei am Chemieraum und dem Zimmer der Pionierleiterin.

Ich öffnete die Tür zum Lehrerzimmer.

Lachen schallte mir entgegen. Man unterhielt sich über Urlaubserlebnisse. Die Atmosphäre war entspannt. Als Ilse mich bemerkte, sagte sie in doppeldeutigem Ton: „Schön,

dich wiederzusehen. Ich dachte schon, du bist verschollen."
„Lass uns nachher darüber reden", erwiderte ich.

Der stellvertretende Direktor hatte gerade in die Hände geklatscht und um Ruhe gebeten: „Da unser Genosse Direktor kurzfristig zum Kreisschulrat bestellt wurde, möchte ich euch an seiner Stelle begrüßen. Ich bin froh, dass ihr alle wieder gesund und munter zur Vorbereitungswoche erschienen seid und keiner in Ungarn geblieben ist."

Alles lachte, nur ich nicht. Ich glaubte zu wissen, dass der Direktor meinetwegen zum Kreisschulrat bestellt worden war. Ich konnte mich nicht konzentrieren. Meine Gedanken schweiften ab und mein Blick blieb an den Bildern von Marx und Engels an der gegenüberliegenden Wand hängen. „Sie hatten auch von einer besseren Welt geträumt", musste ich denken. „Aber so schnell ließ sie sich nicht schaffen." Marx hatte damals wenigstens noch die Chance gehabt, nach England auszuwandern.

Die kommunistische Partei Großbritanniens hatte ihm zu Ehren in den 1950-iger Jahren auf dem Highgate Friedhof ein Denkmal errichtet, aber die Welt musste noch immer verändert werden. Die Diktatur des Proletariats war nicht der Weisheit letzter Schluss. Die Regierenden mussten kontrolliert werden, man musste sie dazu bringen, mehr in das menschliche Denken und der Entwicklung eines gesunden Menschenverstandes zu investieren. Humanistische Bildung, Forschung, nützliche Arbeit für jeden einzelnen, unabhängig seiner Rasse oder seines Standes. Eine gute Ausbildung konnte vielleicht auf ganz natürliche Weise langfristig eine vernünftigere Gesellschaft hervorbringen und das Genmaterial verändern, sodass kommende Generationen sensibler und gerechter wurden und Fanatismus und Diktaturen abschafften, weil es einfach unter ihrem genetischen Niveau war. Aber der erste

Schritt dazu war nicht einmal getan und existierte nur in meinem Kopf.

Neben Marx und Engels hing das Bild von Erich Honecker. Er lächelte entrückt, als sähe er für alle Ewigkeit schon das Paradies des Kommunismus vor sich, oder freue sich auf die große Feier zum 40.Jahrestag der DDR am 7. Oktober. Ob er sie überhaupt noch erlebte? Er war seit Wochen krank und hielt das Zepter nicht mehr fest in der Hand, aber abgeben wollte er es scheinbar auch nicht. Im Hintergrund bereitete sich bereits Egon Krenz, der ungeliebte Kronprinz, auf die Nachfolge vor. Doch würde es in der DDR jemals Reisefreiheit geben?

Die Welt stand für einige offen, aber nicht für alle.

Der stellvertretende Direktor kam zum Schluss seiner Rede: „Unsere Kollegin Lehnert hat übrigens inzwischen einen kleinen Jungen zur Welt gebracht. Wir sollten eine Sammlung machen. Übernimmst du das, Genossin Schmidt?" Die Pionierleiterin nickte.

„Also gut", fuhr der Stellvertretende fort, „Seht euch den Stundenplan an. Wenn noch etwas geändert werden soll, sagt es ziemlich bald. Es ist ohnehin sehr schwierig, es jedem recht zu machen. Ilse und ich haben ganz schön gebastelt, damit ihr nicht zu viele Freistunden habt. Die neuen Lehrpläne und Schulbücher liegen auf dem Tisch neben euren Fächern. Wenn ihr euch genug unterhalten habt und Kaffee getrunken, könnt ihr nach Hause gehen und eure Vorbereitungen machen. Wir sehen uns dann in einer Woche wieder." Damit war der offizielle Teil beendet.

„Nicht weglaufen!", rief er mir zu: „Ich habe noch etwas mit dir zu bereden." Neben mir wirkte er wie ein Riese.

Er legte seine Hand auf meine Schulter und schob mich behutsam in das Direktorenzimmer, wo wir allein waren.

Ich war sicher, dass er mir jetzt die schlechte Botschaft überbringen würde. Er tat mir beinahe leid und ich hielt es ihm zugute, dass er mich nicht vor dem ganzen Kollegium bloßgestellt hatte. Eigentlich war er ein netter Kerl, aber er musste seinen Job tun. Er stellte mich vor den Stundenplan und schwieg. Ich dachte, dass er jetzt sagen würde: „Das ist alles für dich vorbei." Ich fühlte einen Schauer über meinen Rücken laufen, obwohl es entsetzlich heiß war in dem kleinen ungelüfteten Raum. Er räusperte sich: „Sieh mal", fing er an und es klang, als suche er nach den passenden Worten in einer sehr unangenehmen Situation. Ich beendete gedanklich seinen Satz: „Es tut mir unendlich leid, aber nachdem, was in Berlin geschehen ist, müssen wir uns von dir trennen."
Aber stattdessen hörte ich ihn sagen: „Wir haben noch ein paar Lücken im Stundenplan. Kollegin Lehnert kommt erst im Oktober zurück. Könntest du vorübergehend Wehrerziehung in der 9. Klasse unterrichten?" Einen Moment lang glaubte ich, laut schreien zu müssen. Ich sah ihn entgeistert an. „Was ist los?" fragte er. „Hast du damit Probleme? Ein bisschen marschieren, Karte und Kompass erklären und Verbände anlegen, wirst du wohl noch hinkriegen, oder? Du bekommst es doch auch extra bezahlt."
Ich beeilte mich, zu sagen: „Nein, nein, ist schon in Ordnung", obwohl es natürlich ein bisschen mehr als das zu unterrichten gab, z. B. über biologische und chemische Waffen und Maßnahmen zur Ersten Hilfe. Einen Moment lang dachte ich daran, mich ihm zu offenbaren, ihm alles zu erzählen, um Verständnis zu bitten und ihn vielleicht als Fürsprecher zu gewinnen.
„Du bist auf einmal ganz blass. Geht es dir nicht gut?" Er sah mich prüfend an.
„Nein, es ist alles in Ordnung. Vielleicht brauche ich nur

etwas frische Luft."

Er öffnete das Fenster und grinste: „Nicht, dass du mir auch noch schwanger wirst! Lang genug waren ja die Ferien!" Ich versuchte zu lächeln, aber es gelang mir nicht recht. „Ich habe fast die ganze Nacht nicht geschlafen, weil..." Noch einmal nahm ich Anlauf zu einem Erklärungsversuch. Aber da klingelte das Telefon. Er machte eine freundliche Handbewegung und nahm den Hörer ab. Ich hörte ihn noch fragen: „Wer? Unser Direktor?"

Ich verließ das Zimmer. Die anderen Kollegen waren alle schon gegangen. Ilse hatte einen Zettel auf meinem Platz hinterlassen. „Konnte nicht warten, muss jetzt Gitarrenunterricht geben. Bitte komm am Sonntag gegen 15.00 Uhr zu mir und bring dein Banjo mit. Können dann ein bisschen spielen und quatschen. Kaffee und Kuchen gibt es auch."

Ich steckte die neuen Lehrpläne und die Bücher für Englisch und Wehrkunde mit dem Titel „Zivilverteidigung Klasse 9" in meine Tasche und nahm einen Kompass und eine Umgebungskarte aus der Kiste im Schrank für Lehrmaterial. Ich wusste nicht, wie ich die Treppe heruntergekommen war und wie ich es geschafft hatte, mit dem Fahrrad wieder nach Hause zu kommen. Meine Hände hatten zitternd den Lenker umklammert. Bei jedem Tritt in die Pedalen hämmerte es in meinem Kopf: „Ich kann nicht mehr. Ich kann nicht mehr." Ich wusste, dass mich diese Anspannung von jetzt ab nicht mehr verlassen würde und dass ich damit nicht leben konnte. Ich spürte, wie die Angst alles übernahm.

Ankunft zu Hause

Sandra war nicht mehr zu Hause, als ich von der Schule zurückkam. Sie war schon gegen Mittag mit Wilfried an die Müritz zelten gefahren.

Frank erschrak, als er sah, dass ich weinend am Küchentisch saß: „Was ist los, Mutti?" Er stand hilflos daneben und wusste nicht, was er sagen sollte.

„Was ist passiert?" Er strich mir über den Rücken.

„Nichts, gar nichts. Das ist es ja gerade. Diese Ungewissheit halte ich nicht aus. Der Direktor war heute beim Kreisschulrat. Vielleicht passiert es morgen, oder übermorgen." Er reichte mir ein Papiertaschentuch. Ich schnäuzte mich. „Heute habe ich noch Zusatzstunden bekommen, aber wenn das Schuljahr beginnt, werde ich nichts mehr haben. Ich bin erledigt. Man redet davon, dass am 1. September die Grenzen dichtgemacht werden. Ich werde dann ohne Arbeit sein. Wir werden kein Geld haben und ich weiß nicht, wie es weitergehen soll. Wahrscheinlich werde ich versuchen, mich zu wehren. Aber ich weiß auch, dass ich nicht gewinnen kann. Irgendwann lande ich wahrscheinlich im Gefängnis oder in einer Psychiatrie. Das hilft uns allen nicht."

Ich sah meinen Sohn entschlossen an: „Ich muss weg. Ich muss es versuchen, Frank."

Er hatte Bedenken. „Eine Flucht ist lebensgefährlich."

„Ich werde mich umschauen und mich nicht in Gefahr begeben. Wenn es nicht möglich ist, werde ich zurückkommen. Wenn es aber eine Gelegenheit gibt, werde ich sie nutzen. Wenn ich es in den Westen schaffe, werde ich auch bald eine Arbeit finden und euch weiter finanziell unterstützen. Ich werde dafür sorgen, dass wir uns mehrmals im Jahr sehen, vielleicht in Prag oder Budapest. Das verspreche ich."

Ich musste schnellstens alles durchdenken und handeln. Frank fuhr mit mir in die Stadt. Wir kauften eine neue Waschmaschine sowie ein Paar ordentliche bequeme Laufschuhe, die mir bei einem notwendigen Sprint durch die Grenze vielleicht helfen konnten. Nie zuvor hatte ich solche teuren Schuhe gekauft. Ich ließ nur ein paar Mark auf dem Konto, da anzunehmen war, dass es konfisziert wurde, wenn ich nicht zurückkam. Eine Landkarte von Ungarn konnte ich in keinem Buchladen mehr bekommen. Alles über Ungarn war ausverkauft.

Ich hatte Sandra in den letzten Wochen kaum gesehen und auch jetzt war sie wieder unterwegs. Ich konnte mich also nicht von ihr verabschieden. Ich wollte aber das Gefühl haben, dass ich immer mit ihr verbunden war. Sandra hatte die gleiche Fingergröße wie ich. Also ging ich in ein Juweliergeschäft und kaufte ein Paar Freundschaftsringe.

Als ich wieder aus dem Laden herauskam, traf ich zufällig Gesine mit ihrem neuen Freund. „Hallo", sagte sie, „schön, dass wir uns gerade treffen. Ich würde dich gern am Sonntag zum Kaffee einladen. Passt es dir?"

Ich konnte ihr nicht sagen, dass wir uns wahrscheinlich in diesem Moment zum letzten Mal begegneten. Außerdem hatte ich ja auch schon eine Verabredung mit Ilse. Im Beisein des unbekannten Mannes war es nicht möglich, über mein Vorhaben zu reden. Aber auch ohne ihn hätte ich Gesine wohl nichts sagen können. Zu viele Menschen gingen an uns vorüber. Also sagte ich zu: „Bis Sonntag dann." Wir umarmten uns kurz und gingen unserer Wege. Ich hoffte, Gesine würde mir das irgendwann verzeihen.

Wieder zu Hause regelte ich noch die wichtigsten Angelegenheiten mit Frank. Wir ordneten die Papiere, klebten die letzten losen Marken in das Konsum-Buch, damit Anfang September das Konsum-Geld ausgezahlt werden konnte, und gossen die hundert kleinen Baobabpflanzen, die verkauft werden sollten. Dann packte ich die notwendigsten Dinge allein in meinen kleinen Rucksack, der kaum größer als ein Schulranzen war: Ausweis, Adressbuch, Weltenempfänger, Schreibzeug,

Waschsachen, Wechselwäsche.

Bei einem Vorstellungsgespräch im Westen musste man ordentlich aussehen, dachte ich, und anfangs würde ich auch kein Geld haben, um mir etwas zu kaufen. Also legte ich auch noch einen Rock, Bluse, Pullover und Schuhe hinzu. Am Boden des Rucksacks gab es eine Art Geheimfach. Dort verstaute ich die übrig gebliebenen Forint und den Kompass, der den Weg durch die Grenze finden sollte.

Ich streichelte zum letzten Mal unsere Katzen. Meinen geliebten Kater Mikosch würde ich nicht wiedersehen. Wenn mir die Flucht gelang, würde ich die Kinder zu Weihnachten, irgendwo im Ausland treffen.

Nein, es durfte kein Abschied für immer sein. Ich wusste, dass mein Fluchtvorhaben ein Spiel mit dem Leben sein konnte, aber ich würde nicht leichtsinnig handeln. Ich würde einfach wieder nach Hause fahren, als sei nichts geschehen. Nur wenn ich eine reelle Chance sah, durchzukommen, würde ich sie nutzen. Sandra dachte ohnehin bis jetzt, dass ich wieder bei Hanne war und auf dem Rummelplatz beim Waffelbacken half. Frank sollte sie vorerst bei dem Glauben lassen, um sie nicht zu beunruhigen. Noch war eine Woche Zeit bis zum Schulbeginn und bis zum ersten September.

Frank brachte mich zum Bus, der zum Bahnhof fuhr. Ich spürte, dass es nicht richtig war, ihn allein zu lassen.

Ich sagte: „Haltet zusammen, du und Sandra. Wir sehen uns spätestens zu Weihnachten wieder, in Prag oder Budapest." Wir umarmten uns. Er sagte: „Viel Glück, Mutti." Ich stieg in den Bus und sah ihm, solange ich konnte, hinterher. Es tat weh, ihn zurückzulassen. Er wurde immer kleiner und verschwand schließlich aus meinem Blickfeld. Nie würde ich dieses Bild vergessen. Es war, als habe ich ihn dort an der Bushaltestelle stehen lassen und für immer verloren.

Kapitel IV - Flucht

Freitag, 25.08.1989: 22.00 Uhr Berlin-Dresden
Ich stieg in Berlin-Schöneweide in den Schnellzug nach Dresden. Jetzt gab es keine Umkehr mehr. Die Türen schlossen sich, der Zug fuhr ab. Im Abteil, das ich betrat, saßen nur wenige Fahrgäste. Ich nahm sie kaum wahr. Sie schienen eins geworden zu sein mit den hohen dunkelgrünen Sitzbänken. Hinter den Fenstern des Zuges war schwarze Nacht. Es lohnte nicht, hinauszusehen. Im gegenüberliegenden Fenster konnte ich bestenfalls mein eigenes trauriges Gesicht betrachten. Ich schloss die Augen und nahm innerlich Abschied von dem Land, in dem ich geboren wurde und aufwuchs, zur Schule ging, studierte, in dem ich geheiratet hatte und Kinder bekam. Zum ersten Mal in meinem Leben musste ich mich nun von Frank und Sandra trennen. Die Mutter ging aus dem Haus, nicht die Kinder, wie es üblich war.
Der Zug ruckte und hielt in Elsterwerda. Der Schaffner kontrollierte die Fahrkarten, indem er sie auf der Rückseite der Pappe mit einem Bleistift abstrich. Vielleicht ahnte er, was ich vorhatte. Wer fuhr schon nachts mit einem Rucksack von Berlin nach Geising, ohne Rückfahrkarte? Er lächelte mich freundlich an und gab mir den Fahrschein zurück. „Bitte sehr. Gute Reise." Ein älteres Ehepaar war zugestiegen und setzte sich auf die gegenüberliegende Bank, sodass ich ihr Gespräch verstehen konnte. Sie machten sich Sorgen. Ihre Tochter war mit dem Enkelkind noch nicht aus dem Urlaub vom Plattensee zurückgekommen. Ich tat, als schliefe ich. Vielleicht hätte ich mich unter anderen Umständen mit ihnen unterhalten, aber das Gespräch der Leute setzte meine eigenen Gedanken an Ungarn in Gang.
Ich hatte durch Julia viel von Ungarn kennengelernt. Doch

was jetzt auf mich zukommen würde, war nicht voraussehbar. Ich musste Ungarn ohne Julias Hilfe erreichen, denn ich hatte kein gültiges Visum mehr. Ich war auf mich allein gestellt und musste illegal über die grüne Grenze finden. Die Ungarn hatten nicht solche Schwierigkeiten. Sie konnten problemlos durch die ganze Welt reisen. Aber DDR-Bürger wurden überall benachteiligt, selbst in Ungarn. In Sopron hatte ich einmal mit den Kindern vor dem Schild gestanden: „Halt für DDR-Bürger". Der Neusiedlersee war Sperrzone. Es klang wie: Hunde dürfen hier nicht herein.

Als Julia und ihr Mann mich einmal besuchten, verbrachten sie einen Tag in Westberlin. Ich hatte sie dazu bis zur S-Bahn Friedrichstraße gebracht. Die Fahrt für DDR-Bürger war hier zu Ende. Nach ihrer Rückkehr schenkte Julia mir eine Ansichtskarte von Westberlin, weil sie wusste, dass ich Ansichtskarten sammelte. Julia erzählte mir, was sie alles gesehen hatten: die Siegessäule, Schloss Charlottenburg, Kaufhaus des Westens und vom Kudamm aus sogar die Rückseite des Brandenburger Tores und die Mauer.

Julia hatte mir erzählt, dass ihre älteste Tochter vorhatte, nach London zu gehen, um dort Musik zu studieren und die englische Sprache zu lernen. Das war inzwischen für die Ungarn möglich.

Ein Cousin meiner Mutter, Willi Sokolowsky, wohnte in London. Er hatte nach dem Krieg eine Engländerin geheiratet. Als meine Mutter noch lebte, hatte er uns öfter besucht. Weil sie aber in der DDR wohnte, durfte sie ihn natürlich nicht besuchen. Der Vergleich zwischen Ungarn und der DDR half mir jetzt natürlich nicht weiter. Es schürte nur den Hass auf die ständige Benachteiligung und den Gedanken, sich endlich davon befreien zu müssen.

Am Nachmittag, als ich mit Frank in der Stadt war, hatte ich so viele Betrunkene wie nie zuvor gesehen, dass ich an die Worte meiner alten Deutschlehrerin denken musste: „Wenn eine Gesellschaftsordnung untergeht, zeigt sich das zuerst am Verfall der Sitten und Gebräuche." Überall war die Untergangsstimmung zu spüren. Es wurde Zeit, dass etwas Neues begann. Konnte Michael Gorbatschow seine Ideen von Glasnost und Perestroika umsetzen? Gab es Hoffnung auf Offenheit und Umgestaltung, Hoffnung darauf, dass ich mein Fernweh eines Tages ausleben konnte? Ich wollte nicht immer nur auf Ansichtskarten sehen, wo andere gewesen waren.

Ich schrieb Briefe in die Welt, die mir versperrt war. Ich versuchte, die Welt nach Hause zu bringen, etwas von dem Hauch des Unbekannten in mich aufzunehmen. Nigeria, die Sahelzone, der tropische Regenwald mit seinen exotischen Pflanzen und wilden Tieren, die bunte Kleidung der verschiedenen Stämme, die Fischerboote auf dem Niger und mittendrin gab es einen Menschen, der mir mehr vertraut war als sonst irgendjemand. Er war so, wie Herr Winkler ihn beschrieben hatte, ein wertvoller Mensch. Manchmal glaubte ich, dass ein Leben ohne ihn nicht lebenswert sei. Ich lebte all die Jahre in Gedanken mit ihm, auch wenn meine Liebhaber wechselten. Seiner Seele blieb ich immer treu. Ich schickte meine Gedanken zu ihm und er tröstete mich, stand mir bei. Er war mein Traummann, der immer ein Traum bleiben würde, weil nicht Freundschaft oder Liebe siegen sollten, sondern der Sozialismus.

Ich blickte hinaus in die Dunkelheit. Der Zug ratterte eintönig an kleinen Ortschaften vorbei, in denen kaum Lichter brannten. Die Abteiltür wurde laut scheppernd vom Schaffner geöffnet. Ich drehte mich zu ihm um. Er knipste ein Loch in das Stück Pappe und verschwand wieder mit der Tür krachend in den nächsten Wagen.

Ein paar Sitze weiter versuchte eine junge Mutter, ihr weinendes Baby zu beruhigen. Daneben saß ein schlaksiger junger Mann, der wahrscheinlich der Vater war und beruhigend auf das Baby einredete. Ein großer Rucksack stand auf dem Platz gegenüber. Vielleicht hatten sie die gleiche Absicht wie ich. Irgendwie ähnelte die Frau ein wenig Sandra. Wie würde Sandra meinen Weggang aufnehmen? Momentan schien es, als wäre sie für alle Ewigkeit auf Wilfried, ihren Freund fixiert. Sie machten Zukunftspläne, wollten in Berlin studieren, heiraten, Kinder bekommen. Wie jenes Paar, das dort im Zug saß? Würde Sandra mich sehr vermissen oder meinen Weggang als ganz natürlich betrachten? Die Kinder erlebten jetzt mit dem Weggang ihrer Mutter zum ersten Mal, was Trennung bedeutet. Ich dagegen hatte schon als kleines Kind viele Trennungen miterleben müssen. Immer waren meine engsten Bezugspersonen zum Klassenfeind übergelaufen, hatten sich vom Kapitalismus verführen lassen. Bis zum Bau der Mauer war fast die Hälfte meiner Verwandtschaft, meist über Berlin in den westlichen Teil Deutschlands geflüchtet, lebte einige Zeit in den Auffanglagern Gießen oder Friedland und begann schließlich ein neues Leben, an dem die Ostverwandten keinen Anteil mehr hatten. Sie siedelten sich in Stuttgart, München, Hannover, Bremen und Aschaffenburg an. Ein Cousin starb für die Fremdenlegion, einen anderen fand man irgendwo bei Hameln aufgeknüpft an einem Baum, neben seinem Auto. Sein Fall wurde nie aufgeklärt. Menschen, die keine Westverwandtschaft hatten, hatten es einfacher. Sie kannten diese inneren Konflikte nicht. Viele folgten den Richtlinien der Ideologie. Ihre Wahrheit war die Wahrheit der Regierenden. Der Sozialismus war der Weg, auf dem sie geradlinig vorwärtsschritten. Der Marxismus-Leninismus wurde ihre Religion. Sie dachten nicht darüber nach, ob Marx sich geirrt haben könnte.

Die Teilung Deutschlands brachte viel Leid und Trauer mit sich. Aber die Menschen sprachen untereinander kaum darüber. Man ertrug dieses stille Leid. Es gehörte zum Leben, wie alles andere, was Regierungen oder Machthaber ihrem Volk zumuteten. Was nicht zu ändern war, musste man hinnehmen und immer das Beste daraus machen, denn leben musste man schließlich auch noch. Das war zu allen Zeiten so.

Das gleichförmige Rattern des Zuges ließ mich für kurze Zeit einnicken. Doch ein Fenster des Zuges schloss nicht richtig und ein kalter Windhauch wehte durch das Abteil, so dass ich fror und immer wieder aufwachte, kaum dass ich eingeschlafen war. Ich nahm meinen Pullover aus dem Rucksack und bedeckte damit meine Knie.

Vorbereitung auf mögliche Fragen der Grenzkontrolle

Von Dresden aus wollte ich gegen Morgen den Zug nach Altenberg nehmen und in Geising, dem letzten Ort vor der tschechoslowakischen Grenze, aussteigen. Dann würde ich zu Fuß bis zum Grenzübergang Zinnwald gehen. Ich spielte in Gedanken Situationen und Fragestellungen an der Grenze durch. Ich wusste schon, dass es nicht einfach sein würde, dass alles davon abhing, wie gründlich ich vorbereitet war und ob ich die Nerven behielt. Ich hatte nur diese eine Chance, meinem Leben eine neue Richtung zu geben. „Wo ein Wille ist, ist auch ein Weg", hatte auf dem Abreißkalender gestanden. Das war jetzt mein Leitgedanke. Er gab mir die Sicherheit, die ich brauchte, um anzufangen, was ich beenden wollte. Alles hing allein von mir ab. Ich versuchte, mir meine Situation in Zinnwald vorzustellen. Die Zollbeamten würden meinen Personalausweis anschauen und sehen, dass ich in diesem Jahr schon einmal in Ungarn gewesen war. Das konnte von Vorteil sein. Schließlich hätte ich in Ungarn bleiben können, wie tausend andere auch. Aber ich war zurückgekommen. Jetzt war mein Visum abgelaufen. Wer würde schon auf die Idee kommen, dass ich vorhatte, jetzt noch über die grüne Grenze nach Ungarn zu gelangen. Zwischen Zinnwald und Ungarn lagen etwa 600 km. Warum also sollte man mir nicht glauben, dass ich in den letzten Ferientagen nur noch eine kleine Wanderung nach Teplice machen wollte, um dann ausgeruht in wenigen Tagen wieder vor meiner Schulklasse zu stehen? Es konnte sein, dass die Grenzer mich nicht mehr durchließen, weil mein Name bereits auf einer Liste stand. Doch daran wollte ich erst gar nicht denken. Wenn ich durchsucht wurde, würden sie vielleicht fragen, wo meine Rückfahrkarte nach Berlin sei. Ich würde antworten, dass ich nur eine Einzelkarte gelöst habe, weil ich von Teplice aus mit dem Auto meiner Freunde zurückfahren würde. Wir wollten noch zusammen etwas unternehmen und dann über Görlitz zurück nach Berlin fahren.

Ich überlegte auch, falls diese Situation der Wahrheit entsprochen hätte, was ich mit den fiktiven Freunden noch erzählt haben könnte, wie sie hießen, wo sie wohnten, welchen Typ Auto sie besaßen. Die Geschichte musste einfach und nachvollziehbar sein.

Ich hatte nicht zum ersten Mal in eine Rolle schlüpfen müssen, die mir eine überzeugende Schauspielleistung abverlangte. Doch ich gehörte zu der Art Schauspieler, die mit dem Lampenfieber zu kämpfen haben. Ich brauchte genügend Zeit, um mich auf anstrengende Situationen einzustellen. Nur wenn ich innerlich ganz ruhig war, gelang es mir, den Text überzeugend rüberzubringen. Schon frühzeitig hatte ich auch lernen müssen, dass Lügen hin und wieder notwendig waren, um sich und andere zu schützen.

Ich hatte mit der Schizophrenie des gespaltenen Denkens aufwachsen müssen, die die Teilung Deutschlands mit sich brachte.

Kein angenehmer Zustand, mit einer offiziellen und einer privaten Meinung leben zu müssen, aber wenn man die Spielregeln durchschaute, erleichterten sie einem das Leben. Man musste nur überzeugend reagieren und konnte erfolgreich durch die Löcher schlüpfen. Aber dennoch war es mir nie gelungen, mir ein „dickes Fell" anzuschaffen. Im Gegenteil. Meine Sensibilität wuchs. Ich achtete auf jede mögliche Zweideutigkeit von Worten, um mich aus Dingen heraushalten zu können und war immer auf der Hut vor besonders guten Freunden.

Samstag, 26. August, 6.00 Uhr: Von Geising nach Zinnwald
Übermüdet und durchgefroren kam ich gegen sechs Uhr morgens in Geising an, dem letzten deutschen Ort vor der tschechoslowakischen Grenze. Nur wenige Mitreisende stiegen aus. Unter ihnen die junge Familie mit dem Baby. Alle verließen das kleine Bahnhofsgebäude so schnell, dass ich denken musste, die Morgendämmerung habe sie verschluckt. Ich war als einzige übergeblieben und ging nun unter den Bäumen der langen Dorfstraße weiter, die bald auf die etwa 3 km lange basaltsteinerne Straße mitten durch den Wald nach Zinnwald führte.

Ich war hier schon einmal mit den Kindern im Urlaub gewesen, wir waren viel gewandert, hatten den über 800 m hohen Geisingberg bestiegen und vom Lousienturm auf die Berge und Täler hinuntergeschaut. Ich konnte mich erinnern, dass die Nadelbäume auf den Bergkuppen kahl und gelblich aussahen, besonders auf den Höhen zwischen Zinnwald und

Teplice.

Es gab unübersehbare Umweltschäden, verursacht durch die tschechische Industrie.

Die Kinder und ich waren damals auch mit einem Bus nach Teplice gefahren und hatten die schöne Kurstadt mit ihren mittelalterlichen Häusern und dem barocken Schloss besichtigt, in dem sich schon Beethoven, Goethe, Chopin und Liszt aufhielten. Den Kindern hatte der Flohmarkt am besten gefallen. Das alles war jetzt jedoch bedeutungslos. Für mich war nur noch wichtig, dass ich die Umgebung kannte und eine ungefähre Vorstellung von meinem Fluchtweg hatte. Ich wollte von Teplice aus einen Zug nach Bratislava nehmen. Die ungarische Grenze war dann nicht mehr weit. Vielleicht würde ich durch die Donau schwimmen. Aber das musste ich an Ort und Stelle entscheiden. Ich hatte keine Vorstellung, auf welche Art die Grenze zwischen der Tschechoslowakei und Ungarn abgesichert war. Ich wusste nur, dass es an der deutsch polnischen Grenze, der „Oder-Neiße Friedensgrenze", weder Stacheldraht noch Minenwege gab. Wahrscheinlich war es zwischen der Tschechoslowakei und Ungarn ähnlich. Minenwege gab es nur an den Grenzen zu den kapitalistischen Ländern. Ich ging schnellen Schrittes durch den Wald. Die kühle Morgenluft stach wie mit tausend feinen Nadeln in mein Gesicht. Tränen schossen mir in die Augen. Ich wischte sie mit dem Ärmel meiner Regenjacke ab. Außer dem morgendlichen Vogelgezwitscher war kein Geräusch zu vernehmen, nicht einmal das Knacken eines Zweiges, kein Auto, kein Fahrrad überholte mich. Alles schien unwirklich wie in einem Traum.

Das dunkelblaue Pflaster der Straße erinnerte mich plötzlich an die Straße, auf der ich als Kind zur Schule gegangen war, und ich fühlte mich einen kurzen Augenblick zurückversetzt in die Kindheit. Voll Dankbarkeit dachte ich an meine Eltern zurück, die es leider schon lange nicht mehr gab. Ich hatte das Gefühl, sie wären plötzlich bei mir und würden mir beistehen, so wie sie es immer getan hatten. Dieser Gedanke beruhigte mich. Ich blickte auf das Stückchen Himmel, das die Waldschneise freigab und ich wusste, dass ich nicht allein war. Sie lebten in meinen Gedanken und sie würden auf dem Weg ins Ungewisse bei mir sein, schon ihrer Enkelkinder wegen. Sie würden mir die Kraft geben, alles durchzustehen, und dafür sorgen, dass ich meine Kinder bald wiedersah. Ich erklärte meinen Eltern, dass ich ging, um weiter für Sandra und Frank sorgen zu können, ich hatte meine Kinder nicht verlassen. Und meine Eltern verstanden mich und gaben mir Kraft und Mut.

Zinnwald, Grenzübergang

Je näher ich dem offenen Platz vor dem Grenzübergang kam, umso unsicherer wurde ich. In meiner jetzigen Verfassung war es nicht ratsam, direkt auf den Grenzkontrollpunkt zuzugehen.

Ich musste noch einmal über alles nachdenken.

Am Kontrollhäuschen standen zwei Zollbeamte hinter einem Schlagbaum und unterhielten sich. Passanten waren nicht zu sehen. Ich hatte angenommen, eine Menge Leute vorzufinden. Aber ich war scheinbar die Einzige, die hier über die Grenze wollte. Mir wurde klar, dass man mich gründlich durchsuchen und ausfragen würde. Äußerlich wirkte ich wahrscheinlich eher müde oder gleichgültig, aber in Wirklichkeit war ich sehr aufgeregt, mein Herz raste. In einiger Entfernung von den Zollbeamten bog ich rechts ab und ging direkt auf das Holzbalkenhaus zu, das ein Restaurant war.

Nur wenige Leute hielten sich im Restaurant auf. Bei einer

Tasse Kaffee an einem Stehtisch, im warmen Raum, führte ich mir noch einmal die möglichen Situationen vor Augen, die auf mich zukommen könnten, durchdachte Frage und Antwort und merkte, dass ich langsam ruhiger wurde. Ich hatte mich entschieden und wollte es jetzt hinter mich bringen. Als ich auf meine Armbanduhr schaute, war es genau 08.00 Uhr. Ich verließ das Restaurant.

Noch immer war niemand am Kontrollhäuschen zu sehen. Ich schob meinen Personalausweis durch das kleine Fenster. Die Zollbeamtin blätterte alle Seiten langsam durch und betrachtete jedes einzelne Ungarnvisum ausgiebig. Ich machte ein freundliches Gesicht, als befände sich meine beste Freundin hinter der Scheibe und brachte es sogar fertig, ein belangloses Gespräch über das richtig gute Wanderwetter anzufangen. Dennoch gab man mich nicht so leicht frei. Ich wurde aufgefordert, in eine kleine Holzhütte mitzukommen. Dort wurde ich von einer anderen Beamtin gründlich abgetastet und musste meine Jacken- und Hosentaschen ausleeren.

Ich wurde gefragt, woher ich komme, wohin ich wolle, wo ich arbeite, warum ich keine Rückfahrkarte habe, wie ich wieder nach Hause komme usw. Ich war gut auf die Antworten vorbereitet. Ich musste den Rucksack leeren. Auf dem Tisch lagen: Waschzeug, Schreibzeug, Adressbuch, Weltenempfänger, Wechselwäsche, Rock, Pullover, ein Paar Pumps und ein Portemonnaie. Im Portemonnaie waren tschechische Kronen, ein paar DDR-Mark und Bilder von meinen Kindern. Die Geheimtasche mit dem Kompass und den ungarischen Forint öffnete ich nicht. Die Beamtin bemerkte sie nicht.

Nicht jedem wurde jetzt noch erlaubt, die Grenze zu passieren. Zu viele hatten schon Wege durch die grüne Grenze nach Ungarn gefunden. Diejenigen, die erwischt wurden, kamen für ein paar Jahre ins Gefängnis.

Fast eine Stunde musste ich in dem Kontrollhäuschen warten. Ich hatte das Gefühl, dass die Wände mich beobachteten. Hier war es ähnlich wie vor ein paar Wochen in der Honecker-Sprechstunde. Man konnte mich je nach Belieben dort sitzen lassen und mir zeigen, dass man keinen Widerspruch duldete. Ich verachtete diese Methoden, aber ich wusste auch, dass man sich dagegen nicht wehren konnte. Wollte man sich nicht zerbrechen lassen, musste man versuchen, das System zu überlisten und entkommen. Ich spielte also in dem Warte-häuschen die Rolle der Genervten, die endlich gehen möchte. Ich schaute auf die Uhr, sagte mir im Stillen: „Mein Gott, muss das so lange dauern?" Meine wahren Gedanken unter-drückte ich. Falls ich beobachtet wurde, musste ich meine Rolle gut spielen.

Die Zollbeamtin, die mich abgetastet hatte, öffnete endlich die Tür und führte mich hinaus ins Freie. Ich musste noch vor dem Schalter eines weiteren Kontrollhauses warten, hinter dessen Scheibe ein Uniformierter äußerst konzentriert telefo-nierte. Vielleicht rief er meine Schule an und überzeugte sich, ob alles seine Richtigkeit hatte. Ich tat weiterhin freundlich gelangweilt. In Wirklichkeit konnte ich kaum noch meine Gedanken bändigen. Vielleicht ließ man mich nicht mehr außer Landes.

Schließlich blickte mich der Uniformierte hinter seinem Schalter freundlich an, drückte den Passierstempel „Zinnwald, DDR", in den Ausweis und gab ihn mir durch eine Klappe des Fensters zurück.

„Na dann, noch einen schönen Tag!" Ich konnte es kaum fassen, steckte den Ausweis ein und zwang mich, in ganz normalem Schritt den Boden der DDR zu verlassen. Drei Beamte, die wesentlich jünger waren als ich, sahen mir hinterher.

Auf tschechischem Boden

Auf tschechischem Boden kamen mir Leute mit Kindern entgegen, deren Lachen mich beruhigte. Sie kamen aus dem Urlaub zurück und beeilten sich, schnell nach Hause zu kommen, wo sich schon die Eltern oder Großeltern um sie sorgten. Ich ging zügig vorwärts auf der im Tal gelegenen Straße nach Teplice, die weitläufig umgeben war von den Bergen des Erzgebirges. Ein paar vereinzelte Trabis und ein Skoda kamen mir entgegen. Seitdem ich zuletzt hier im Erzgebirge gewesen war, hatte die Umweltverschmutzung noch weiter zugenommen. Besonders geschädigt war der Baumbestand auf den Höhen. Einst prächtige grüne Fichten und Tannen sahen nicht nur gelb und braun aus, sondern viele waren vertrocknet und abgestorben. Manche erinnerten an aufrechtstehende abgebrannte Streichhölzer, die jeden Moment umknicken konnten. Laubbäume reckten ihre toten grauen Äste wie Mahnmale zum Himmel.

Es war still ringsum, aber langsam erwachte die Erde in der Morgensonne, die durch die Wolkendecke gebrochen war. Umgeben vom vielfältigen Gesumm der Insekten schritt ich im gleichmäßigen Schritt auf der Straße voran. Das ausgedörrte gelbe Gras am Straßenrand knirschte unter meinen Füßen. Ich hatte den Eindruck, durch eine endlose Steppe zu wandern.

Die Sonne wärmte die Luft und das Land schnell auf und legte sich auf meine Schultern, was mir nach der langen kühlen Nacht wohltat. Es duftete nach Heu. Ein paar Autos fuhren vorbei. Ich machte keine Anstalten, sie anzuhalten. Es war besser, sich nur auf sich selbst zu verlassen.

Ich nahm den Weltenempfänger aus dem Rucksack und stellte den österreichischen Rundfunk an. Es wurde berichtet, dass sich Stasi-Leute an den Grenzen zu Ungarn befanden, die die Flüchtenden abfingen und dass sich bereits Tausende Flüchtlinge in ungarischen Auffanglagern aufhielten und auf eine Entscheidung der westdeutschen Regierung hofften, sie in die BRD einreisen zu lassen.

Von Teplice nach Bratislava

Inzwischen war es Mittag. Ich war bereits drei Stunden unterwegs und konnte auf der rechten Seite schon die Abzweigung nach Teplice sehen. Da fielen mir an einem Parkplatz zwei Trucks mit rumänischem Kennzeichen auf. Die beiden Lkw-Fahrer saßen auf Klapphockern und nahmen eine Mahlzeit ein, als ich vorbeiging.

Sie riefen mir etwas zu, was ich nicht verstand, aber es klang wie eine Frage. Ich hielt inne. Sie nickten mir freundlich zu und ich überlegte, ob mich die beiden nicht mitnehmen konnten. Wenn sie nach Rumänien fuhren, mussten sie ja durch Ungarn fahren. Ich sprach sie auf Deutsch und Englisch an. Aber sie verstanden mich nicht. Da die beiden in meinem Alter zu sein schienen, hatten sie bestimmt auch Russisch in der Schule gelernt. Aber auch mit Russisch kam keine Verständigung zustande. Schließlich versuchte ich es mit Händen und Füßen, zeigte meinen Ausweis mit dem Visum von Ungarn und machte ihnen klar, dass ich illegal nach Ungarn wollte. Die Truckfahrer, die aus Dresden gekommen waren, willigten ein, mich mitzunehmen. Ich hatte keinerlei Bedenken, insbesondere, weil sie mit zwei Trucks und hintereinanderfuhren. Ich verwarf den Plan, von Teplice aus mit dem Zug bis Bratislava zu fahren. Wahrscheinlich konnte ich so viel schneller und sicherer das ungarische Grenzgebiet erreichen und auch noch ein wenig Geld sparen. Ich stieg bei dem Truckfahrer ein, der hinterherfuhr.

Die Fahrt auf der Transitstrecke durch die Tschechoslowakei

zog sich den ganzen Tag hin. Wir hatten mehrmals angehalten. Die beiden Männer hatten auf einem kleinen Spirituskocher Wasser gekocht und Pfefferminztee in ziemlich verbeulten Aluminiumbechern aufgebrüht. Sie hatten mir auch einen Becher Tee gereicht, den ich aus Höflichkeit, jedoch mit Widerwillen trank. Die Landschaft, durch die sie fuhren, war nicht sonderlich interessant, Flachland, Felder, graue Ortschaften. Vielleicht war ich auch zu müde, alles intensiv aufzunehmen. Ich musste mich auf das Wesentliche konzentrieren. Schließlich war diese Fahrt keine Urlaubsreise. Wir fuhren weitläufig um Prag herum, dann Richtung Brno und schließlich Richtung Bratislava. Ich hatte nicht gedacht, dass die Fahrt so lange dauern und so anstrengend sein würde. Der Truckfahrer, mit dem ich fuhr, sah mich immer öfter in einer Art an, die mir unangenehm war. Er strich seine strähnigen Haare aus dem Gesicht, zwinkerte mir zu und flüsterte mir fortlaufend etwas zu, was ich zwar nicht verstand, aber dennoch unmissverständlich war. Ich versuchte, die Situation zu ignorieren, indem ich aus dem Fenster schaute und so wenig wie möglich Blickkontakt hielt. Ich wollte ihm keinen Anlass geben, auch nur im Entferntesten zu denken, dass ich mit ihm Sex machen würde, nur weil er mich mitgenommen hatte. Ich nahm seine Ausdünstungen nach Schweiß und Rauch wahr und ekelte mich allein bei diesem Gedanken. Unter seinem viel zu kurzem T-Shirt quoll sein dicker Bauch hervor. Ich tat, als ob ich schliefe. Plötzlich spürte ich seine rechte Hand auf meinem Oberschenkel. Er hielt das Lenkrad nur mit der linken Hand fest. Ich deutete ihm an, dass ich das nicht wolle, und rückte, soweit es möglich war, von ihm ab. Draußen war es bereits dunkel geworden. Ich überlegte, wie ich mich der Situation entziehen konnte, die unaufhaltsam auf mich zukam. Wir waren seit mehr als 10 Stunden unterwegs und würden bald anhalten, um auf einem Parkplatz zu übernachten. Während der Fahrt konnte mir nichts passieren, jedoch, sobald der Truck hielt. Ich versuchte, ihn auf andere Gedanken zu bringen, und reichte ihm die Bilder von meinen Kindern herüber. Ich wollte ihn damit an seine Familie erinnern, die er wahrscheinlich hatte. Er gab mir die Bilder zurück, ohne sie richtig betrachtet zu haben. Wir fuhren durch ein riesiges Waldgebiet. Im Scheinwerferlicht konnte ich ein Schild lesen. Wir befanden uns in der Nähe von Bratislava.

Sonntag, 27.08.1989: Im Wald von Bratislava

Es war kurz nach Mitternacht. Die Datumsanzeige der Uhr zeigte jetzt den 27.August an. Beide Trucks hielten auf einem hoch in den Wäldern gelegenen Parkplatz bei Bratislava, auf dem bereits etliche andere Fahrzeuge standen. Der Truckfahrer lächelte mich an und murmelte etwas Unverständliches. Ich war froh, als sein Kollege die Tür von außen öffnete. Ich nahm meinen Rucksack und gab zu verstehen, dass ich es eilig habe, aber gleich zurück sei. Ich schlug mich in die Büsche. Die Dunkelheit war nicht angenehm, aber ich wusste auch, dass mir die Nacht Schutz bieten konnte.

Von ferne konnte ich den großen Parkplatz beobachten. Ich war nicht sicher, ob die beiden Fahrer nach mir suchen würden. Deshalb ging ich noch tiefer in den Wald, lehnte mich an einen Baumstamm und setzte mich auf den Rucksack, um etwas zu schlafen. Es war jedoch eisig kalt und ich musste feststellen, dass an Schlaf nicht zu denken war. Ich musste mich bewegen, um nicht zu erfrieren. Die Nacht in den dicht bewaldeten Bergen war sternenklar. Ich ging im großen Bogen durch den Wald, trat aus dem Dunkel des Waldes heraus und bewegte mich auf der abwärts führenden Straße voran. Obwohl ich völlig müde sein musste, weil ich schon den zweiten Tag nicht geschlafen hatte, war ich hellwach und achtete auf jedes noch so leise Geräusch.

Ich ging, so schnell ich konnte, immer weiter, um mich warm zu halten. Sobald ich ein Scheinwerferlicht bemerkte, legte ich mich flach in den Straßengraben oder versteckte mich hinter einem Busch. Als es hinter einer Kurve plötzlich laut knackte, erschrak ich so sehr, dass ich wie gelähmt stehen blieb. Im Gebüsch, auf das der Mond schien, lauerte eine große Gestalt. Ich wagte nicht, weiterzugehen, war völlig wehrlos und wartete auf ein böses Ende. Plötzlich aber zischten Zweige durch die Luft. Ich hielt mich an der Leitplanke fest. Ein riesiger Hirsch sprang direkt vor mir aus dem Gebüsch und verschwand auf der anderen Straßenseite wieder im Dunkel des Waldes. Als die Schrecksekunden vorbei waren, bewaffnete ich mich mit einem stabilen, nicht zu schweren Ast, um mich im Notfall wehren zu können. Wahrscheinlich brauchte ich aber hier im dunklen Wald überhaupt keine Angst zu haben. Tiere würden mir nichts tun. Der Hirsch hatte sich wahrscheinlich sogar vor mir erschreckt. Und wer sollte denn wissen, dass ich hier allein entlangging.

Die längst verloren geglaubten Instinkte der Urmenschen schienen wieder in mir zu erwachen und funktionierten zuverlässig. Äußerst konzentriert, all meine Sinne eingeschaltet, ging ich weiter, einzig und allein darauf bedacht, möglichst keine Geräusche zu verursachen und jedes Geräusch ringsum zu erfassen, um eine gefährliche Situation bewältigen zu können. Zum Glück waren meine Schuhsohlen sehr weich. Wenn es im Unterholz knackte, hielt ich den Atem an, blieb stehen, horchte und hielt mich zur Abwehr bereit. Nach ein paar Stunden empfand ich mein Verhalten als völlig normal. Die ganze Nacht hindurch ging ich die Straße hinunter.

Bevor die Sonne wieder aufging, fingen die ersten Vögel vereinzelt zu zwitschern an. Mit der Zeit wurden die Vogelstimmen lauter und vielfältiger. Ein Specht klopfte irgendwo in der Nähe. Mit zunehmender Helligkeit nahm auch der Verkehr auf der Transitstraße wieder zu. Ich versteckte mich nicht mehr. Es war unwahrscheinlich, dass mich jetzt jemand überfallen würde. Zu viele Autos kamen vorbei. Zum Glück konnte ich bald in der Ferne eine Ortschaft erkennen, aber sie erschien mir eher wie eine Fata Morgana. Sie war noch so weit entfernt und schien in der Luft zu schweben. Vielleicht musste ich noch weiter, bis zum Abend laufen. Dieser Gedanke und meine Erschöpfung machten mich für eine Weile mutlos. Da hielt plötzlich neben mir ein Truck mit deutschem Kennzeichen. Der Fahrer kam aus Passau. Er sprach mich mit türkischem Akzent an. Ich war skeptisch. Er hatte zwar ein freundliches Gesicht, aber das hatten die anderen auch gehabt. Ich wollte mich nicht noch einmal in Gefahr begeben. Sollte ich aber nun niemals mehr jemandem vertrauen? Ich schätzte den Mann als ungefährlich ein und da ich bestimmt mehr als eine Marathonstrecke gelaufen war, stieg ich doch ein. Ich erzählte ihm, was mir passiert war und was ich vorhatte. Der Fahrer meinte, ich brauche keine Angst zu haben. Er hätte zwar nichts dagegen, mit einer so schönen Frau... aber nur, wenn ich es auch wolle. Ich bereute schon, eingestiegen zu sein. Konnte denn kein Mann akzeptieren, dass ich diese Strapazen auf mich nahm, um ein freier Mensch zu werden? Glaubte denn jeder Mann, eine Frau, die allein mit einem Rucksack auf dem Rücken unterwegs war, sei nur auf Abenteuer aus und warte sehnsüchtig darauf, vergewaltigt und erniedrigt zu werden? Ich brachte das Gespräch auf das eigentliche Anliegen. Er reichte mir seinen Autoatlas und ich konnte mich orientieren, wo wir uns befanden.

Wir fuhren durch das Dreiländereck, Ungarn Österreich, Tschechoslowakei. „Österreich ist nicht weit von hier. Keine 40 km bis Wien. Aber da kommt man nicht durch. Ist nicht wie in Ungarn. Der Weg ist von hier aus vermint", meinte der Fahrer. Wie einfach hätte es sein können. Ich saß in einem westdeutschen Truck aus Passau. Der Fahrer wohnte dort. Ich aber musste versuchen, die Grenzen der Slowakei und dann noch die Grenzen Ungarns zu überwinden, um nach Österreich und dann nach Deutschland zu gelangen. Der Truckfahrer meinte: „Die Donau ist nicht mehr weit von hier. Sie fließt durch eine geteilte Stadt, slowakisch heißt sie Komarno, ungarisch Komarom." Ich schaute mir das vor uns liegende Gebiet auf der Karte an. Vielleicht gab es hier eine gute Chance und ich konnte durch die Donau schwimmen. Weiter mitnehmen konnte er mich nicht. Einen Ort vor dem ungarischen Grenzübergang Rajka hielt der Fahrer an und ließ mich aussteigen. Der Ort hieß Samorin und lag direkt an der Donau und der Grenze zu Ungarn. Das Schlupfloch in der grünen Grenze musste ich nun ganz allein finden.

Slowakisches Grenzgebiet, Samorin
In Samorin ging ich auf einer kopfsteinpflasternen Dorfstraße entlang, die in einem Bogen verlief und im Vergleich zu anderen Straßen relativ breit war. An der linken Straßenseite zog sich eine lange graue Mauer in den Ort, hinter der Obstbäume standen. Schlichte aber gepflegt aussehende Häuser schlossen sich an. Auf der rechten Seite gab es eine Bushaltestelle mit einer Glasüberdachung, an der einige Männer und Frauen mit Einkaufstaschen warteten. Ich sprach eine Frau in etwa meinem Alter an. Sie hatte einen Korb bei sich, in dem ein frisches Brot lag. Es duftete sehr verführerisch und einen Moment lang, war ich nicht sicher, ob ich der Frau das Brot

wegnehmen und einfach hineinbeißen würde. Ich hatte riesigen Hunger. Mein Magen fing laut zu knurren an. Aber ich riss mich zusammen. Versuche, die Frau in Deutsch oder Englisch anzusprechen, waren erfolglos. Mit Ungarisch funktionierte es. „Hol van pék?" (Wo ist der Bäcker?) Ich konnte ihren Erklärungen, die sie mit Gesten unterstützte, einigermaßen folgen und konnte den Bäckerladen erkennen, der sich nicht weit von der Haltestelle auf der anderen Straßenseite befand. Da ich noch ein paar Kronen besaß, ging ich dort hin und kaufte ein ganzes Brot (kenyér). Ich riss ein großes Stück davon ab und verschlang es heißhungrig. Der Rest kam in den Rucksack. Ich ging zurück zur Bushaltestelle. Wenige Minuten später hielt ein Bus mit der Aufschrift Komarno. Ich löste eine Fahrkarte, setzte mich auf einen freien Platz und schlief vor lauter Erschöpfung ein, umschwirrt von einem Stimmengewirr aus slowakisch und ungarisch. Ich hatte mich auf diese Reise nicht vorbereiten können und wusste so gut wie nichts über diesen Landstrich. Ich hatte nicht einmal erwartet, dass hier die meisten Menschen ungarisch sprachen. Aber durch die Kriege wurden die Grenzen seit Jahrtausenden immer wieder verändert und die Bevölkerung rücksichtslos auseinandergerissen. Vor dem Zweiten Weltkrieg hatte dieser Landesteil zu Ungarn gehört, jetzt waren die Ungarischstämmigen zwar der größte Teil der Bevölkerung, aber sie lebten in der Tschechoslowakei.

An der Endstation weckte mich einer der älteren Männer, der an der Bushaltestelle in Samorin gestanden hatte. Vorsichtig tippte er mich an die Schulter und sagte ein paar Worte, die ich nicht verstand, wahrscheinlich war es slowakisch. Für einen Moment fühlte ich mich geborgen. Er sah aus wie ein netter Opa in seinem hellen Hemd und der dunklen Hose, die von Hosenträgern gehalten wurde. Wir lächelten uns an. Dann ging jeder seiner Wege.

Komarno

Vom Busbahnhof aus ging ich eine sehr lange gerade Straße hinunter, die zur Donau führte, immer darauf bedacht, mögliche Stasi-Leute frühzeitig zu erkennen. Der Weltenempfänger hatte mir nochmals gesagt, dass sich an den Grenzen viele DDR-Flüchtlinge aufhielten und unauffällige Stasileute versuchten, sie ausfindig zu machen, um sie zurückzubringen. Ich musste versuchen, nicht aufzufallen, durfte keinesfalls die Aufmerksamkeit auf mich lenken. In diesen Tagen war ein Rucksack auf dem Rücken verdächtig. Zum Glück war mein Rucksack klein. Ich nahm ihn wie eine Einkaufstasche in die Hand. Um mir den Anschein zu geben, einen ruhigen Stadtbummel zu machen, blieb ich ab und zu vor einem Laden stehen. In einem Schaufenster waren Badeutensilien ausgestellt, darunter auch ein Schwimmring. Vielleicht konnte ich mit seiner Hilfe nachts durch die Donau schwimmen. Der Laden würde erst in ein paar Minuten öffnen. Ich wollte darüber nachdenken und vielleicht zurückkommen.

Als ich am Donau-Ufer ankam, glaubte ich meinen Augen nicht zu trauen. Eine große Festung erhob sich nur wenige Meter entfernt vor mir, am anderen Ufer. Sie erinnerte mich an die Budaer Burg. Eine kleine Fähre mit wenigen Personen setzte gerade dorthin über. Ich konnte deutlich sehen, dass Grenzsoldaten die Pässe kontrollierten. Ich wusste nicht, was geschehen würde, wenn man mich kontrollierte. Es war also besser, wenn ich so schnell es ging, von hier verschwand. Aber mit abruptem und schnellem Fortgehen hätte ich mich vielleicht verraten. So ging ich noch eine Weile lang wie selbstverständlich am Donau-Ufer entlang. Jeder konnte nur überzeugt sein, dass ich aus Komarno war. Meine Schauspielvorführung war so dreist, dass sie einfach glaubhaft sein musste. Ich sah mich trotzdem aufmerksam um. Zuerst fiel mir ein riesiger Suchscheinwerfer auf, der hier nachts sein Lichtrad über die Donau kreisen lassen würde. Ich gab die Idee auf, hier mit einem Schwimmring, getarnt als Reisighaufen, die Donau zu durchschwimmen. Ich musste mir etwas anderes einfallen lassen. Müdigkeit überfiel mich. Ich ging durch die lange Straße zum Bahnhof zurück. Auf einem halb abgerissenen Plakat an der Litfaßsäule las ich den Namen Ferenc Lehar und betrachtete eine Weile das Konterfei des Komponisten. Wahrscheinlich kündigte das Plakat ein Konzert an. Aber deswegen war ich nicht hierhergekommen. Ich hatte nur noch einen Gedanken, mich irgendwo schlafen zu legen. Ich musste eine Bank finden. Aber ich fand keine. Am Laden mit dem Schwimmring kaufte ich eine Ansichtskarte mit einer Briefmarke. Ich musste unbedingt meinen Kindern eine Nachricht schreiben. Es fing an zu nieseln. Ich suchte nach einem Platz, wo ich mich unterstellen konnte. Der Bahnhof war in der Nähe. Dort gab es auch einen Briefkasten. Auf dem Bahnhofsvorplatz, unter einem Baum stand ein junger Mann (Sinti oder Roma), der Uhren auf einen kleinen Tisch vor sich ausgelegt hatte. Er versuchte sie anzupreisen, als ich vorbeikam. Da niemand anders weit und breit zu sehen war, sprach ich ihn auf Ungarisch an und fragte, ob er einen Weg nach Ungarn kenne, wo niemand kontrolliert. Er lachte und bejahte.

Dazu müsse ich mit ihm nach Hause kommen. Er machte dazu eine eindeutige Handbewegung. Ich ärgerte mich und ließ ihn stehen. Er rief etwas hinterher und lachte.

Die Bahnhofshalle sah leer und schmuddelig aus. Zerknülltes Papier, alte Fahrkarten, Essensreste lagen herum. In der Mitte des Raumes standen ein paar alte dunkelbraune Holzbänke. Es gab einen Schalter auf der rechten Seite und auch einen kleinen Laden auf der linken, in dem man etwas kaufen konnte. Eine Frau in langen bunten Kleidern stand mit ihren beiden Kindern am Verkaufsstand und redete mit dem Verkäufer. Ich setzte mich auf die Bank und schrieb die Karte an meine Kinder. „Macht euch keine Gedanken. Alles wird gut. Bis später. Liebe Grüße aus Komarno". Sie kannten meine Schrift und brauchten keinen Absendernamen, was vielleicht von Vorteil sein konnte, denn bestimmt war ich schon bei der Stasi vermerkt. Draußen regnete es inzwischen in Strömen. Ich steckte die Karte in den Briefkasten und ging wieder in das Bahnhofsgebäude zurück. In einem Glaskasten hing ein Fahrplan des Regionalzuges, von Komarno über Nove Zamky nach Sahy. Gerade als ich mir den Fahrplan und die Route genauer ansehen wollte, kam die Frau mit den Kindern zu mir. Zuerst bettelte sie um etwas Geld, dann um etwas Essen, schließlich um Zigaretten. Ich besaß nichts, was ich ihr hätte geben können, außer zwei Stücken Zucker, die ich noch vom Kaffee in Zinnwald in der Jackentasche hatte. Ich gab sie den Kindern, die sie auch sogleich in den Mund steckten und laut kreischend durch die Halle rannten. Die Frau wich nicht von meiner Seite. Ich brauchte etwas Schlaf und hatte Angst, dass meine wenigen Sachen gestohlen werden konnten. Ich ging zur Toilette, schloss die Tür hinter mir und schlief auf dem Klodeckel ein. Ich musste eine halbe Stunde dort geschlafen haben, als eine Lautsprecherstimme bekannt gab, dass der Zug von Budapest nach Berlin eintrifft. Sollte ich einfach einsteigen und wieder nach Hause fahren? Es sah so aus, als würde ich es nicht schaffen. Ich war müde und völlig erschöpft. Es war einfach zu gefährlich, als Frau und allein durch die Grenze zu kommen. Um wenigstens ein paar Minuten schlafen zu können und nicht meiner letzten Habseligkeiten beraubt zu werden, hatte ich mich in ein stinkendes Bahnhofsklo retten müssen, wie eine Drogensüchtige oder

Pennerin. Ich war frustriert. Die größte Gefahr waren nicht einmal die Zollbeamten, die Grenzsoldaten oder die Stasileute, die sich angeblich in den Grenzgebieten aufhielten, um Flüchtlinge ausfindig zu machen. Darauf konnte ich mich vorbereiten. Das Schlimmste war, sich unbekannten Menschen anvertrauen zu müssen, weil man auf ihre Hilfe angewiesen war, weil man nach dem Weg fragen musste oder nach Einkaufsmöglichkeiten. Und man wusste nicht, wie sie einem gesonnen waren. Besonders Männer versuchten, meine hilflose Situation auszunutzen. Das war eine Erkenntnis, die mich schockierte und die ich nicht erwartet hatte. Ich war freiwillig und blauäugig in einen gefährlichen Irrgarten gegangen, mit der Überzeugung, das Ziel schon zu finden. Aber es brauchte mehr als geografische Kenntnisse. In diesem Irrgarten war ich wertlos und rechtlos, Freiwild, das durch die Gegend lief. Man konnte mich ausnutzen, missbrauchen oder sogar umbringen. Wen würde es schon stören? Nur meinem Gespür war es zu verdanken, dass ich mich rechtzeitig aus dem Wald von Bratislava hatte retten können, bevor etwas passierte. Nicht die Dunkelheit und die wilden Tiere waren das Schlimmste gewesen, sondern die Angst, dass die Männer mich verfolgten und doch noch einholen konnten. Ich war um mein Leben gerannt, hatte Kräfte entwickelt, die ich vorher nicht kannte und war froh gewesen, als ich endlich in einer Stadt ankam, in der die Menschen ihrem normalen Alltag nachgingen und niemand an mir interessiert war. Ich hatte mir vorgenommen, möglichst keinen mehr zu fragen, mich unauffällig wie ein Einheimischer zu verhalten und alles mit mir selbst auszumachen. Wenn ich ein neues Leben anfangen wollte, musste ich jedes Risiko vermeiden.

Nach der Lautsprecherdurchsage füllte sich die Bahnhofshalle mit Reisenden. Auf manche von ihnen wartete schon jemand. Wiedersehensfreude, Kindergeschrei, unverständliche Rufe dröhnten durch die weite Wartehalle. Ich ließ den Zug von Budapest nach Berlin abfahren. Züge nach Berlin fuhren von hier aus öfter. Ich wollte nicht übereilt aufgeben und mir noch eine letzte Chance geben. Das eintönige Stimmengewirr, von dem ich nichts verstand, wirkte einschläfernd. Ich wickelte den Gurt meines Rucksacks so um den Arm, dass man ihn nicht stehlen konnte. Ich schloss die Augen und befand mich in einem eigenartigen Wach-Schlafzustand. Mein Denken verabschiedete sich und übergab seine Aufgabe an das Unterbewusstsein, das aufmerksam auf jedes unbekannte, außergewöhnliche Geräusch achtete. Doch nichts Ungewöhnliches geschah ringsum und fast wäre ich tatsächlich eingeschlafen. Doch da hörte ich dicht neben mir plötzlich meine Muttersprache.

Bekanntschaft mit zwei Männern aus der DDR

Zwei junge Männer, vielleicht Mitte 20, unterhielten sich. Als ich sicher war, dass die beiden sich in der gleichen Situation wie ich befanden, sprang ich auf, stellte mich zu ihnen und fragte: „Seid ihr aus der DDR?" Sie lachten und der Größere von beiden meinte: „Ja, aber nicht mehr lange." Ich wusste sofort, dass ich Verbündete gefunden hatte. Stasispitzel sahen nicht so aus wie diese da, mit alten ausgelatschten Sandalen und Sachen, denen man ansah, dass sie nicht erst heute früh angezogen worden waren. Sie hatten Rucksäcke auf und sahen auch schon etwas übermüdet aus.

„Ich habe einen Kompass," sagte ich.

Gerade noch hatte ich aufgeben wollen. Und dann war plötzlich alles anders. Ich wusste sofort, mit diesen jungen Männern zusammen, konnte die Flucht gelingen. Wir hatten ein gemeinsames Ziel, die Freiheit zu gewinnen.

Der Kleinere von den Beiden erzählte: „Die Donau sollten wir vergessen, das ist zu gefährlich. Heute Nacht haben sie unseren Freund hier in Komarno erwischt. Er hatte sich Gestrüpp auf den Kopf gesetzt und versucht, durch die Donau zu schwimmen. Wir hatten ihn beide gewarnt. Aber er hat nicht auf uns gehört. Die Suchscheinwerfer haben die ganze Umgebung erhellt. Sie haben ihn einfach rausgefischt und abgeführt. Wir haben es aus der Entfernung gesehen und haben gemacht, dass wir wegkamen."

Der Größere, fügte kaum hörbar hinzu: „Er wird dafür wohl fünf Jahre sitzen müssen." Er senkte seinen Blick und zuckte hilflos mit den Schultern. Die Stille einer Gedenkminute breitete sich aus. Ich spürte, dass es ihm unendlich leidtat. Dann wischte er sich mit dem Ärmel über das Gesicht und sagte bestimmt:

„Aber zurück wollen wir trotzdem nicht mehr."

Ich konnte mir genau vorstellen, was passiert war. Ich hatte ja den Suchscheinwerfer am Donau-Ufer gesehen.

„Vielleicht schaffen wir es mit dem Kompass durch die Wälder", sagte ich.

„Kennst du dich damit aus?"

„Na ja, ich sollte ab nächste Woche eigentlich Wehrerziehung in der 9. Klasse unterrichten."

„Oh, eine Lehrerin will abhauen?" Ich spürte einen Unterton in der Stimme, der mir nicht gefiel und erwiderte: „Es spielt jetzt keine Rolle mehr, oder? Ich heiße übrigens Isa und ich habe zu Hause zwei Kinder in eurem Alter."

Die Beiden lachten: „Das sollen wir glauben?" Ich zeigte ihnen meinen Ausweis.

„Tatsächlich! Dann nennen wir dich Tante Isa, oder? "

„Ihr macht euch über mich lustig, ja?" Jetzt musste ich auch lachen.

„Und wie heißt ihr?

„Das ist Jörg", sagte der Kleinere.

„Und der da ist Christian", sagte der Große.

„Super, dann können wir uns ja ab sofort duzen und beim Namen nennen." Ein Funke der Sympathie war übergesprungen. Wir saßen in einem Boot.

„Kommt mit", sagte ich. „Ich habe dort drüben einen Umgebungsplan von Komarno gesehen. Vielleicht hilft uns das." Wir betrachteten ausgiebig den Verlauf der Eisenbahnlinie, die einen großen Bogen nach Nordwesten Richtung Nove Zamky machte und dann östlich am Fluss Hron entlang wieder zum Grenzgebiet nach Sturovo an die Donau zurückführte. Am gegenüberliegenden Ufer lag die ungarische Stadt Esztergom.

Ich sagte: „Wir haben zwar keine Karte, aber ein Kompass dürfte reichen. Wir wissen, wo Norden ist, und richten uns nach einer bestimmten Marschrichtungszahl, die nach Osten zeigt. Das wird uns nach Ungarn bringen."

Wir entschlossen uns, die Donau zu vermeiden und den schwierigsten Fluchtweg zu suchen, der wahrscheinlich auch der sicherste war. Dazu mussten wir weiter nach Norden kommen. Möglicherweise gab es dort auch ein paar kleinere Flüsse, aber keiner würde so groß sein wie die Donau. Wir einigten uns darauf, es erst einmal in Sahy zu versuchen und dort unsere Chancen zu erkunden.

Sonntag, 27.08.1989, 15.00 Uhr: Komarno - Nove Zamky
Ich ging zum Schalter, um drei Fahrkarten nach Sahy zu kaufen: „Három jegyet Sahyre, kérem." Was die Frau hinter dem Schalter fragte, konnte ich nur raten. Aber sie konnte nur gemeint haben: „Hin und zurück?"

„Nem vissza", nicht zurück, beeilte ich mich zu sagen. Jörg und Christian staunten über meine Sprachkenntnisse. Ich ließ sie in dem Glauben, dass ich beinahe perfekt war. In Wirklichkeit hatte ich nach all den Jahren gerade mal ein paar Touristenfloskeln gelernt. Die Fahrkarten kosteten zusammen 27 tschechische Kronen, fast ein Viertel des Geldes, das ich noch besaß. Die Frau am Schalter war sehr freundlich und schrieb auf einem Zettel die Umsteigebahnhöfe mit den Abfahrtzeiten auf. Die Zugverbindung ging von Komárno über Nóve Zámky (Neuhäusel), Stúrovo und Cata nach Sahy. Der Zug fuhr gegen 16.00 Uhr ab und sollte 20.39 Uhr in Sahy ankommen. Ob Sahy der Ort war, von dem aus wir den Grenzdurchbruch wagen würden, mussten wir an Ort und Stelle entscheiden. Auf jedem Fall würden wir so lange in der Tschechoslowakei bleiben, bis wir den am besten geeigneten Ort gefunden hatten, wenn es auch eine ganze Woche dauern würde.

Bald nachdem der Zug von Komárno abgefahren war, überquerten wir auf der Eisenbahnbrücke die Váh (Waag), den längsten Fluss der Tschechoslowakei, der in Komarno in die Donau mündet. Weiter ging es durch ein kleines Waldgebiet, danach wurde die Landschaft offener, mit Getreidefeldern, grünen Wiesen und Baumgruppen. Es sah nach einem fruchtbaren landwirtschaftlichen Gebiet aus. Hin und wieder war eine kleine Siedlung oder ein Tümpel zu sehen. Der Himmel aber war grau. Es regnete vor sich hin. An den Zugfenstern sammelten sich Tropfen, die langsam hinunterrannen. Der Zug hielt nur an wenigen Orten und war fast leer. Die Sitze waren aus Holz und nicht sehr bequem, aber wir waren froh, im Trockenen zu sein. „Warum wollt ihr eigentlich die DDR verlassen?", fragte ich.

Christian, der seine Brille putzte, erwiderte: „Ich habe einen Ausreiseantrag gestellt. Mein Großvater in Hannover ist vor ein paar Monaten gestorben und hat eine Elektrowerkstatt hinterlassen. Ich könnte sie übernehmen. Ich habe Elektriker gelernt, übrigens zusammen mit Jörg und Tom, den sie erwischt haben." Jörg nickte, lehnte sich in eine Ecke und versuchte zu schlafen.

Christian meinte: „Ist wohl das Beste, was wir machen können. Einfach ne Runde pennen. Wer weiß, was heute noch auf uns zukommt. Man muss jede Gelegenheit nutzen. Ich bin auch hundemüde. Wir sind seit einer Woche unterwegs und haben immer irgendwo im Freien geschlafen."

„Hattet ihr ein Visum beantragt?"

„Nein, das hätten wir sowieso nicht mehr gekriegt, schon wegen des Ausreiseantrags. Wir sind per Anhalter und zu Fuß bis hierher gekommen."

„Na gut, wir sollten uns wirklich ausruhen."

Ich lehnte meinen Kopf an den Rucksack und versuchte zu schlafen. Wenn man seit Tagen nicht ausschlafen konnte, war es einfach, bei jeder Gelegenheit einzunicken. Ich war froh, dass ich nicht mehr allein war und keine Angst zu haben brauchte, dass man mich bestahl. Einmal kontrollierte der Schaffner die Fahrkarten. Er knipste Löcher in die braunen Pappkarten.

Nach einer Stunde erreichten wir den Bahnhof von Nóve Zámky. Ich hatte das Gefühl, in einem riesigen Stahlwerk anzukommen. Vom Bahnsteig aus konnte ich nur Schienen, Gleise, Containerzüge, Hallen und einen Rangierbahnhof sehen. Im Hintergrund standen ein paar Wohnblöcke, ähnlich den Neubausiedlungen in der DDR. Nóve Zámky musste eine mittelgroße Industriestadt sein. Alles sah grau aus. Die Luft roch nach Chemie und Abgasen. Ich würde keine Zeit haben, die Stadt jemals anders kennenzulernen. Vielleicht gab es Sehenswürdigkeiten hier, ähnlich wie in Komarno. Wahrscheinlich hatten alle diese Städte im Grenzgebiet einen interessanten historischen Kern, Festungen, Burgen, Verteidigungsanlagen, musste ich denken. Die Bevölkerung, die hier lebte, hatte seit Jahrtausenden keine Ruhe gefunden. Immer gab es in diesem Gebiet Besatzer und Grenzstreitigkeiten. Die Römer waren hier, die Mongolen, die Magyaren, die Osmanen, die Habsburger, die Nazis.

Wir mussten den Zug wechseln, um den Anschlusszug über Sturovo nach Sahy zu erreichen.

Ein paar Einheimische warteten ebenfalls auf dem Bahnsteig. Ich ordnete die meisten den Sinti und Roma zu.

Da es nasskalt war, waren wir froh, als der Zug nach Sturovo angesagt wurde und wir wieder einsteigen konnten.

Sturovo

Der Zug fuhr entlang des Flusses Hron nach Sturovo ins Grenzgebiet zurück. Hier hieß es wieder, besonders vorsichtig zu sein, die Umgebung unauffällig, aber genau zu betrachten, vor allem aber: nicht miteinander zu sprechen, wenn Leute in der Nähe waren. Christian und Jörg wären durchaus als Slowaken oder Ungarn durchgegangen. Sie sahen braun gebrannt aus und hatten dunkle Haare. Auch ihre Kleidung unterschied sich in nichts von der, die die Einheimischen trugen, außer vielleicht die Sandalen von Jörg. Christian meinte: „Ich glaube, das sind die schlampigsten Dinger, die ich je gesehen habe." Jörg winkte nur ab: „Hauptsache bequem!" Bei mir mit meiner hellen Hautfarbe und den blonden Haaren konnte leicht der Verdacht aufkommen, dass ich in dieser Gegend fremd war. Am ehesten fielen jedoch die Rucksäcke der Männer mit den Isomatten auf.

Als der Zug in Sturovo einfuhr, glaubte ich zu träumen. Dicht vor uns lag die Donau und am anderen Ufer erhob sich auf einem von Weinbergen umgebenen Hügel, ein monumentales Bauwerk, die Burg von Esztergom mit der riesigen runden Kuppel der Basilika. Wenige Hundert Meter waren es bis Ungarn. Wie einfach wäre es gewesen, mit einem Boot hinüberzupaddeln. Aber auf diese Weise war Ungarn nicht zu erreichen. Im Gegenteil, wir mussten der Donau fernbleiben. Ein paar junge Leute, die ebenfalls aus dem Zug gestiegen waren, gesellten sich plötzlich zu uns und fotografierten. Ich wurde von einem jungen Mann auf Deutsch angesprochen: „Das ist die größte Kirche von Ungarn. Beeindruckend, nicht wahr?" Ich sah ihn an, lächelte und antwortete: „Nincs értem." (Ich verstehe nicht.) Er schien verwundert, lächelte ebenfalls und ging in das Bahnhofsgebäude zurück. Wir hatten eine halbe Stunde Aufenthalt bis zur Weiterfahrt. „Ich hatte kein gutes Gefühl. Auch Christian meinte: „Wir sollten nicht im Bahnhofsgebäude warten. Lasst uns lieber bis zur Weiterfahrt ein Stück außerhalb entlangspazieren."

Tupá

Nachdem wir in Sturovo in den Zug nach Sahy gestiegen waren, entschlossen wir uns, bereits in Tupá, einer Ortschaft vor Sahy auszusteigen.

Das schien sicherer zu sein, als auf dem Bahnhof der Grenzstadt anzukommen und dort vielleicht in eine Kontrolle zu geraten. Es war bereits sehr dunkel und weder Mond noch Sterne am Himmel zu sehen. Vom Bahnhof aus führten zwei Straßen aus dem Ort hinaus, eine belebtere, auf der etliche Autos fuhren und eine ruhigere, die links an einer Häuserzeile mit Ein- und Zweifamilienhäusern entlangführte. Auf der rechten Straßenseite musste ein Wäldchen sein. Vielleicht waren es auch nur ein paar dichte Baumgruppen. Das war nicht genau auszumachen. Zur Dunkelheit kam noch Nebel hinzu und es nieselte unangenehm. Wir konnten kaum die

Hand vor Augen sehen. Nur weil uns ein paar Autos entgegenkamen, konnten wir überhaupt etwas von der Umgebung wahrnehmen. Ab und zu mussten wir auf den Rasenstreifen springen. Es war lebensgefährlich. Die Autos fuhren zu dicht und zu schnell an uns vorbei. Wir konnten nichts mehr erkennen und hatten keine Vorstellung, wie weit es noch bis Sahy war. Ich schlug vor, bald irgendwo eine Stelle zu suchen, wo wir übernachten konnten. In der Luft lag plötzlich ein fürchterlicher Geruch nach Asche und Müll. In der Nähe musste eine Deponie sein. Die Straße führte noch weiter geradeaus, aber wir entschlossen uns, einen Weg zu nehmen, der auf der rechten Seite leicht abwärts in ein Wäldchen führte. Wir stolperten durch die Dunkelheit, gefolgt vom Gestank der Deponie.

Der Baumbestand wurde bald lichter und endete an einem kleinen Fluss mit einem breiten grasbewachsenen Ufer.

„Vielleicht ist hinter dem Fluss schon die Grenze", meinte Jörg. „Könnte sein, aber wir müssen das bei Tageslicht erkunden."

Wir gingen noch eine Weile am Ufer entlang, bis wir dem Gestank entkommen waren.

„Lasst uns hier bleiben", sagte ich.

Wir wunderten uns ein wenig, als wir uns umsahen.

„Es ist ja fast wie auf einem Zeltplatz."

„Steht da nicht ein Zelt?

„Tatsächlich."

„Vielleicht sind Leute drin."

„Vielleicht welche, die auch abhauen wollen."

„Wer weiß."

Wir gingen vorsichtig näher. Es war nichts zu hören, kein Schnarchen, keine Bewegung.

„Wenn wir wissen wollen, ob da jemand drin ist, sollten wir einen Stein oder irgendetwas auf das Zelt werfen. Normalerweise erschrickt man davon und gibt einen Laut von sich", meinte Jörg.

Er warf einen Stein und Christian auch noch einen. Aber alles blieb still. „Hoffentlich liegt da keine Leiche drin", meinte Jörg. „Lasst uns ein Stückchen weggehen von dem Zelt und hier irgendwo schlafen", sagte ich.

Die Männer legten sich auf ihre Isomatten und schliefen bald ein. Ich hörte sie schnarchen. Es hatte aufgehört zu regnen, aber es tropfte von den Bäumen und verursachte ungewohnte Geräusche. Ich hatte mich auf meinen Rucksack gesetzt und an einen Baum gelehnt und horchte auf jedes Tropfen und Knistern. Ein Käuzchen schrie in der Ferne. Die Bodenkälte kroch in meinen Körper. Ich nickte ein, aber wurde immer wieder wach, ich zitterte vor Kälte, klapperte mit den Zähnen, ging ein paar Schritte hin und her und rieb mir die Oberschenkel, damit die Nadelstiche aufhörten. Ich beneidete die Männer, die ohne Weiteres schliefen. Die Nacht schien kein Ende zu nehmen.

Montag, 28.08.1989: Am Fluss Ipel

Gegen 5.00 Uhr ging die Sonne auf. Ich war froh, von den Qualen der Nacht erlöst zu werden, und hoffte auf einen schönen Tag und dass mich die Sonne aufwärmen würde. Bis die Männer wach wurden, ging ich am Ufer hin und her und atmete die frische Morgenluft ein. Über dem Fluss, der höchstens fünf Meter breit war, schwebten die Morgennebel. Die andere Seite des Flusses sah ähnlich der Seite aus, auf der wir uns befanden, mit einem breiten grasbewachsenen Ufer, nur dass sich dahinter noch ein Damm erhob, auf dem spärliches Buschwerk wuchs. Er erinnerte mich an einen Deich am Meer. Die Sonne sog die Nebel in die Höhe und es wurde klarer. Nur wenige Meter entfernt stand das Zelt, in dem sich bis jetzt niemand gerührt hatte. Zwischen zwei Bäumen war eine Leine gespannt, auf der Männerstrümpfe hingen.

Christian war als Erster von den beiden wach geworden und schubste Jörg an: „Wach auf, du Schlafmütze!"
Der erhob sich gähnend, ohne ein Wort zu sagen.
„Wollen wir in das Zelt reingucken?" fragte Christian. Aber Jörg reckte und streckte sich nur.
„Der ist ein echter Morgenmuffel," flüsterte mir Christian zu. Ich musste grinsen. Wir schlichen uns vorsichtig an das Zelt heran. Noch einmal warfen die Männer kleine Steine auf das Zeltdach. Aber es blieb still. Vorsichtig öffnete Christian den Reißverschluss und blickte hinein. Das Zelt war leer.
„Na toll," bemerkte er: „Und wir Idioten haben draußen geschlafen in der Kälte."
„Ihr habt wenigstens geschlafen", sagte ich.
Wir blickten auf zwei Innenzelte, in denen Luftmatratzen und Wolldecken lagen. Im Vorraum stand ein Campingtisch mit benutztem Geschirr. Ein Koffer lag an der Erde.
„Vielleicht waren es welche, die hier ihre letzte Nacht verbracht hatten und längst in Ungarn sind. Vielleicht geht es geradeaus, hinter dem anderen Ufer nach Ungarn."
Jörg öffnete den Koffer. Seltsamerweise waren dort nur Zeitungen drin, vermutlich in slowakischer Schrift. Nach einem Verbrechen sah hier nichts aus und nach abgehauenen DDR-lern auch nicht.
„Können wir irgendwas gebrauchen?"
„Nichts anfassen!" meinte Christian.
Jörg wollte gerade das Frühstücksmesser einstecken, das auf dem schmutzigen Teller lag.
„Wenn sie uns doch erwischen, dann hast du eine Waffe bei dir und kriegst noch zwei Jahre mehr!"
„Aber da liegt eine Kombizange."

„Okay, die könnte man vielleicht gebrauchen, falls es Stacheldraht an der Grenze gibt."

Jörg steckte die Zange ein.

„Seht mal, am anderen Ufer liegt ein Kahn!", rief Christian.

„Wir sollten rüberschwimmen und ihn hierherholen", sagte ich, „dann können wir unsere Sachen darin einladen und trockenen Fußes übersetzen. Ich glaube, waschen könnten wir uns sowieso mal wieder. Ich habe mich schon vier Tage nicht waschen können."

„Und wir seit einer Woche nicht."

Wir legten unsere Sachen in der Nähe des Zeltes ab, als gehöre es uns und sprangen nackt ins Wasser. Ich putzte mir die Zähne und seifte mich ein. Als das Wasser meinen Körper umspülte, fühlte ich mich erfrischt und schwamm bis zu dem Kahn am anderen Ufer.

„Helft mir mal!" rief ich und löste den Strick vom Pflock, an dem das Boot festgebunden war.

„Paddel haben wir leider nicht," stellte Christian fest.

„Macht nichts, nehmen wir eben die Arme als Paddel. Wird schon gehen."

Gemeinsam schoben wir das Paddelboot durchs Wasser auf die andere Seite.

Wir trockneten uns eilig ab und zogen uns wieder an. Ein lautes Magenknurren war zu hören.

„Habe ich einen Bärenhunger," stöhnte Jörg.

„Dann fang dir einen Bären! Wir haben nämlich nichts mehr zu essen," erwiderte Christian, der als erster angezogen war und schon seine Isomatte auf den Rucksack schnallte.

„Ich habe noch ein Stückchen Brot", sagte ich und teilte es auf. Es war für jeden nicht mehr als eine trockene Schnitte, aber besser als nichts.

„Es wäre nicht schlecht, wenn wir irgendwo etwas kaufen

könnten. Wir müssen mal sehen, wie es auf der anderen Seite des Flusses aussieht."

Jörg suchte gerade seine Sandalen zusammen, da erschien am gegenüberliegenden Ufer, oben auf dem Damm ein Mann in Arbeitskleidung, mit Stiefeln und Mütze und einem Hund. Er sah aus wie ein Einheimischer. Er beobachtete uns argwöhnisch und stieg dann ans Ufer hinunter. Am Pflock, an dem kurz zuvor noch das Boot festgemacht war, blieb er stehen. Er schaute rechts und links über den Fluss und verschwand wieder. Wir sahen uns fragend an.

„Komisch, was war das denn", meinte Jörg, der inzwischen auf dem Boden saß und an der Schnalle seiner Sandalen herumfummelte.

Christian meinte: „Du musst zuerst den Nippel durch die Lasche ziehn und mit der kleinen Kurbel ganz nach oben drehn."

Endlich hatte er es geschafft, die Schnalle zuzumachen. Er stand auf und wollte seinen Rucksack greifen. Da erschien der Mann mit dem Hund, den wir gerade am anderen Ufer gesehen hatten, plötzlich wenige Meter neben uns. Er öffnete das Zelt und kam mit Paddeln wieder heraus. Dann sprang er eilig mit dem Hund ins Boot, das wir eigentlich gerade benutzen wollten, um über den Fluss zu kommen. Er paddelte auf die andere Seite und band das Boot wieder an seinem ursprünglichen Platz fest. Dann stieg er den Damm hinauf und verschwand erneut aus unserem Blickfeld, samt Hund und Paddel.

„Das ist jetzt eine schlechte Theatervorführung, oder?" meinte Jörg.

„Hättest du dich mehr beeilt, du Trottel, dann wären wir jetzt da drüben", entgegnete Christian.

„Konnte ich denn ahnen, dass da so ein Clown kommt, dem

das Boot gehört?"

„Hört schon auf, euch zu streiten, das nützt ja nichts mehr", rief ich dazwischen.

In diesem Moment erschien der Mann erneut am anderen Ufer auf dem Damm, gefolgt von einer Herde blökender Schafe, die der Hund vorwärtstrieb.

„Moment mal!" rief Jörg. „Da stimmt was nicht. Wie konnte der vorhin ohne Boot plötzlich auf unserer Seite erscheinen? Er ist doch nicht wie Jesus über das Wasser gegangen! Und wo hat der plötzlich die ganzen Schafe her?"

Er rannte am Zelt vorbei, wo der Fluss eine Biegung machte, kam zurück und warf sich vor Lachen auf den Boden.

„Spinnst du jetzt total?" fragte Christian.

„Ne, aber guck mal um die Ecke!" Er konnte nicht aufhören zu lachen.

Gleich hinter der Flussbiegung befand sich eine Brücke, über die eine Straße führte.

„Ach so, ziemlich witzig."

Wir überquerten die Brücke und konnten in einiger Entfernung noch den Schäfer sehen, der mit seinen Schafen am Ufer des Ipel entlangzog. Die Straße, die über die Brücke führte, ging geradewegs nach Sahy-Homok.

„Hoffentlich finden wir bald einen Bäcker," meinte Jörg.

Sahy-Homok

Der Himmel bewölkte sich bald wieder. Nur ab und zu blickte die Sonne durch ein Wolkenloch. Die Teerstraße nach Sahy-Homok führte an grünen Wiesen und Buschwerk vorüber. Bald nach der Brücke war der Fluss Ipel nicht mehr zu sehen. Irgendwo war er abgebogen. Rechts von uns erhob sich ein Gebirge, es musste das Börzsöny Gebirge (Pilsengebirge) sein, das wir auf dem Zugfahrplan gesehen hatten. Es fing wieder leicht zu regnen an. Ich schlug meine Kapuze über den Kopf. Ringsum wurde alles grau und dunstig. Man hatte keine gute Sicht mehr. Wir waren bald am Ortseingang angekommen, wo eine Straße geradeaus weiterführte. Seltsamerweise bog ein Stück asphaltierter Weg nach rechts ab und endete mitten in der Wiese. Es sah aus, als wäre er nicht zu Ende gebaut worden. Dahinter erhob sich ein ansteigendes Wäldchen. Wir gingen am Bahnhofsgebäude vorbei, das ziemlich verlassen wirkte. Homok stand auf dem Stationsschild. Die Tür zur Halle stand offen. Menschen waren weit und breit nicht zu sehen. Entlang einer grauen Mauer, hinter der die Eisenbahnstrecke verlief, gingen wir in den Ort hinein, der aus einem Gemisch von kleinen alten Häusern und neuen Wohnblocks bestand, breiten Verkehrsstraßen und schmalen Gassen. Nur wenige Leute waren unterwegs. Vielleicht war es noch zu früh oder sie arbeiteten alle. Wir folgten einer Straße, die aufgrund der kleinen Läden und älteren Häuser am ehesten ins Stadtzentrum führen musste. Wir brauchten etwas zu essen und zu trinken und Informationen über die Umgebung. In einem kleinen Geschäft kaufte ich ein großes Baguette, eine Salami, drei Flaschen Wasser und drei große Müllsäcke.

„Wozu brauchen wir denn Müllsäcke?", fragte Jörg.

Christian grinste: „Zum Beispiel, um dich da reinzustecken und zu entsorgen."

Ich musste lachen: „Keine schlechte Idee. Ich dachte aber eher daran, sie als Regenkleidung zu benutzen. Wir schneiden Löcher für Kopf und Hände hinein."

„Aber wir haben kein Messer. Hätte ich bloß das aus dem Zelt mitgenommen."

„Schon schlimm genug, dass du dem armen Schäfer die Kombizange geklaut hast."

„Ich habe eine Nagelschere dabei", sagte ich.

„Suchen wir erst mal ein Plätzchen zum Frühstücken",
meinte Jörg.
„Dort drüben sieht es nach einem kleinen Park aus. Wo ein
Park ist, sind gewöhnlich auch Bänke."
Aber es war nur ein parkähnlicher Weg. Dahinter konnten
wir Menschenstimmen und Busgeräusche vernehmen. Wir
kamen zu einem großen viereckigen Platz, der auf einer Seite
von schönen mittelalterlichen Bauten umgeben war und auf
der anderen von einem länglichen Gebäude, das aussah wie
eine größere Lagerhalle. Auf dem Platz befand sich ein Busbahnhof mit überdachten Wartehäuschen und Sitzmöglich-
keiten. Ich brach das Baguette und die Salami in drei gleiche
Teile. Während wir aßen, schauten wir uns um. Viele Menschen
überquerten den Platz mit Einkaufstaschen oder warteten an
den Haltestellen. Die Busse fuhren eine Haltestelle an, Fahrgäste stiegen aus und ein, dann umkreisten sie den Platz und
bogen ein Stück weiter nach rechts ab.
„Wahrscheinlich geht es dort, wo die Busse rausfahren zur
Grenze", meinte Jörg und biss von seiner Salami ab. Ein junger Zigeuner mit abgeschnittenen Jeans und einer Plastiktüte
voller Sachen schaute hin und wieder freundlich zu uns
herüber, was ich zum Anlass nahm, ihn zu fragen, ob die
Busse dort nach Ungarn fahren.
„Mennek a buszok Magyarországra?"
Von der gegenüberliegenden Haltestelle war gerade ein Bus
abgefahren und fuhr an uns vorbei. Der freundliche junge
Mann tat sein Bestes. Er rannte plötzlich wie ein Wilder hinter dem Bus her, um ihn anzuhalten. Der Bus hielt tatsächlich
noch einmal und der Fahrer winkte uns zu, damit wir uns
beeilten. Ich erschrak und machte Zeichen, dass der Bus
weiterfahren solle und rief:
„Nem bus, nem Magyarország!"

Das hätte noch gefehlt, direkt in den Bus nach Ungarn zu steigen und an der Grenze geschnappt zu werden! Der junge Zigeuner sah mich verständnislos an. Der Bus fuhr weiter.

„Lasst uns hier schnell verschwinden", sagte ich. „Ich wäre doch nicht auf den Gedanken gekommen, dass der Mann den Bus anhalten würde. Er hatte mich völlig missverstanden. Ich hatte doch nur gefragt, ob die Busse nach Ungarn fahren und ja oder nein erwartet." Wir schnappten unsere Rucksäcke und verließen eiligst den Platz in der Richtung, aus der wir gekommen waren.

„Auf keinem Fall werde ich noch einmal jemanden hier fragen", bemerkte ich kleinlaut. „Wir dürfen doch nicht auffallen."

Christian meinte: „Vielleicht war es dumm von uns, am Bahnhof vorbeizugehen. Meistens hängt in der Wartehalle ein Stadtplan." Wir gingen zurück. Tatsächlich gab es in der Bahnhofshalle in einem Glaskasten einen Stadtplan. Wir konnten daraus ersehen, dass der Bahnhof Sahy einige Kilometer weiter nördlich lag und wir uns in Homok befanden, einem Stadtteil, der direkt an der ungarischen Grenze lag. Von dem Busplatz aus, auf dem wir gewesen waren, dürften es nur noch wenige Meter bis zur Grenze sein. Leider zeigte der Stadtplan keine Details von der ungarischen Seite.

„Was haltet ihr davon?", fragte ich. „Dichter an der Grenze können wir wahrscheinlich nicht sein. Ich denke, wir müssen jetzt überlegen, wie wir es anstellen."

Wir gingen noch einmal zum Busbahnhof zurück und dann ein Stück die Straße hinunter, wo die Busse abbogen. Von Weitem konnten wir die Grenzkontrollstelle beobachten, ein Gebäudekomplex mit Barrieren, Schranken und Schaltern. Dort ging es nach Ungarn. Mehrere Grenzpolizisten standen um einen Bus herum und kontrollierten. Die Schranke ging schließlich hoch und der Bus fuhr weiter. Ich nahm den Kompass aus dem Rucksack, nordete ihn ein und sagte: „Das Grenzkontrollhäuschen liegt etwa bei der Marschrichtungszahl 36. Wenn wir ein Stück weiter in den Wald gehen und immer dieser Zahl folgen, kommen wir nach Ungarn." Wir einigten uns darauf, nach diesem Plan vorzugehen: Ich würde mit dem Kompass vorangehen. Wenn ich stehen blieb, mussten alle stehenbleiben. Wir wollten während der Flucht nicht miteinander sprechen und so lange durch den Wald laufen, bis wir ganz sicher waren, in Ungarn zu sein. Sollte einer von uns erwischt werden und die anderen noch die Chance haben, zu entkommen, hieß es „Jeder für sich". Wir tauschten gegenseitig Adressen unserer Verwandten aus, die im Notfall benachrichtigt werden sollten. Dann gingen wir durch die Bahnhofstraße zum Ortseingang zurück.

Grenzdurchbruch von Homok ins Börzsöny-Gebirge
Wir überquerten den Bahnübergang und gingen auf der Straße, die in den Wiesen endete in Richtung Wald. Vom Bahnhäuschen aus schaute uns ein Uniformierter hinterher. Es war nicht klar, ob es sich um einen Grenzpolizisten oder nur um einen Bahnbeamten handelte. Kurz bevor die Straße abbog, konnten wir ihn wegen des Nebels nicht mehr erkennen. Das beruhigte uns, denn dann konnte er uns auch nicht mehr sehen. Es war von Vorteil, dass es neblig war. Dass es nieselte, war zwar nicht angenehm, aber wir machten aus den Müllsäcken Regenmäntel, schnitten Löcher für Kopf und Hände hinein und waren so vor der Nässe geschützt. Die graue Farbe war möglicherweise auch eine Tarnfarbe im Wald. In der Nähe des ansteigenden Wäldchens standen Schilder, die auf das Grenzgebiet hinwiesen und den Durchgang verboten. Es war 16.00 Uhr, als wir die Ausbuchtung des Wäldchens

erreichten und unentdeckt darin untertauchen konnten. Anfangs mussten wir uns durch dichtes Dorngestrüpp hindurchkämpfen. Die Müllsäcke schützten nur zum Teil gegen die Stacheln der wilden Himbeeren. Wir zerkratzten uns die Hände, die aus den Schlitzen der Müllsäcke herausguckten. Aufpassen mussten wir auch, dass uns die Zweige nicht ins Gesicht schnellten. Das Unterholz knackte unter den Füßen. Ich ging mit dem Kompass um das rechte Handgelenk voran, der auf die Marschrichtungszahl 36 eingestellt war. Die Männer folgten mir schweigend. Vögel flatterten vor uns aus dem Gebüsch. Wir warteten, bis alles wieder still war, ehe wir weitergingen. Schon nach wenigen Minuten mussten wir einen befestigten Weg überqueren, der scheinbar ziemlich gut befahren wurde. Er wirkte wie ein alter Grenzweg. Wir mussten äußerst wachsam sein und uns vergewissern, dass niemand zu sehen war. Ich lugte vorsichtig zwischen den Bäumen hervor und sah mich nach allen Seiten um. Dann machte ich eine typische Handbewegung und wir liefen schnell über den Weg, um wieder im Dickicht des Waldes zu verschwinden. Etwas Großes wartete plötzlich vor uns im Gebüsch. Wir rührten uns nicht. Dann krachte es, Zweige sausten durch die Luft und ein Reh sprang eiligst vor uns davon. Je höher wir stiegen, umso lichter wurde der Wald. Dem anfänglichen Mischwald mit Dornenbüschen folgte ein Wald aus Eichen und Hainbuchen. Der Waldboden war bedeckt mit Blättern, Moosen und Farnen. Hin und wieder schaute dunkles Geröll hervor. Die Schuhe rutschten. Besonders Jörg hatte Schwierigkeiten mit seinen für das Bergsteigen völlig ungeeigneten Sandalen. Meine ganze Aufmerksamkeit war nur darauf gerichtet, die jeweilige Situation zu bewältigen, und ließ keine anderen Gedanken zu. Jeder einzelne Schritt benötigte die volle Konzentration aller Sinne. Sobald ich ein verdächtiges Geräusch hörte, hielt ich inne. Jörg und Christian taten das Gleiche. Unterhaltung erfolgte nur in Augen-, Mimik- und Gestiksprache. Immer wieder musste ich auf den Kompass schauen. Mein Blick wanderte entlang der Kompassnadel, auf die Marschrichtungszahl 36 und von dort zu einem markanten Ziel in der Umgebung, einem Baum, einem Lichtfleck, einem Stein, einer Quelle oder was sonst geeignet schien, und wir bewegten uns darauf zu. Wir stiegen immer höher in die Berge empor. Nur wenige Meter vor uns tauchte mehrmals der gleiche Serpentinenweg auf, der scheinbar um einen Bergkegel herumführte. Wir aber schienen den direkten steilen Weg bis zur Spitze nach oben zu klettern. Einmal hörten wir Motorengeräusch. Ein Auto kam näher. Wir pressten uns hinter großen Bäumen fest auf den Waldboden. Ich spürte, wie mein Herz raste. Der Jeep fuhr vorbei. Grenzsoldaten hatten daringesessen aber uns wohl nicht bemerkt. Nachdem wir etwa eine Stunde gegangen waren, wurde es über uns heller. Der bewölkte Himmel war zu sehen. Wir waren auf dem höchsten Punkt des Berges angekommen und vor uns tat sich eine Schneise von mehreren Metern Breite auf, ähnlich einer Flugschneise. Das musste die Grenze sein. Hier gab es keinen Zaun, kein Stacheldraht. Es war so, wie wir es erwartet hatten. Jörg brauchte die Zange also nicht, die er in der Jackentasche hatte. Ich schob vorsichtig meinen Kopf nach vorn, so dass ich die Schneise in Augenschein nehmen konnte. Erschreckt wich ich zurück, drehte mich zu Jörg und Christian um, legte meinen Finger auf den Mund und machte ein strenges Gesicht. Sie verstanden: „Äußerste Gefahr!" Zu meiner Linken, etwa fünfzig Meter unterhalb des Berges hatte ich auf der Schneise ein Wachhäuschen entdeckt, vor dem ein Grenzsoldat stand, der eine Zigarette rauchte. Sein Blick schweifte zuerst über die Bäume des gegenüberliegenden Waldes, dann drehte er seinen Kopf langsam nach rechts. Zum Glück hatte ich rechtzeitig seine Absicht erkannt und konnte meinen Kopf zurückziehen. Als ich ein zweites Mal nach ihm schaute, sah ich ihn von hinten, mit aufgeschultertem Gewehr, weiter bergab gehen und im Nebel verschwinden.

Sofort gab ich Zeichen, und wir rannten, so schnell es ging, in geduckter Haltung über die Schneise. Eine riesige Schlucht tat sich vor uns auf und es ging auf der Stelle äußerst steil bergab.

Wir stürzten mehr abwärts als wir liefen. Rutschiges steiniges Geröll schurrte hinter uns her. Von oben hätte man uns bestimmt gut erkennen können, denn der lückenhafte alte Baumbestand aus Buchen und Eichen ließ viel Licht durch.

Wir rannten mit ausgestreckten Armen von Baum zu Baum und mussten aufpassen, dass wir uns nicht verletzten, wenn wir versuchten, uns bei schnellem Lauf an den Bäumen abzufangen. Nur mein Unterbewusstsein nahm die wilde unberührte Natur auf. Irgendwo hämmerte ein Specht. Wir hörten Vogelgezwitscher, eine Blindschleiche verkroch sich hinter einem Stein. Ein Feuersalamander rutschte ein Stückchen mit Jörg zusammen, der ausgerutscht war, auf dem Geröll hinunter. Der Kompass sagte mir, dass wir auf Felsenhänge zurennen mussten. Als wir dort ankamen, gönnten wir uns eine kurze Verschnaufpause und begannen flüsternd wieder miteinander zu sprechen.

„Wo sind wir jetzt eigentlich, in Ungarn, noch in der Tschechoslowakei oder ist das Niemandsland? Kommt da noch einmal eine solche Schneise. Ist das wie bei der Berliner Mauer? Sind wir vielleicht mittendrin?"

Ich konnte nur mit den Achseln zucken: „Keine Ahnung. Aber auf keinem Fall können wir uns sicher fühlen. Wir müssen so lange gehen, bis es eindeutig ist, dass wir in Ungarn sind. Also, wenn wir z. B. ungarischen Müll entdecken, Wegwerfdosen oder Ähnliches. Ich denke, wir sind noch mitten in der Gefahrenzone." Felsgestein und große Gesteinsbrocken umgaben uns, die sich wahrscheinlich vor langer Zeit oberhalb vom Felsen gelöst hatten, vielleicht waren es auch Vulkanbomben, die jetzt von Moos und Flechten überwachsen waren. Im Schutz der Felsen nahmen wir einen Schluck Wasser aus der Flasche und aßen etwas von dem Baguette.

„Bestimmt gibt es hier ringsum Höhlen", meinte Christian. Eine Quelle plätscherte aus einem Felsspalt und es sah aus, als ginge dahinter ein verschütteter Gang in den Berg hinein. „Nur leider haben wir keine Zeit, das herauszufinden. Vielleicht ist auch ein Bär da drin."

„Das wäre noch schlimmer als ein Grenzer."

„Lasst uns lieber weitergehen."

Wir befanden uns auf halber Höhe eines gewaltigen Bergkegels und schauten hinunter in ein wildes Tal mit einem breiten Bachlauf. Umgestürzte Bäume lagen so, wie sie vor Jahren gefallen waren. Hinter dem Tal ging es wieder steil bergauf.

„Müssen wir wirklich über den Bach und dann wieder da hoch?" fragte Jörg.

„Keine andere Chance."

Christian und ich hatten es bereits geschafft, über einen Baumstamm, der quer über den Bach lag, zu balancieren, und warteten am anderen Ufer.

„Schau mal da, eine Wasseramsel." Christian, stupste mich an. Ein kleiner Singvogel flog über das Wasser und tauchte plötzlich unter. Ein paar Meter weiter schoss er aus dem Wasser wieder empor und flog davon. Im gleichen Augenblick rutschte Jörg vom glitschigen Baumstamm ab und plumpste in den Bach. „Verdammter Mist! Da hätte ich gleich durchlaufen können." Patschend watete er durch den Bach. Sein Regenschutz war in Fetzen gerissen, die ganze Hose pitschnass, wobei das Hinterteil der Hose noch schlammig dazu und die Knie grün von Moos waren. Die Sandalen machten bei jedem Schritt schmatzende Geräusche.

„Mein Gott, jetzt weiß ich, wie ein Waldschrat aussieht!" sagte Christian.

Ich versuchte, mir das Lachen zu verkneifen, was mir jedoch nicht gelang.

Jörg winkte ab: „Wenn`s euch Spaß macht, bin ich eben ein Waldschrat."

Er öffnete seinen Rucksack, der zum Glück trocken geblieben war, und nahm eine Trainingshose heraus, die er anzog. Die nasse schlammige Jeans spülte er im Bach sauber, wrang sie aus und befestigte sie mit einem Band außen am Rucksack, damit sie trocknen konnte. Es hatte aufgehört zu regnen, auch der Nebel war verschwunden. Wir gingen durch das gewaltige wilde Tal mit seinen plätschernden Quellen und den umgefallenen moosbewachsenen Bäumen weiter. Die Sonne hatte es geschafft, kurz vor dem Untergehen, ihre Strahlen noch einmal durch das Blätterdach zu schicken. Ein geheimnisvoller Zauber breitete sich aus. Das lichtdurchflutete Grün über unseren Köpfen schien in der unendlichen Stille zu tanzen. Einzelne Sonnenstrahlen durchdrangen die Wipfel bis zum Waldboden und wirkten wie göttliche Zeichen. Ich glaubte, vor Ehrfurcht den Atem anhalten zu müssen. Um uns herum erhoben sich weitere Berge, meist mit großen alten Buchenbeständen. Unsere Marschrichtung führte uns zuerst am Fuß eines Bergkegels entlang, dann ging es erneut bergauf. Schweigend gingen wir hintereinander her, bis sich vor uns der Wald auftat und eine Lichtung zu sehen war, auf der es violett von Weidenröschen und Fingerhut schimmerte. „Sieht aus, wie in einer Parklandschaft", meinte Christian. Aber kaum waren wir auf die Lichtung getreten, flüsterte ich: „Zurück in den Wald!" Aus der Deckung heraus sahen wir am Ende der Lichtung einen Wachturm, ähnlich einem Jägerstand. Ein Grenzsoldat stand auf Beobachtungsposten. Zum Glück hatte er uns den Rücken zugekehrt.

Wir waren wahrscheinlich noch mitten im Grenzgebiet, wussten aber nicht, ob das ein tschechoslowakischer oder ungarischer Soldat war. Aber das machte eigentlich keinen großen Unterschied. Beide würden uns festnehmen.

Wir gingen schnell wieder in den Wald zurück. Noch hielten wir uns an die Marschrichtungszahl 36. Im Schutz der hohen alten Bäume ging es zuerst wieder auf rutschigem lavaartigem Untergrund weiter bergauf und nach einer Weile wieder stetig bergab. Wahrscheinlich mussten wir ständig ganze Berge überwinden, deren Höhe wir nicht kannten und auch nicht einschätzen konnten. Es ging einfach immer nur vorwärts. Wir waren keine trainierten Bergsteiger und hatten keine hilfreiche Ausrüstung. Teilweise mussten wir uns von Baum zu Baum hangeln oder uns gegenseitig an den Armen hochziehen.

Es wurde schon dämmrig, als wir plötzlich vor uns einen längeren Streifen Helligkeit bemerkten und annahmen, erneut an eine Grenzschneise zu gelangen. Besondere Aufmerksamkeit und Vorsicht war geboten.

Aber wie erstaunt waren wir, als sich die vermeintliche Grenzschneise als gut betonierte Straße entpuppte. Ein Waldweg bog nach rechts ab und ein anderer führte geradeaus wieder in den Wald. Die betonierte Straße bog nach links und es standen dort in Abständen Hinweisschilder mit ungarischem

Text. Ich konnte zwar nicht alles verstehen, aber ich schlussfolgerte, dass es sich um einen Wanderweg handelte. Freudestrahlend rief ich: „Wir sind in Ungarn! Wir haben es geschafft!
Ich komme mir vor wie im Märchen."

„Klar, wie bei Frau Holle und du bist die Goldmarie!", meinte
Jörg.

„Dann bist du wohl die Pechmarie!", kicherte Christian.

Alle Anspannung fiel von uns ab. Völlig sorglos marschierten
wir auf der Straße weiter. Ein Bach, dessen Namen wir nicht
kannten, plätscherte neben der Straße her. Ab und zu kamen
wir an einem kleinen Häuschen vorbei, einer Gedenktafel
und einmal sogar an einer Mühle mit einem Wasserrad. Nur
Menschen begegneten uns nicht. Alles wirkte wie eine
Museumsmeile oder eine Theaterkulisse.

„Hoffentlich kommen wir bald in ein richtiges Dorf", sagte ich.

„Es wäre gut, zu wissen, wo wir uns überhaupt befinden."

Die Sonne war untergegangen und es wurde dunkel. Die
Straße zog sich ewig hin und teilte sich dann. Wir entschieden
uns, nach rechts weiterzugehen, also nach Osten.

Hätten wir eine Umgebungskarte gehabt, wäre uns manche
Fehlentscheidung erspart geblieben. Die Straße wurde irgendwann zu einem Waldweg und führte wieder hoch in die
dicht bewaldeten Berge. Ein abnehmender Halbmond
beleuchtete nur spärlich den Weg. Der Himmel über uns
wurde zu einem Ausschnitt, der gerade so groß war wie der
Waldweg. Rings um uns war finstere Nacht. Außer dem
Knirschen unter unseren Füßen war nichts zu hören. Eine
geheimnisvolle Stille umgab uns. Wir waren seit acht Stunden auf den Beinen und brauchten irgendeinen Schlafplatz.
Aber auf dem Boden zu schlafen, war unmöglich.

Obwohl es noch Sommer war, waren die Nächte in den Bergen
sehr kalt. Wie hoch die Berge waren, wussten wir nicht, aber

je höher wir stiegen, umso kälter wurde es.

Dienstag, 29.08.1989: Mitten im Börszöny-Gebirge

Es war inzwischen Mitternacht geworden. Wir entschieden uns, noch bis zur Bergspitze zu gehen. Vielleicht konnten wir uns von dort, auch wenn es dunkel war, eine bessere Übersicht über die Landschaft verschaffen und möglicherweise einen Ort erkennen.

Als wir den Gipfel erreicht hatten, mussten wir allerdings feststellen, dass sich, soweit wir blicken konnten, nichts als Berge aneinanderreihten. Aber direkt unter uns im Tal breitete sich ein riesiges Lichtermeer aus.

„Das muss eine Stadt sein", bemerkte Jörg.

Ich sagte: „Es erinnert mich an den Blick auf Bratislava."

Christian aber hatte Zweifel: „Ich war schon bei der Armee. Für mich sieht es aus wie ein Militärlager, lauter Kasernen."

Trotz Müdigkeit und Zweifel entschieden wir uns, in Richtung des Lichtermeeres weiterzugehen. Je näher wir kamen, umso weniger Lichter wurden es allerdings. Bald waren wir wieder von dunklem Wald eingeschlossen. Als wir glaubten, ein einzeln stehendes Gehöft erblickt zu haben, gingen wir darauf zu. Aber was für einen Schreck bekamen wir. Keine 100 m vor uns, im Licht einer Laterne war deutlich ein geöffneter Schlagbaum zu sehen, vor dem ein Soldat mit einem Gewehr über der Schulter stand.

„Oh nein, wir müssen machen, dass wir hier wegkommen!", flüsterte Christian.

Ob wir wollten oder nicht, wir mussten schnellstens den Rückweg antreten. Wir wären beinahe freiwillig in ein ungarisches Armeelager marschiert. Die Soldaten dort hatten den Befehl, ihre Grenzen zu sichern und auch Flüchtlinge aus der DDR aufzugreifen und auszuliefern.

Als wir uns anfangs für die Flucht durch die Berge entschieden hatten, waren wir davon ausgegangen, dass der schwierigste Weg auch der sicherste sein würde. Wir hatten es geschafft, die Grenze zu überwinden, und wussten, dass wir in Ungarn waren, irgendwo im Börszöny Gebirge. Wie sollten wir uns aber ohne Übersichtskarte oder Hilfe von Menschen wieder herausfinden? Es war schwieriger, als wir es uns vorgestellt hatten. Außer Grenzpolizisten, von denen wir uns fernhalten mussten, hatten wir keine anderen Menschen gesehen. Wir waren weder auf Dörfer noch auf Siedlungen gestoßen. Wahrscheinlich war die ganze ungarische Armee im Börszöny-Gebirge stationiert. Auf solch eine Idee waren wir vorher nicht gekommen. Wir hatten uns nicht nur den schwierigsten, sondern auch den gefährlichsten Weg ausgesucht.

„Das Gebirge muss riesig sein und sich mit immer höheren Bergen nach Osten ausdehnen", meinte Christian. „Das würde uns noch tagelang über die Berge führen."

„Da hast du recht. Wir müssen zurück und die betonierte Straße wiederfinden. Wir müssen dort ein Stück nach Norden gehen. Irgendwo muss sich doch eine Straße nach Budapest finden lassen."

Das Forsthaus

Der Gedanke an das Militärlager und die Kälte trieben uns zum Weitergehen an. Wie Traumwandler gingen wir die ganze Nacht durch den dunklen Wald zurück. Kurz vor 8.00 Uhr morgens kamen wir wieder an der gleichen Stelle an wie am Tag zuvor, an der betonierten Straße und den zwei Waldwegen, von denen einer nach rechts verlief und der andere geradeaus.

Tags zuvor hatten wir in der aufkommenden Dunkelheit den beiden Waldwegen keine weitere Beachtung geschenkt und waren auf der Straße weitergegangen. Jetzt aber, am frühen

Morgen, als die Sonne aufgegangen war, glaubten wir, unseren Augen nicht zu trauen. Keine zwanzig Meter vor uns stand ein Haus auf einer kleinen Lichtung, das hell vom Sonnenlicht beleuchtet wurde.

Wir beobachteten aus der Entfernung, dass eine Frau mit einem Wäschekorb aus dem Haus trat und an einer langen Leine Bettwäsche aufhing. Die Wäsche flatterte leicht im Sonnenlicht.

„Frau Holle!", flüsterte Christian. „Das kann nicht wahr sein! Gestern haben wir noch Spaß darüber gemacht!"

„Lasst uns zu der Frau gehen. Vielleicht kann sie uns helfen", sagte ich.

Die Frau, die etwa Mitte fünfzig sein musste, erschrak zuerst, als ihr drei Personen entgegenkamen.

Ich versuchte mein Bestes mit den wenigen Worten, die ich in Ungarisch kannte: „Jó napot kívánok. Bocsanat, az NDK-bol származunk"(Guten Tag. Entschuldigung, wir sind aus der DDR.)

Die Frau machte einen sympathischen Eindruck, schaute uns drei von oben bis unten an und schien sofort zu verstehen, dass wir Flüchtlinge waren, die sich in einer sehr misslichen Situation befanden. Sie musste bemerkt haben, dass unsere Bekleidung verschmutzt war und wir müde und entkräftet aussahen. Ich erklärte, dass ich nur wenig Ungarisch verstehen und sprechen konnte. Die Frau machte eine verständliche Handbewegung und wir folgten ihr ins Haus. Wir standen in einer Küche, die einem langen Korridor ähnelte. Die Frau wies auf den Wasserhahn hin, wo wir uns die Hände waschen konnten, und unsere leeren Wasserflaschen füllen. Wahrscheinlich hatte sie großes Mitleid und das Bedürfnis zu helfen, denn sie reichte jedem eine Tasse heißen Milchkaffee und eine Art Milchbrötchen. Dann zeigte sie auf die Wanduhr und gab aufgeregt zu verstehen, dass jeden Morgen punkt 8.00 Uhr eine Streife der Grenzpolizei durch den Wald käme. Das war eine große Gefahr für Flüchtende. Wir mussten unbedingt vor 8.00 Uhr aus dem Wald raus sein. Allein würden wir das aber nicht schaffen. Ihr Mann würde jedoch gleich kommen und uns helfen.

Nur wenige Minuten später hielt tatsächlich ein Jeep vor dem Haus. Es war der Ehemann in Forstuniform. „Gyors! Gyors!" sagte er und machte entsprechende Handzeichen, damit wir schnell in sein Auto stiegen. Eine Unterhaltung war nicht möglich. So schnell es ging, versuchte er uns außer Gefahr und aus dem Wald zu bringen.

In einer Kurve, auf der Gegenfahrbahn, kam uns plötzlich ein Polizeijeep entgegen. Der Förster konnte nur noch rufen: „Maradj lent!" (Unten bleiben!), und dazu die verständliche Handbewegung machen. Dann fuhren die beiden Jeeps auch schon aneinander vorbei.

Ich hatte bemerkt, wie er die Streife grüßte, indem er die Hand an den Kopf hielt. Er fuhr schnellstens weiter. Nach ein paar weiteren Kurven auf der Straße stoppte er und zeigte nach links, wo ein Trampelpfad in den Wald führte. „Gyors! Igy" (Schnell! Dort lang) sagte er nur. Wir sprangen aus dem Jeep. Er fuhr weiter und wir rannten den schmalen Weg durch den Wald hinunter.

Ohne die Hilfe der Forstleute wären wir wohl noch ein paar Tage länger durch den Wald geirrt oder zurück in die DDR verfrachtet worden. Leider hatten wir nicht einmal Zeit gehabt, uns zu bedanken, geschweige denn, den Namen des Försters und seiner Frau zu erfahren.

Die Ackerinsel

Der schmale Pfad führte uns aus dem Wald und vor uns breitete sich eine offene flache Wiesenlandschaft aus. Nur hin und wieder waren vereinzelt Bäume zu sehen. Ein Feldweg führte zu einer Straße, die wahrscheinlich die Fortsetzung jener Straße war, auf der uns der Förster im Jeep gefahren hatte, und auch die, auf der wir einige Zeit entlanggegangen waren, immer in dem Glauben, auf einer Museumsmeile und außer Gefahr zu sein. Die Polizeistreife hätte uns eigentlich schon längst entdecken müssen. Wir hatten bisher wohl unglaubliches Glück gehabt.

Die Straße schien in ein Nachbardorf zu führen. Es lag noch einige km weit fort, aber wir konnten es bereits schemenhaft erkennen. Vielleicht gab es dort einen Bahnhof und eine Verbindung nach Budapest. Allerdings wusste ich nicht, ob ich noch Karten für drei Personen bezahlen konnte. Vielleicht war es auch besser, unbemerkt zu bleiben.

Wir waren jetzt mehr als 16 Stunden ununterbrochen gelaufen, also mehr als zwei Marathonstrecken. Die Müdigkeit verursachte bleierne Füße und ein nicht enden wollendes Gähnen.

Da entdeckten wir rechts der Straße eine kleine Ackerinsel, umgeben von Büschen und Bäumen. Das konnte ein guter Schlafplatz sein. Die Ackerinsel hatte eine angenehme Vertiefung, sodass wir dort gut geschützt auf weichem Rasen liegen konnten. Die Sonne wärmte den Boden. Wir legten unsere Sachen ab und schliefen bald tief und fest ein.

Wir mussten drei oder vier Stunden geschlafen haben. Es war Mittagszeit und nach den vielen Stunden, in denen wir frierend herumgelaufen waren, tat uns die Wärme wohl.

Sauber und ordentlich sahen wir nicht gerade aus. Unsere Hosen, Jacken und Schuhe waren bedeckt mit Schlamm, vom Herumlaufen auf den Bergen und dem nassen Waldboden.

Inzwischen aber hatte die Sonne alles gewärmt und getrocknet, auch die Jeans, mit der Jörg in den Bach gefallen war.

„Wir müssen unsere Sachen sauber machen, sonst fallen wir unterwegs auf", sagte ich und nahm aus meinem Rucksack eine kleine Handbürste. Ich begann sogleich, die trockenen Schlammspritzer an den Hosenbeinen damit wegzuschrubben. Erstaunlicherweise war das erfolgreich. Jörg holte seine Zahnbürste aus dem Gepäck und putzte auf seine spezielle Art an seinen Klamotten herum.

„Was denn?", fragte er, als Christian und ich uns angrinsten. „Bis jetzt habe ich die Zahnbürste sowieso nicht gebraucht, oder?"

Christian stichelte: „Die Dreckbürste da machst du bestimmt wieder sauber, oder? Dann kannst du dir ja später wieder damit die Zähne putzen!"

Er bat mich um meine Handbürste und säuberte seinen Teil der Ausrüstung. Als wir alle wieder einigermaßen sauber aussahen, entschlossen wir uns, weiterzugehen bis zum nächsten Dorf. Wir liefen die lange gerade Straße entlang. In einiger Entfernung sahen wir eine Bahnschranke.

„Das ist ein gutes Zeichen!", rief Christian.

„Zur Abwechslung können wir ja mal auf den Bahnschienen weitergehen."

„Wäre auch eine Möglichkeit."

Gerade, als wir den Bahnübergang überqueren wollten, gingen die Schranken runter und ein Polizeijeep stoppte neben uns. Ich spürte, wie meine Knie anfingen zu zittern und sich der Urinstinkt, bei Gefahr wegzulaufen, meldete. Christian und Jörg schienen meine Aufregung bemerkt zu haben und nahmen mich in die Mitte. Minuten vergingen, ohne dass etwas passierte oder ein Zug zu sehen war.

„Bleib einfach ruhig! Wenn die gewollt hätten, hätten sie uns längst geschnappt", flüsterte Christian.

Irgendwann kam der Zug und die Schranken öffneten sich wieder. Der Jeep bog quietschend nach rechts ab, ohne dass die Insassen auch nur einen einzigen Blick auf uns geworfen hatten. Das Dorf namens Drégelypalánk war noch ein paar Kilometer entfernt. Vor uns aber lag eine gut befahrene Straße, die in Richtung Budapest verlaufen musste.

Unterwegs nach Szentendre

„Vielleicht sollten wir versuchen, per Anhalter zu fahren", schlug ich vor.

„Ich weiß nicht, ob sie auf den Bahnhöfen kontrollieren und ob das Geld überhaupt für Fahrkarten reicht."

„Wer wird denn halten für zwei Kerle und eine Frau?", wandte Jörg ein.

„Vielleicht hältst du den Daumen hoch und wir zwei verstecken uns erst einmal", meinte Christian. „Frauen allein haben mehr Erfolg."

Wir gingen ein Stück neben der Straße her. Einige Fahrzeuge fuhren an uns vorbei. Aber dann hielt ein Lkw und ein freundlicher junger Fahrer ließ uns einsteigen. Er sprach etwas Deutsch und drückte seine Sympathie für die derzeitigen Veränderungen aus. Christian und Jörg nahmen in der zweiten Reihe Platz, dort wo die Schlafgelegenheit war. Wir konnten bis Szentendre mitfahren.

Die Fahrt dauerte ungefähr drei Stunden. Anfangs ging es noch über Täler und Höhen und dünn besiedelte Teile des Börszöny, dann wechselte der Fahrer kurz vor Vác die Straße. Wir erreichten das Donauknie und die Tiefebene. Manchmal konnten wir einen Blick auf die Donau erhaschen. Die Pester Region war ziemlich dicht besiedelt.

Der Fahrer versuchte, uns einige Ratschläge zu geben:
Wir sollten nicht glauben, dass wir einfach durch die Grenze
nach Österreich kommen könnten. Besser wäre es, zur BRD-
Botschaft zu gehen. Am 19. August hatten zwar Hunderte
DDR-Bürger in Sopron fliehen können, als die Außenminister
von Ungarn und Österreich (Gyula Horn und Alois Mock)
gemeinsam den Grenzzaun durchschnitten, aber danach
wurden die Grenzkontrollen wieder verstärkt. Ein Flüchtling
soll sogar am Grenzstreifen erschossen worden sein.
Die Außenminister von Ungarn und der BRD suchten jetzt
nach Lösungen.
Kurz vor Budapest fuhren wir über eine Brücke auf die
andere Donauseite. Der Fahrer hielt in Szentendre, wünschte
uns viel Erfolg und fuhr weiter.
Wir hatten die Worte des Lkw-Fahrers zwar gehört, aber wir
mussten noch darüber nachdenken. Sollten wir so einfach
aufgeben? War es nicht besser, es noch einmal nach Österreich
zu versuchen? Würden die Politiker überhaupt eine Lösung
finden?

Szentendre

Es war bereits spät am Nachmittag, als wir durch die Fuß-
gängerzone des bekannten Künstlerortes gingen. Ich hatte
Jahre zuvor schon einmal zusammen mit Julia Szentendre
besucht. Diesmal waren wir allerdings nicht hier, um die
Sehenswürdigkeiten zu besuchen oder etwas Interessantes
zu kaufen, wie die meisten Touristen.
Wir liefen eilig durch den Ort, vorbei an vielen hübschen Läden,
bunten Häuschen, Hotels und Cafés. Wir ignorierten die Künstler,
die Bilder malten und anboten, uns zu porträtieren.
Im Schaufenster einer Bank hatte ich die Umtauschquoten
von Kronen und Forint gelesen. Ich hatte noch tschechisches

Geld, das wir nicht mehr gebrauchen konnten. Es wäre gut, wenn ich das in Forint wechseln konnte. Aber in die Bank zu gehen, war ein Risiko. Vielleicht musste ich meinen Pass vorzeigen und dann wäre entdeckt worden, dass ich illegal im Lande war. An einem Gemüsestand blieb ich stehen, holte mein Portemonnaie heraus und fragte den Händler, ob er tschechische Kronen in Forint wechseln könne. Ich war es nicht gewohnt, zu handeln und zu feilschen. Der Händler aber nutzte seinen Vorteil und gab mir wesentlich weniger Forint, als ich von der Bank erhalten hätte.

Ich war verärgert und enttäuscht. Nein, nicht alle Ungarn unterstützten die Flüchtlinge. Es gab Leute, die die Not anderer ausnutzten. Aber ich hatte keine andere Wahl und musste mir die Benachteiligung gefallen lassen. Zumindest reichte das Geld, um an einem Stand noch drei Langosch und drei Flaschen Wasser zu kaufen, sodass wir erst einmal unsere knurrenden Mägen besänftigen konnten.

Wir verließen Szentendre in Richtung der Bahnstation HEV und wollten eigentlich mit dem Zug nach Budapest fahren. Aus der Entfernung wurden wir auf zwei Männer aufmerksam, die einen Fahrgast vom Besteigen des Zuges abhielten. Der Fahrgast wehrte sich. Ob die beiden Männer Stasibeamte waren oder ob es sich nur um eine entgleiste Situation handelte, war für uns nicht klar.

„Lasst uns besser von hier verschwinden", flüsterte Christian. Wir hatten es fast bis zu unserem Ziel geschafft und wollten nicht zum Schluss noch ein Risiko eingehen.

Ich sagte: „Es sind vielleicht noch zwanzig km, die schaffen wir morgen auch noch. Am besten, wir gehen noch ein Stück und suchen uns irgendwo einen Schlafplatz."

Wir orientierten uns anfangs an den Bahngleisen. Szentendre lag hinter uns und inzwischen war es dunkel geworden. Aller paar Minuten fuhren beleuchtete Züge in beide Richtungen.

Als wir zu einer hügligen Wiesenlandschaft kamen, entschlossen wir uns, dort irgendwo ein Plätzchen zu suchen. So einfach wurde es dann aber doch nicht. Immer gab es irgendwo ein kleines Gehöft, in dem ein oder mehrere Hunde bellten. Scheinbar war es Brauch in Ungarn, die Hunde nachts im Garten zu lassen.

Ob wir wollten oder nicht, wir mussten immer weitergehen. Jedes Haus, an dem wir vorbeigingen, wurde von einem bellenden Hund bewacht, der außerdem noch seine nächsten Artgenossen anfeuerte. Bald kläffte und heulte es im ganzen Ort. Wir mussten noch froh sein, dass nicht einer der wütenden Bestien über den Zaun sprang, um uns zu zerfleischen.

Irgendwann fanden wir dann doch noch weit außerhalb einer Siedlung, am Fuße eines Hügels ein Fleckchen Wiese, auf der es ruhig war. Die Nacht war lau. Mit dem Gedanken, am Morgen in Budapest zu sein, legten wir uns schlafen. Über uns leuchteten die Sterne und eine dünne Mondsichel.

Mittwoch, 30.08.1989: In den Budaer Bergen

Auf welchem Hügel wir übernachtet hatten, war unklar. Es war jedoch nicht schwierig, herauszufinden, in welche Richtung wir nach Budapest gehen mussten. Die Metropole lag uns zu Füßen, umgeben von Bergen und Tälern. Schon von Weitem konnten wir den Budaer Teil mit dem Gellertberg und den Palast auf dem Burgberg erkennen, in dem einst die Könige regiert hatten. Auch der Verlauf der Donau war gut zu sehen. Wir fanden eine abwärtsführende Straße und folgten ihr an kleinen Häuserzeilen entlang. Je weiter wir in die Ebene kamen, umso mehr nahm der Verkehr zu. Touristenbusse fuhren an uns vorbei. Aber eine Sightseeing- oder Museumstour würden wir natürlich nicht machen. Leider hatten die Batterien von meinem Weltenempfänger den Geist aufgegeben und wir konnten keine Nachrichten mehr empfangen. Wir mussten aber davon ausgehen, dass wir weiterhin unauffällig und vorsichtig bleiben mussten.

Wir diskutierten eine Weile darüber, ob es besser wäre, die bundesdeutsche Botschaft aufzusuchen oder selbst nach Österreich durchzukommen. Wenn wir die tschechoslowakische Grenze durchbrochen hatten, musste es nach Österreich eigentlich noch einfacher sein. Bis jetzt war uns nur bekannt, dass die deutsche Botschaft dichtgemacht hatte und es unsicher war, ob sie den DDR-Flüchtlingen überhaupt helfen wollten oder konnten.

Ich musste an Julia denken. Zalaegerszeg war nicht weit weg von der österreichischen Grenze und sie und ihre Familie kannten sich in der Umgebung dort aus.

Nach Zalaegerszeg

Während wir noch unschlüssig an einer Straßenausbuchtung standen, hielt ein kleiner Lieferwagen neben uns. Ein Mann mittleren Alters in blauer Arbeitskleidung stieg aus, öffnete die Rücktür und nahm einen Beutel heraus. An der Rücktür war eine Art Werbetafel angebracht mit einer Adresse aus Mohács, autójavitó. (Autowerkstatt)

Zufällig fiel sein Blick auf mich und er fragte: „NDK?"

„Igen, NDK, DDR.", antwortete ich.

„Menekültek vagytok?" (Seid ihr Flüchtlinge?)

„Igen."

„Szeretnenk menni Zalaegerzegre." (Wir wollen nach Zalaegerszeg) behauptete ich, obwohl ich das mit den Männern noch gar nicht abgesprochen hatte.

Es stellte sich heraus, dass er wesentlich besser deutsch

sprach als ich ungarisch. Wir stiegen in seinen Lieferwagen ein. Er hatte in Budapest Ersatzteile besorgt und wollte jetzt seinen Sohn aus den Sommerferien bei den Großeltern abholen. Das war nicht weit weg von Zalaegerszeg. „Die Ungarn hoffen, dass die Menschen aus der DDR bald frei sind", sagte er. „Wir müssen Gorbatschow Danke sagen. Er hat es den Ungarn erlaubt, die Grenzzäune nach Österreich nicht mehr zu erneuern."

Wir waren fast drei Stunden mit ihm unterwegs, fuhren am Velencesee vorbei und kamen durch viele Städte am Plattensee, wie Fonyod oder Heviz.

Gleich hinter dem Ortseingang von Zalaegerszeg bemerkte ich auf der linken Seite die mir bekannten Berge mit den neuen Häusern. Da oben befand sich Julias Haus. Ihr Vater hatte es gebaut, nachdem Julia und Joszef geheiratet hatten. Die beiden Mädchen wuchsen dort auf und Julia war inzwischen Managerin im Bekleidungswerk von Zalaegerszeg.

Wir bedankten uns bei dem Autohändler aus Mohacs, der uns zum Abschied noch seine Visitenkarte schenkte.

Bei Julia in Zalagerszeg

Wir gingen auf der kurvenreichen Straße den Berg hinauf. An einer Bushaltestelle bat ich Jörg und Christian, zehn Minuten zu warten. Ich wollte meine Freundin erst auf die Situation vorbereiten und würde dann zurückkommen und sie abholen.

Ich stand vor dem hübschen kleinen Haus, vor dem die Rosen blühten, holte einmal tief Luft und klingelte.

Julia öffnete die Tür. „Jesus Maria!" Isa? Wo kommst du denn jetzt her?" Sie wollte es kaum glauben.

Ich erklärte kurz die Situation und dass noch zwei Männer unten an der Bushaltestelle warteten, mit denen ich zusammen auf der Flucht war.

Julia und ihr Mann hatten Verständnis für die schwierige Situation, aber sie wussten nicht, wie sie helfen konnten und ob sie vielleicht sogar als Fluchthelfer zur Verantwortung gezogen werden konnten. Sie waren erst am Tag zuvor aus Italien zurückgekommen und waren mit der politischen Situation nicht vertraut. Außerdem mussten sie ihre beiden Töchter morgen von den Großeltern in Debrecen abholen. Doch sie wollten natürlich helfen, soweit es möglich war.

Ich lief zur Bushaltestelle zurück und holte Jörg und Christian ab. „Habt ihr etwa geglaubt, ich würde euch hängen lassen?", lachte ich. „Nein, wir vertrauen dir doch ", sagte Jörg. „Und zwar 100-prozentig", fügte Christian hinzu.

Dann saßen wir alle erst einmal zusammen im Wohnzimmer, beantworteten die Fragen der Ungarn und erzählten, wie wir es geschafft hatten, über die slowakische Grenze zu kommen. Julia servierte uns eine Brotzeit mit frittierten Hühnerteilen, frisch gebackenem Weißbrot, Tomaten und Paprika. Danach überdachten wir zusammen das weitere Vorgehen.

Joszef, Julias Mann, schlug vor, uns mit dem Auto nach Lucacshaza zu fahren, einem Ort, der nicht weit entfernt war von der österreichischen Grenze. Vielleicht gab es dort eine Chance durchzukommen. Jedenfalls wollten wir uns ähnlich wie an der tschechoslowakischen Grenze erst einmal an Ort und Stelle umsehen und dann entscheiden, wie wir vorgehen sollten. Wir waren der Meinung, dass es an der österreichischen Grenze einfacher sein würde, da ja inzwischen schon viele andere die Grenze überwunden hatten.

Julia übergab jedem noch ein Lunchpaket und eine Cola.

Dann fuhren wir zu fünft im Auto, zuerst in Richtung Szombathely. Nach etwa einer Stunde kamen wir in Lukacshaza an. Vor uns baute sich die Bergkette auf, die Ungarn von Österreich trennt, das Günser Gebirge (oder Kőszegi hegység).

Die Berge mussten eine ähnliche Höhe haben wie das Börszöny, vermutete ich, zwischen 600 und 900 m. Wenn man nach rechts schaute, konnte man eine gut befahrene Straße erkennen, die hoch in die Berge zum ungarischen Grenzort Köszeg führte. Ähnlich wie an der Donau in Komarno würden hier bei Dunkelheit die Lichter eines riesigen Suchscheinwerfers zwischen Himmel und Erde rotieren. „Die nächste österreichische Stadt heißt Eisenstadt", sagte Julia. Hinter dem Ortsausgang von Lukacshaza stiegen wir aus. Es war ein bedrückender Abschied. Ich musste an 1968 denken. Damals wussten Julia und ich auch nicht, ob alles gut gehen würde. Wir umarmten uns: „Bitte meldet euch, sobald es geht, damit wir Bescheid wissen. Wir wünschen euch viel Glück."

Hinter Lukacshaza: 1. Fluchtversuch nach Österreich

Zu beiden Seiten der Landstraße dehnten sich Ackerflächen aus, hauptsächlich aber Maisfelder.

Vor uns lag das Gebirge, das wir überwinden wollten. Alles würde ähnlich ablaufen wie bei der ersten Flucht. Ich würde mit dem Kompass vorangehen. Was uns bevorstand, konnten wir jedoch nicht ahnen. Nach kurzer Zeit hielt ein österreichischer Pkw an und ein freundlicher junger Mann fragte: „Soll ich euch mitnehmen. Ich fahre nach Österreich?"

„Danke, aber wir wollen nicht nach Österreich," antwortete ich.

„Wir wollen nur sehen, wo die Grenze ist", fügte Jörg hinzu.

„OK, ich kann euch vorher rauslassen", meinte der Österreicher.

Also stiegen wir ein. Der Mann fragte, woher wir kamen und was wir vorhatten. Er hatte sich schon denken können, dass wir aus der DDR kamen und flüchten wollten. Man sah es an den Rucksäcken.

Zu einer weiteren Unterhaltung kam es nicht. Hinter einer Kurve versperrte plötzlich eine Schranke mit vier ungarischen

Grenzsoldaten und zwei Schäferhunden den Weg. Der Fahrer musste stark bremsen und rechts ranfahren. Wir wurden aufgefordert, auszusteigen und unsere Ausweise vorzuzeigen. Einen kurzen Moment dachte ich daran, wegzulaufen. Aber das wäre keine gute Idee gewesen. Ich spürte fast, wie die Hunde mich in den Hintern bissen. Den Österreicher sahen wir nicht mehr. Vielleicht war es sogar seine Aufgabe gewesen, Flüchtlinge an der Grenze abzufangen. Jedenfalls waren wir schön darauf reingefallen.

Die Soldaten sprachen kein Deutsch und eine plausible Unterhaltung in Ungarisch war ebenfalls nicht möglich. Wir wurden aufgefordert, in einen Jeep zu steigen. Zwei bewaffnete Soldaten setzten sich uns gegenüber und behielten uns im Auge.

Donnerstag, 31.08.1989: Polizeirevier Szombathely

Zwanzig Minuten später kamen wir in Szombathely auf dem Polizeirevier an. Wir wurden alle drei zusammen in einen Verhörraum geführt. Ein ungarischer Kommissar mittleren Alters mit einem grauen Schnauzbart sah sich unsere Personalausweise an und verglich die Fotos mit unseren Gesichtern. Dann fragte er jeden Einzelnen in gebrochenem, aber verständlichem Deutsch: „Wie heißen Sie? Warum sind sie hier? Wollen Sie wieder in die DDR?"

Ich versuchte, mir ein Bild von dem Mann zu machen. Er wirkte ruhig und besonnen und schien eine geachtete Persönlichkeit zu sein. Ich fand, dass er wie eine jüngere Version von Julias Vater aussah, wahrscheinlich wegen des Bartes. Er hörte sich die Antworten in Ruhe an und fragte nach, wenn er sich nicht sicher war. Manchmal verzogen sich seine Mundwinkel zu einem Lächeln. Es schien, als habe er Sympathie für die DDR-Flüchtlinge.

Das Verhör dauerte höchstens eine Stunde, aber bevor es beendet wurde, stand der Mann in seiner ganzen Größe auf und forderte mit strengen Worten und erhobenem Zeigefinger: „Keine Flucht mehr! Ungarische Soldaten schützen Grenze gut! Sonst sie zurückgehen in die DDR, dann Gefängnis! Jetzt sofort nach Botschaft BRD in Budapest gehen! Politiker Ungarn und BRD verhandeln für Flüchtlinge! Haben Sie verstanden?" Als wir bejahten, gab er uns die Personalausweise zurück und wir durften das Revier verlassen.

Wir wurden von einem Polizisten zum Bahnhof begleitet und sollten den nächsten Zug nach Budapest nehmen.

Auf dem Weg zum Bahnhof änderten wir allerdings unsere Meinung. Österreich war keine 20 km von hier entfernt. Wir hatten die Umgebung von Lukacshaza gesehen. Auf keinem Fall durften wir uns noch einmal auf Fremde verlassen und in die Straßensperren geraten.

Wir waren uns einig: „Wenn wir schon hier sind, müssen wir es noch einmal versuchen." Wir stiegen in den Zug ein, aber bevor der Zug abfuhr, verließen wir ihn wieder.

Zweiter Fluchtversuch nach Österreich

Gleich hinter dem großen Bahnhofsgebäude von Szombathely gingen wir rechts um eine Ecke. Jörg meinte: „Moment mal. Ich habe so viel Kram in meinem Rucksack, den will ich nicht weiter mitschleppen." Er zog seine Isomatte heraus, die in einer Plastiktüte steckte und stopfte noch ein paar kaputte Strümpfe und Unterwäsche dazu. Dann ließ er alles an der Bahnhofswand liegen.

Es dauerte nicht lange, da lag die Stadt hinter uns. Vor uns breitete sich die Ebene mit Wiesen und Feldern aus, die sich bis zum Gebirge fortsetzte. Meistens waren es hoch gewachsene Maisfelder, die Schutz bieten konnten. Eine gute Orientierung war der Suchscheinwerfer in Köszeg, hoch oben auf dem Berge. Wir konnten auch die Straße gut erkennen, die über die Grenze nach Österreich führte. Das grelle Scheinwerferlicht und die roten Rücklichter der Autos zeigten genau den Weg an. Ich stellte die Marschrichtungszahl ein, die uns in entsprechendem Abstand von Köszeg über die Grenze bringen sollte. Dann ging ich voran, immer mit der Absicht, in Deckung zu bleiben. Christian und Jörg folgten mir. Die meiste Zeit gingen wir durch Maisfelder. War das Feld zu Ende, hielt ich Ausschau nach der am nächsten liegenden Versteckmöglichkeit, einer Hütte, einem Busch, einer Bodensenkung. Dann rannten wir in geduckter Haltung, so schnell es ging, zu diesem Ziel, verweilten einen Moment und liefen auf das nächste angepeilte Objekt zu. Die Umgebung schien menschenleer zu sein. Nur einmal war in der Ferne jemand mit einem Hund unterwegs. Aber das schien nicht gefährlich zu sein. Inzwischen ging die Sonne unter und es dämmerte. Das konnte von Vorteil sein, ähnlich dem Nebel im Börszöny-Gebirge.

Wir hatten Lukacshaza und die Straßensperre umgangen und es geschafft, unbemerkt in den Wald zu kommen.

Wir schätzten ein, dass wir uns etwa 5 km von der Straße nach Köszeg befanden und uns parallel zu ihr fortbewegten. Wir kamen nicht mehr durch Dörfer oder Siedlungen und Wege oder Trampelpfade gab es nicht. Es ging über Berge und Täler. Einmal gelangten wir in ein tiefes wildes Tal und mussten einen kleinen Bach überwinden, dann stiegen wir wieder steil hinauf.

Inzwischen war es sehr dunkel geworden. Ich konnte die Hand vor Augen nicht mehr sehen und natürlich auch nicht den Kompass. Wir gingen einfach weiter und kamen auf einen Bergkegel, der vom schwachen Mondlicht beleuchtet wurde. Plötzlich standen wir vor einem großen stattlichen Haus, einer mehrstöckigen Villa, die von einer Wiese umgeben war. Ringsum war alles still. Kein Hund bellte, kein Licht brannte im Haus.

„Sind wir vielleicht schon in Österreich?", fragte Christian. „Das sieht hier so zivilisiert aus."

Wir versuchten, irgendetwas herauszufinden. Aber am Haus war weder ein Schild noch eine Klingel zu erkennen.

„Hier wäre ein schöner Schlafplatz", meinte Jörg.

„Na sicher doch! Vielleicht ist das hier aber auch ein Polizeirevier?", entgegnete Christian.

„So schön es hier wäre", sagte ich, „lasst uns weitergehen. Ich habe eigentlich damit gerechnet, dass wir irgendwann auf Grenzbefestigungen treffen oder Reste davon. Wir sind bestimmt noch in Ungarn."

Wir verließen den schönen Platz auf der Bergkuppe. Eine Sicht über das Gebirge war nicht möglich. Ringsum war nichts als schwarze Nacht.

Wir gingen immer weiter den Berg hinab. Das schöne Haus lag längst hinter uns. Je näher wir dem Tal kamen, umso verwilderter wurde die Umgebung wieder. Bald waren wir auf der tiefsten Talsohle angekommen und wurden von schwarzen Bergwänden eingeschlossen. Wir konnten nichts mehr erkennen. Vorsichtig stapften wir auf einem schlammigen ausgefahrenen Weg weiter. Es war ziemlich sicher, dass wir durch tiefe Fahrzeugspuren gingen. Plötzlich wurde unser Weg von einer doppelten Reihe Holzpfählen versperrt, an denen noch teilweise Stacheldraht hing. Wir waren an den Grenzbefestigungen angekommen.

„Was machen wir denn jetzt?" flüsterte Christian.

„Ich weiß es nicht", erwiderte ich. „Ich weiß nicht, ob wir noch in Ungarn sind oder schon in Österreich."

Wir gingen einfach zwischen den Grenzzäunen weiter. Vielleicht gab es irgendwo eine Stelle, bei der man sicher sein konnte, auf welcher Seite Österreich lag. Ohne Karte und Licht war eine andere Lösung nicht möglich. Wir stapften im Dunkeln weiter, einer legte dem anderen seine Hand auf die Schulter. Unter den Füßen war es rutschig. Wir wussten nicht, wie lange wir so weitergehen konnten.

Plötzlich schurrte rechts vom Hang Geröll herunter. Gleich danach knallten Schüsse durch die Luft und Leuchtkugeln erhellten die Dunkelheit.

Dann waren wir auch schon umkreist von mehreren Grenzsoldaten. Taschenlampen blitzten auf.

„Állj meg!" (Halt, stehen bleiben!)

„Hol van Ausztria?", fragte ich, was unter diesen Umständen ziemlich sinnlos war, denn eine Antwort darauf bekam ich nicht.

Die ungarischen Grenzsoldaten sprachen kein Wort Deutsch. Stattdessen versuchten sie nun, mich mit Fragen zu bombardieren, die ich nicht verstand. Ich konnte lediglich radebrechend klar machen, dass wir alle drei aus der DDR waren und nach Österreich wollten. (Mi vagyunk NDK-ból. Ausztriába szeretnénk menni.) Dass ich beteuerte, nur wenig Ungarisch zu verstehen, schienen mir die Soldaten nicht zu glauben.

Die Situation war fast lächerlich. Die ungarischen Grenzpolizisten, kaum älter als Christian und Jörg, beleuchteten den Weg und forderten uns höflich auf, den Jeep zu besteigen. Dann wurden wir zurücktransportiert nach Szombathely. Inzwischen ging die Sonne auf und ein neuer Tag brach an.

Freitag, 01.09.1989: Erneut Polizeirevier Szombathely

Wir wurden wieder in den Verhörraum gebracht. Seltsamerweise saß dort hinter dem Schreibtisch der gleiche Polizeibeamte wie am Tag zuvor, dem wir versprochen hatten, uns in Budapest bei der deutschen Botschaft zu melden. Sein Arbeitstag musste gerade begonnen haben. Er sah gut ausgeschlafen aus.

Aber er schien seinen Augen nicht recht zu trauen. Nachdenklich rieb er seinen grauen Schnauzbart zwischen Daumen und Zeigefinger und betrachtete uns, einen nach dem anderen ausgiebig. Dann sprach er mit strenger Miene: „Sie von gestern alle wieder hier?" „Setzen!"

Es war eine eigenartige Atmosphäre. Alles kam mir vor wie ein Schauspiel. Dieser Mann konnte doch nicht wirklich bösartig sein.

Er schien diese Rolle nur zu spielen, weil er sie spielen musste. Laut und eindringlich sagte er: „Jetzt ist Schluss mit Grenze! Nach Budapest! Oder nächste Mal zurück in DDR! Ungarische und deutsche Politiker jetzt verhandeln, Gyula Horn und Genscher, verstehen sie? Warten sie in Budapest bei deutscher Botschaft!"

Sein Gesicht hellte sich wieder auf und er schaute Jörg an: „Das ist deine, ja? Das hast du gestern vergessen am Bahnhof! Nimm es mit!" Er übergab ihm seine Plastiktüte mit der Isomatte. Christian und ich konnten ein Lachen kaum zurückhalten und auch der ungarische Polizeibeamte lachte mit. Dann wurde er wieder ernst, machte einen langen Arm und zeigte auf die Tür: „Nach Budapest!"

Wir verließen das Polizeirevier. Diesmal gaben wir auf. Ein weiterer Grenzdurchbruch dürfte uns, zumindest in dieser Gegend hier, nicht gelingen. Und vielleicht waren wir zum zweiten Mal glimpflich davongekommen. Ein anderer Polizeichef hätte uns vielleicht zurückgeschickt oder festgenommen. Wir wussten nicht, was wir glauben sollten. Vielleicht gab es tatsächlich schon Verhandlungen der Politiker. Immerhin war es kein Zustand, dass Tausende DDR-Flüchtlinge in

Ungarn durch die Gegend liefen.

Wie sollte es jetzt weitergehen?

„Wir haben kein Geld mehr für drei Fahrkarten nach Budapest", sagte ich. „Und zurück zu meiner Freundin nach Zalaegerszeg können wir auch nicht. Da würden wir vor verschlossener Tür stehen. Sie sind ja gerade nach Debrecen gefahren."

„Dann bleibt uns bloß per Anhalter ", schlussfolgerte Jörg.

Per Anhalter nach Fonyod

Vom Polizeigebäude aus gingen wir bis zu einer Kreuzung, und dann auf eine gut befahrene Straße weiter, die aus der Stadt herausführen musste. Vor uns lag eine weite flache Landschaft aus Sonnenblumen und Mais. Weit und breit war kein Dorf zu sehen. Nur ab und zu fuhr ein Traktor oder ein Pkw an uns vorbei. Nachdem ich vergeblich versucht hatte, einen Lkw anzuhalten, hielt plötzlich ein österreichisches Auto, in der eine Frau und ein Mann saßen. Die Frau fragte in wienerischem Akzent: „Seid ihr Flüchtlinge? Können wir euch ein Stück mitnehmen?"

Sie wollten zu einem Treffen in Fonyod. Es stellte sich heraus, dass sie von Wien aus über Köszeg und Szombathely gefahren waren. Sie hieß Andrea und war etwa 30 Jahre alt. Er hieß Marko, war vielleicht Mitte 50 und ein katholischer Pfarrer aus Rumänien, der vorübergehend in Österreich wohnte. Sie waren kein Ehepaar, wie wir anfangs vermutet hatten. Beide waren sehr interessiert an den Ereignissen in Ungarn und erzählten ein paar Neuigkeiten. Zurzeit war der ungarische Außenminister Gyula Horn in Ost-Berlin und verhandelte mit der DDR-Regierung. Er wollte den Flüchtlingen in Ungarn die Chance ermöglichen, über einen Drittstaat auszureisen, also auch über Österreich. Dass die DDR-Regierung zustimmen würde, war nicht zu erwarten. Ungarn verlangte, dass die Deutschen Verantwortung für ihre Landsleute übernahmen und eine vernünftige Lösung fanden. Deshalb gab es auch Verhandlungen zwischen Ungarn und der BRD-Regierung unter Helmut Kohl. Der ungarische Ministerpräsident Németh hatte inzwischen öffentlich erklärt, dass kein DDR-Flüchtling mehr ausgeliefert wird und sich sein Land bereit erklärt, für die Flüchtlinge Unterkünfte zur Verfügung zu stellen bis zur endgültigen Entscheidung. Die Malteser und andere Hilfsorganisationen würden die Versorgung übernehmen. Die Flüchtlinge brauchten nun keine Angst mehr zu haben, dass sie ausgeliefert wurden. Aber noch immer sollten sie vorsichtig sein, denn noch waren Stasileute in Ungarn, um die Flüchtlinge zu überreden, zurückzukommen.

Als wir in Fonyod ausstiegen, schenkten uns die Beiden noch einige Forint, damit wir Fahrkarten nach Budapest kaufen konnten. Andrea drückte jedem eine Visitenkarte in die Hand und sagte: „Meldet euch bitte bei mir, wenn alles hinter euch liegt."

Der Zug von Fonyód bis zum Deli Pu. (Süd-Bahnhof) Budapest dauerte mit dem Zug 2. Klasse mehr als zwei Stunden.

Wir nutzten die Zeit, um ein wenig zu schlafen. Seit mehr als einer Woche lebten wir wie Landstreicher, hatten kaum etwas gegessen und getrunken und hatten weder ein Bett noch eine Dusche gesehen. Unsere Flucht war ein aufreibendes Katz- und Maus-Spiel, sich ständig verstecken, um nicht gefangen zu werden und immer zu hoffen, dass es eine Chance gab zu entkommen. Dass man die ungarische Grenze nach Österreich leicht überwinden konnte, hatte sich als Irrtum herausgestellt. Die Grenzkontrollen waren tatsächlich verschärft worden. Wir steckten fest, aber so, wie es jetzt war, konnte es nicht endlos weitergehen. Wir waren deprimiert und entkräftet und nicht in der Lage, uns selbst zu helfen. Und so wie uns, erging es inzwischen Zehntausenden, die in Warschau, Prag und Budapest auf eine Erlösung aus ihrer ausweglosen Situation warteten.

01. und 02.09.1989: Botschaft der BRD in Budapest

Von dem letzten Geld, das wir besaßen, nahmen wir am Deli Bahnhof ein Taxi. „Német Nagykövetség!"[1], sagte ich. Der Taxifahrer nickte freundlich und sagte: „Értem, Izso Utca"[2]. Er fuhr mit uns über die Elisabethbrücke. Wir konnten von Weitem die Zitadelle mit der Freiheitsstatue erkennen und kamen dann in einer nicht nachvollziehbaren Zickzackfahrt etwa dreißig Minuten später an der Botschaft der BRD, in der Izso Utca an. Der Taxifahrer fuhr davon und wir standen vor einer weißen Mauer mit einem abgeschlossenen schmiedeeisernen Tor, über dem eine Plakette mit dem Bundesadler und der Botschaftsanschrift hing. Dahinter stand das Gebäude der Botschaft, eine Art weiße Doppelvilla in drei Etagen mit einem einzelnen Holzbalkon, der durch ein beeindruckendes Schnitzwerk auffiel. An der Wand neben dem Tor gab es eine Klingel.

Nach dreimaligem Läuten kam ein Mann in signalfarbener Jacke zum Tor. Er gehörte zur Hilfsorganisation der Malteser. Wir zeigten ihm unsere DDR-Ausweise und er ließ uns hinein. Wir wurden zu ebener Erde in einen Raum des Hauses geführt, wo wir einem Botschaftsmitarbeiter erklärten, warum wir die DDR verlassen wollten. Dann füllten wir einen Antrag zur Ausstellung eines bundesdeutschen Reisepasses aus.

Von der Straßenseite aus hatten wir nicht sehen können, dass noch andere Flüchtlinge da waren. Als wir aber zur Rückseite

---

1 Deutsche Botschaft
2 Ich verstehe, Izso Straße

des Hauses kamen, sahen wir dort auf dem Rasen zahlreiche Menschen, die sich unterhielten, und zwei große Zelte mit dem Malteserkreuz. Meist waren es junge Männer und Frauen oder Familien mit Kindern. Die Zelte erinnerten mich an meine Kindheit im Ferienlager. Wie viele Menschen tatsächlich in der Botschaft waren, konnte ich nicht überblicken, ich schätzte um die Hundert. Aber so viele würden gar nicht in die Zelte passen.

Trotzdem bekamen wir Wolldecken, um die Nacht hier zu verbringen.

Die Menschen, die der Hilfsorganisation angehörten, kamen aus Ungarn und Westdeutschland. Sie übernahmen alle notwendigen Aufgaben, verteilten Essen und Getränke, gaben Decken aus, kümmerten sich um Aufnahme und Weiterleitung und gaben auf alle Fragen Auskunft, soweit sie das konnten. Wir erfuhren, dass es in den letzten Monaten viele Schwierigkeiten gegeben hatte. Zum Teil musste die Botschaft wegen Überfüllung geschlossen werden.

Die ersten DDR-Flüchtlinge waren von dem katholischen Pfarrer Imre Kozma aufgenommen worden, der an der Zugliget Kirche ein Lager eröffnet hatte. Da es schnell überfüllt war, wurde staatlicherseits ein zweites Lager im Pionierdorf Csillebérc aufgebaut. Als auch das nicht mehr ausreichte, wurde noch ein drittes Lager in Zanka, am Balaton eingerichtet, ebenfalls ein Pionierlager.

Inzwischen sollten sich Zehntausende Flüchtlinge in Ungarn aufhalten. Wer jetzt zur Botschaft kam, wurde nach Zanka umgeleitet. Die Menschen, mit denen wir uns auf dem Botschaftsgelände unterhielten, waren überwiegend hoffnungsvoll und glaubten, dass es nicht mehr lange dauern konnte, bis der Weg nach Westdeutschland frei war.

03. September 1989: Vorläufige Pässe von der Botschaft

Am Morgen, kurz nach dem Frühstück, wurden wir aufgefordert, unsere vorläufigen Pässe im Botschaftsgebäude abzuholen. Schritt für Schritt schoben wir uns in der Schlange durch die längliche Halle mit den Säulenreihen an beiden Seiten voran. Der Raum wirkte etwas düster durch die dunklen Holztäfelungen an den Wänden. Aber die Stimmung der Menschen war hoffnungsvoll. Als Christian, Jörg und ich an der Reihe waren, wurden wir von Kopf bis Fuß in Augenschein genommen. Jeder von uns bekam den vorläufigen grünen Reisepass, der uns als BRD-Bürger auswies, außerdem noch eine Fahrkarte nach Zanka und ein angemessenes Taschengeld. Besonders gut kam Jörg beim Taschengeld weg.

„Mein Gott", sagte der Botschaftsangehörige und schüttelte dabei den Kopf: „Was haben Sie denn da an den Füßen, sollen das etwa Schuhe sein?"

An der rechten Sandale hatte sich die Sohle gelöst und Jörg hatte sie mit einem Stück Isolierband geflickt, das er unterwegs gefunden hatte. Die Schnalle der linken Sandale war durch einen Doppelknoten aus Sackband ersetzt worden.

„Das waren einmal meine Lieblingssandalen", antwortete Jörg etwas kleinlaut. „Ich würde mir ja gern ein Paar Neue kaufen, aber ..."

„Das ist verständlich", meinte der Botschaftsangehörige, und übergab ihm einen Sonderobulus, damit er sich neue Schuhe kaufen konnte.

Als er mein Schuhwerk betrachtete, meinte er nur: „In Ordnung" und übergab mir das Minimumtaschengeld. Auch Christians Schuhwerk wurde nicht beanstandet.

Ich musste lachen, als Christian ein bedeppertes Gesicht machte und sagte: „Hätte ich mal besser auch meine alten Latschen auf der Flucht angezogen."

Aber dann überwog natürlich die Freude über den in Budapest am 03. September 1989 ausgestellten vorläufigen grünen Reisepass.

03.09. bis 11.09.1989: Pionierlager Zanka

Bevor wir erneut zum Deli-Bahnhof gingen, kauften wir auf dem Weg durch das Stadtzentrum noch etwas ein. Jörg kaufte tatsächlich ein Paar neue Schuhe. Diesmal entschied er sich für Turnschuhe, was eine bessere Wahl war. Es gelang ihm auch, seine Plastiktüte mit alten Sachen in einem Papierkorb am Straßenrand zu hinterlassen, was ihm in Szombathely misslungen war. Jetzt steckte er noch die alten Sandalen hinzu. Christian brauchte unbedingt eine eiserne Ration Rusk (Zwieback), damit sein Magen aufhörte zu knurren. Ich besorgte mir Batterien für den Weltenempfänger, Papier, Umschläge und Briefmarken.

Im Zug von Budapest nach Zanka hatten wir glücklicherweise Sitzplätze und wenn wir normale Urlauber gewesen wären, hätten wir uns keine bessere Fahrt wünschen können, eine 2 ½ Stunden Fahrt, vorbei am Velence-See, durch die Königsstadt Székesfehérvár und entlang dem Balaton, meist mit Blick auf den See. Wir waren zwar irgendwie urlaubsreif, aber unsere Gedanken kamen nicht zur Ruhe. Jetzt sollten wir in einem Lager warten, ohne zu wissen, wie alles weitergehen würde. Wir hatten versucht, selbst einen Weg zu finden. Aber unsere Flucht nach Österreich war zweimal misslungen. Jetzt waren wir auf Gedeih und Verderb von den Entscheidungen der Politiker abhängig.

Gegen Abend kamen wir auf dem Bahnhof in Zanka an, einem kleinen Ort, umgeben von Weinbergen. Es war nicht schwierig, das ehemalige Pionierlager, jetzt Flüchtlingslager zu finden, denn der Weg dorthin war vorsorglich ausgeschildert worden.

Der Lagerleiter von Zanka war informiert über weitere Zugänge aus der deutschen Botschaft. Nachdem wir uns ausgewiesen hatten, wurden uns Schlafplätze in langen barackenartigen Gebäuden zugewiesen, getrennt für Frauen und Männer. Die Hilfsorganisationen, die Malteser und Angehörigen des Roten Kreuzes, leisteten auch hier eine enorme Arbeit. Es war erstaunlich, wie gut alles organisiert war, die Versorgung mit Essen und Trinken, die Sanitäranlagen und Waschmöglichkeiten. Jeden Tag kamen mehr Flüchtlinge hinzu, sodass bald 2000 im Lager waren. Alles verlief sehr ruhig. Selbst die Kinder lärmten und schrien nicht überlaut. Sie liefen über den Rasen oder spielten miteinander. Das Wetter war angenehm warm. Bei den Mahlzeiten gab es lange Schlangen, aber das machte niemandem etwas aus, man unterhielt sich mit dem Vorder- oder Hintermann, bis man an der Reihe war. Es wurden unterschiedliche Essenszeiten festgelegt, damit nicht alle auf einmal anstehen mussten. Alle waren dankbar dafür, dass sie versorgt wurden. Jeder konnte die Arbeit der Hilfsdienste nur hoch anerkennen.

Wenn sich die Tage auch ergebnislos aneinanderreihten, so wuchs doch die Zuversicht auf eine baldige Lösung durch die ungarische Regierung.

Da Jörg, Christian und ich nun in verschiedenen Unterkünften untergebracht waren, verloren wir uns ein wenig aus den Augen. Jeder machte neue Bekanntschaften und bekam neue Eindrücke.

Man unterhielt sich, ging zusammen hinunter zum Strand, spielte Karten oder schlug irgendwie die Zeit tot.

Es war herrlichstes Badewetter. Leider hatte ich keine Badesachen dabei und wie die jungen Männer mit Unterhosen ins Wasser zu gehen, war für mich nicht möglich.

Also setzte ich mich in der Nähe des Wassers auf den Rasen

und schrieb Briefe und Karten an meine Kinder, an meinen Bruder, an Julia und an Ibrahim. Im Lager gab es einen Briefkasten.

Die Lagerleitung empfahl den Flüchtlingen, das Lager nicht mehr zu verlassen. Hier war man in Sicherheit. Außerhalb des Lagers gab es noch immer Stasibeamte, die versuchten, DDR-Bürger zu überzeugen, wieder zurückzukommen.

Unbestritten war, dass noch am 21.August ein DDR-Bürger bei der Flucht nach Österreich an der Grenze erschossen wurde.

Ich musste daran denken, dass Christian, Jörg und ich zwischen dem Stacheldraht, mitten auf dem Todesstreifen entlangspaziert waren. Zum Glück war uns nichts weiter passiert. Nur die Grenzsoldaten hatten uns festgenommen.

Jetzt, wo ich Zeit zum Nachdenken hatte, bekam ich Zweifel, ob ich nicht besser zuhause geblieben wäre. Dass ich es trotz großer Schwierigkeiten geschafft hatte, mich bis hierher durchzuschlagen, war vielleicht erstaunlich aber nicht unbedingt ein Grund zur Freude. Hätte ich in Komarno nicht Jörg und Christian getroffen, wäre ich bestimmt wieder nach Hause gefahren. Jetzt war ich von meinen Kindern getrennt, ohne zu wissen, wie es ihnen erging und ob sie meinetwegen Schwierigkeiten bekamen. Wahrscheinlich hatten sie mich als vermisst gemeldet, denn sie mussten ja auch meiner Schule Bescheid geben. Ich hatte Frank versprochen, mich nicht in Gefahr zu begeben, aber hätte ich das denn überhaupt garantieren können? Meine Kinder wussten nicht, ob ich es geschafft hatte oder ob ich überhaupt noch am Leben war. Ich fragte mich, ob sie die Ansichtskarte aus Komarno erhalten hatten, oder ob sie konfisziert worden war. Wir konnten jetzt nur hoffen, dass alles noch gut wurde. Als mein Bruder 1961 in den Westen ging, mussten 10 Jahre vergehen, bis wir uns wiedersahen. Und dann war es der Tag der Beerdigung unserer Mutter. Man konnte nicht voraussehen, wie sich die politische Lage entwickelte. Andere Flüchtlinge waren mit ihrer ganzen Familie hier, mit Kindern oder Freunden. Sie waren sehr glücklich. Auf viele von ihnen warteten Verwandte im Westen.

Auch ich hatte ja meinen Bruder und seine Familie und viele andere Verwandte dort. Aber ich hatte Bedenken, wie sie meine Flucht auffassen würden. Sie würden wahrscheinlich kein Verständnis dafür haben. Für sie war ich vermutlich eine Rabenmutter, die ihre Kinder verlassen hatte. Aber das Gegenteil war der Fall. Um auch weiterhin für meine Kinder da zu sein, musste ich fortgehen. Es gab keine andere Wahl. Ich hatte genug erlebt, um einschätzen zu können, welche Konsequenzen auf mich warteten. Ich würde seelisch zerbrechen. Damit wäre mein Leben zu Ende. Das ergab weder für mich noch für meine Kinder einen Sinn.

Ich bedauerte sehr, dass wir keine Zeit gefunden hatten, vorher miteinander zu sprechen, und gemeinsam nach einer Lösung zu suchen. Aber es hatte einfach keine Gelegenheit dazu gegeben. Es waren Ferien und in den letzten Wochen hatte ich meine Tochter kaum gesehen. Sie war viel unterwegs mit ihrem Freund. Wir waren alle davon überzeugt, dass es Veränderungen geben musste. Ich aber hatte keine Zeit mehr gehabt, mir Gedanken über das zukünftige Leben in der DDR zu machen. Es ging um mein eigenes Leben.

Montag, 4.10.1989: Neuigkeiten in Zanka
Die meisten Menschen im Lager waren jugendliche Männer, aber es gab auch viele Familien mit Kindern und einzelne Personen im mittleren Alter. Jeder hatte seine eigenen Gründe, warum er der DDR den Rücken kehren wollte. Es waren

weder Rowdys oder Gewalttäter noch vom Kapitalismus verführte Menschen, die hier zusammenkamen. Jeder Einzelne war aus freiem Willen hergekommen. Bei den Jugendlichen überwog die Abenteuerlust. Viele waren sorglos davongerannt. Von der Welt hatten sie noch nichts gesehen, aber wenn es schon einmal eine Gelegenheit dazu gab, wollten sie diese auch nutzen. Die Gründe waren unterschiedlich. Es ging um Familienzusammenführungen, bessere Arbeits- und Lebensbedingungen, die Kinder in Freiheit aufwachsen zu lassen, die Welt kennenzulernen, der Bevormundung und Überwachungen des Staates zu entkommen. Aber frei sein und über sein Leben selbst entscheiden, das war es, was alle wollten.

Sie fanden sich hier im Lager Zanka zusammen, und hofften darauf, in die BRD zu kommen, bald Arbeit zu finden und sich ein neues Leben aufzubauen, ein Leben nach ihren eigenen Vorstellungen. Dafür hatten sie alles hinter sich gelassen und waren bereit, mit nichts als ihrer eigenen Kraft, noch einmal von vorn anzufangen.

Am 4. September gab es aufregende Nachrichten im Lager, die sich wie ein Lauffeuer verbreiteten.

„Ausländische Journalisten, die zur Leipziger Herbstmesse angereist waren, berichteten in den Medien über eine Demonstration in Leipzig. Etwa 1200 Menschen waren dort auf die Straße gegangen und demonstrierten. Sie forderten auf Plakaten Menschenrechte, Reisefreiheit und ein offenes Land mit freien Menschen. Als Beamte der Staatssicherheit die Versammlung gewaltsam auflösen wollten und ihnen die Plakate entrissen, riefen die Demonstranten: „Stasi raus!"

So etwas war in der DDR noch nie vorgekommen. Wir machten uns im Lager Gedanken. War das ein gutes oder schlechtes Zeichen? Würde etwa bald ein Bürgerkrieg ausbrechen und die Panzer durchs Land rollen? Konnte sich der Prager Frühling in der DDR wiederholen?"

Christian meinte: „Ich glaube nicht, dass Gorbatschow Panzer schicken wird. Er hat ja auch die Grenzzäune nach Österreich nicht erneuern lassen. Honecker ist krank und die da oben wissen nicht mehr, was sie machen sollen."

Jörg stimmte ihm zu: „Ich glaube, es wird alles zu groß aufgeblasen. Es wird sich wieder beruhigen. Als wir weggingen, hat bei uns noch keiner den Mund aufgemacht. Leipzig ist nicht die ganze DDR."

Die Meinungen der Beiden beruhigten mich nicht. Ich musste an meine Kinder denken. Immerhin waren rund um Berlin die meisten sowjetischen Truppen stationiert und unsere Wohnung lag ganz in der Nähe eines sowjetischen Flugplatzes. Wenn es jetzt Unruhen gab, war ich nicht bei ihnen.

Ich konnte sie von Zanka aus auch nicht erreichen. Wir hatten zu Hause kein Telefon und wenn wir eines gehabt hätten, würde die Stasi sofort meinen Aufenthalt erfahren.

Am Tag zuvor hatte ich einen Brief an die Kinder geschrieben, nur um ein Lebenszeichen zu schicken. Einen Absender konnte ich nicht angeben. Ob sie meinen Brief überhaupt erhalten würden, war ungewiss.

In Gedanken hörte ich Frank sagen: „Du machst dir immer zu viele Gedanken, Mutti. Wir kommen schon zurecht. Wir sind doch erwachsen."

Aber ich wusste es besser: Sie brauchten mich beide noch und ich brauchte sie. Ich hatte Sandra vor meiner Abreise nicht mehr gesehen. Deshalb hatte ich ihr den Freundschaftsring hinterlassen.

Ich wollte, dass wir immer verbunden waren. Aber würde sie das überhaupt verstehen?

Immer wieder sah ich das Bild vor mir, wie ich in den Bus

stieg und meinen Sohn an der Haltestelle zurückließ. Er wurde immer kleiner, bis er aus meinem Blickfeld verschwunden war. Im Flüchtlingslager kam ich mit einer Frau näher in Kontakt, deren Bett neben meinem stand. Sie war etwas älter als ich und mit ihrem Mann und einer erwachsenen Tochter hierhergekommen. Sie erzählte mir, dass sie noch eine weitere Tochter habe, die aber mit ihrem Ehemann schon zwei Jahre zuvor über einen Ausreiseantrag in den Westen gelangt war. Inzwischen gab es dort ein Enkelkind, von dem sie bisher nur Fotos gesehen hatten. Die ganze Familie hatte so große Sehnsucht und wollte wieder zusammen sein. Sie sagte: „Wir konnten und wollten diesen Zustand nicht länger ertragen und haben uns kurz entschlossen zur Flucht entschieden. Wenn es überhaupt eine Chance gibt, uns wiederzusehen, dann ist es jetzt." Ich verstand die Frau sehr gut und erzählte ihr meine Geschichte.

Sie umarmte mich und meinte: „Ich verstehe ihre Ängste. Für sie ist es fast schlimmer als für uns. Aber machen sie sich nicht verrückt. Gehen sie jetzt bloß nicht zurück in die DDR. Warten sie ab. Wir müssen alle Geduld haben."

Dass die Politiker Ungarns, Österreichs und der BRD geheime Unterredungen führten, war bekannt. Inwiefern die Politiker der DDR einbezogen wurden, war fraglich. Positive Entscheidungen wurden von Präsident Gorbatschow und Bundeskanzler Kohl erwartet. Aber wenn man nur warten und hoffen kann, werden die Tage sehr lang.

Christian, Jörg und ich überlegten ernsthaft, ob wir nicht doch noch einmal versuchen sollten, nach Österreich zu kommen. Wir hatten uns zweimal wie Dilettanten verhalten. Aber vielleicht gelang uns der Durchbruch beim dritten Mal. Wir konnten uns besser vorbereiten, konnten uns eine Umgebungskarte von Köszeg besorgen. Was wäre, wenn wir noch drei oder vier Wochen hier bleiben mussten oder wenn es überhaupt keine Ausreise geben würde? Zum Glück kam es anders.

Sonntag, 10.09.1989: Erklärung des Außenministers Horn

Am Abend des 10. September wurden alle DDR-Flüchtlinge gebeten, sich in der großen Turnhalle des Lagers zu versammeln. Die Erwartungen und Hoffnungen waren sehr groß. Als der Lagerleiter die Versammlung eröffnete, herrschte totale Stille. Er teilte mit, dass der ungarische Außenminister Gyula Horn eine Erklärung im ungarischen Fernsehen abgegeben habe, die er uns jetzt verlesen wollte.

Bei den Worten: „Die österreichische Grenze ist ab dem 11. September für DDR-Bürger frei", brachen 2000 Flüchtlinge in einem tosenden Jubelgeschrei aus und lagen sich in den Armen. Der Satz, dass keine weiteren Formalitäten mehr nötig seien und es keine Abhängigkeit mehr von einem Ausreiseantrag bei den DDR-Behörden gab, war völlig untergegangen.

Der Redner musste einen sehr langen Augenblick warten, bis sich alle wieder beruhigt hatten.

Dann wurde mitgeteilt, wie die Auflösung des Lagers vor sich gehen sollte. DDR-Bürger mit Pkw durften bereits am nächsten Morgen, am 11.09., über die österreichischen Grenzübergänge einreisen.

Für die anderen wurden am Morgen des 12. September österreichische Busse organisiert, die nach Grafenau in Bayern fahren würden.

Dort würde alles Weitere geregelt sowie der Weitertransport in andere Auffanglager der Bundesländer erfolgen.

Die Freude im Lager war groß. Wer die Chance hatte, mit Trabi, Wartburg oder sonstigem Fahrzeug in Richtung Grenze zu fahren, machte sich noch am Abend auf den Weg, denn bereits nach Mitternacht war die Durchfahrt möglich.

Das Lager war in Aufbruchstimmung. Man packte, tauschte Adressen aus, wünschte sich viel Glück beim Neuanfang.

Auf meinem Bett fand ich einen Abschiedsbrief der Familie Breuer, die bereits auf dem Weg zu ihrer Tochter und dem Enkelkind waren. Sie hatten die Chance genutzt und waren im Auto mit jemandem mitgefahren. Wir hatten uns kaum kennengelernt und schon wieder aus den Augen verloren. Sie wünschten mir alles Gute für die Zukunft und ein baldiges Wiedersehen mit meinen Kindern.

Dienstag, 12.10.1989: Auflösung des Flüchtlingslagers

Am Vormittag hielten mehrere österreichische Busse am Eingang des Lagers. An den Seitenteilen der Busse war Austrobus zu lesen. Acht Tage hatte ich hier im Lager verbracht und war froh, dass es endlich weiterging. Viele der Menschen, die jetzt in die Busse stiegen, kannte ich vom Sehen, mit manchen hatte ich ein paar Worte gewechselt. Für einen Moment waren wir Verbündete gewesen. Jetzt würden alle bald wieder ihre eigenen Wege gehen.

Alle, die einstiegen, wurden zuerst auf einer Liste erfasst.

Ich schaute mich nach Jörg und Christian um, aber ich konnte sie nirgendwo entdecken. Ihre Namen standen auch nicht auf der Liste. Ich war etwas beunruhigt. Sollten wir uns am Schluss etwa aus den Augen verlieren? Gestern Abend in der Halle hatten wir noch miteinander gesprochen. Sie wollten eigentlich auch mit den Bussen mitfahren. Ich musste einsteigen, um die Nachrückenden nicht zu behindern. Wenn sie in einem der anderen Busse waren, sah ich sie vielleicht später wieder. Irgendwie waren mir die beiden ans Herz gewachsen. Immerhin hatten wir gut zusammengehalten, schwierige Situationen bewältigt und auch viel Spaß gehabt. Der Altersunterschied hatte keine Rolle mehr gespielt. Wir waren Freunde geworden. Ich konnte sie doch jetzt nicht verlieren!

Die Auflösung des Lagers war ein großes Ereignis, nicht nur für uns Flüchtlinge, sondern auch für die ungarische Bevölkerung. Die Menschlichkeit hatte gesiegt. Darauf waren wir Flüchtlinge genauso stolz wie die Ungarn. Sie teilten ihre Freude über den friedlichen Ausgang mit uns. Das gab uns allen das gute Gefühl, dass nun bessere Zeiten anbrechen würden, dass Regierungen zukünftig menschlicher handeln würden.

Es hatte sich schnell herumgesprochen, welche Strecke die österreichischen Busse nehmen sollten. Der Konvoi von 10 Bussen war nicht zu übersehen. Viele Einwohner standen voller Begeisterung an den Straßenrändern und winkten und jubelten uns in den Bussen zu, als hätten wir etwas Großartiges vollbracht.

Ich winkte zurück. Wie eine Heldin kam ich mir aber nicht vor. Für mich waren sie selbst die Helden, das ungarische Volk, die Hilfsorganisationen und die ungarische Regierung. Wir DDR-Flüchtlinge hatten nur unsere Probleme nach Ungarn verlagert und der ungarischen und westdeutschen Regierung eine Lösung aufgezwungen.

Die Menschlichkeit hatte auch dank Michael Gorbatschows Glasnost und Perestroika[3] gesiegt. Er hatte es erst ermöglicht, dass Ungarn die Grenzzäune abbauen durfte. Wir waren jetzt frei und Freiheit war das Wichtigste im Leben. Das bedeutete: keine Bevormundung mehr, Meinungsfreiheit, Menschenrechte. Man konnte bei diesen Gedanken in ein Hochgefühl geraten, in einen Siegestaumel.

Was aber bedeutete dieser Sieg für mich persönlich? Ich hatte ein halbes Leben hinter mir. Es war klar, dass die andere

---

3 Offenheit und Umgestaltung

Hälfte jetzt noch einmal bei Null anfangen musste. In meinem Rucksack hatte ich ein Notizbuch, ein Radio, einen Kompass, einmal Wechselwäsche, ein Paar gute Schuhe, einen Pullover, einen Rock und eine Bluse. Der Bus war zuerst in Richtung Sombathely gefahren und hatte Ungarn verlassen. Wir fuhren lange durch Österreich und überquerten schließlich die bayrische Grenze bei Freyung-Grafenau.

Ich dachte an meine Kinder. Wann würde ich sie wiedersehen?

Nachwort: Wie es weiterging

In der DDR gingen immer mehr Menschen auf die Straße und forderten Menschenrechte und Reisefreiheit.

Ich hatte bereits Ende September eine kleine Wohnung in der neuen Heimat bekommen.

Am 6. November 1989 klingelte es an meiner Wohnungstür. Nichts ahnend öffnete ich. Vor der Tür stand mein Sohn Frank mit seinem Freund. Wir fielen uns freudestrahlend in die Arme. Die beiden waren über Prag geflüchtet. Drei Tage später fiel die Mauer. Wir sahen es weit weg von zu Hause, im Fernsehen.

Frank und ich hatten inzwischen Arbeit gefunden und ich konnte günstig ein altes, aber noch fahrbares Auto kaufen. Am 24.12.1989, am Heiligabend, fuhren wir damit zurück in unsere ehemalige Heimat, um Sandra und Wilfried wiederzusehen. Wir mussten die Transitstrecke nach Westberlin nehmen und durften ab Mitternacht in die DDR einreisen.

Ein paar Stunden später klopften wir am Schlafzimmerfenster und weckten sie aus dem Schlaf. Sie hatten nicht geahnt, dass wir kommen würden. Die Wiedersehensfreude war unbeschreiblich. Erst jetzt wurde uns allen klar, was Freiheit wirklich bedeutet. Wir waren wieder vereint, verbrachten die Feiertage und das Neue Jahr zusammen und machten uns Gedanken über unsere gemeinsame Zukunft. Nie wieder wollten wir uns trennen.

ENDE

Danke

Für Mitlesen und konstruktive Kritik möchte ich mich herzlich bedanken bei:
Dörte Schuda
Sandra Bohnstedt

Danke auch für die umfangreiche literarische Unterstützung und Recherche-Fahrten zu den Orten des Romans an meinen Ehemann, Peter Hannon.

Quellen und Literatur

Berlin TouristenTips im Taschenformat 1986
Wikipedia: Deutsche Teilung
Wikipedia: Wilhelm Pieck
Wikipedia: Walter Ulbricht
Wikipedia: Berliner Mauer
Wikipedia: Erich Honecker
Wikipedia: Prager Frühling
Wikipedia: Miklós Németh
Wikipedia: Michail Sergejewitsch Gorbatschow
Wikipedia: Paneuropäisches Frühstück
Wikipedia: Komarno
Wikipedia: Börzsöny
Wikipedia: Montagsdemonstrationen1989
Wikipedia: Gyula Horn

Inhaltsverzeichnis

207

Gisela Bohnstedt-Hannon wurde 1947 in Königsaue, Sachsen-Anhalt geboren. Nach ihrem Pädagogikstudium in Halle/Saale absolvierte sie ein Fernstudium in Lyrik/ Prosa am Literaturinstitut Leipzig und blieb bis 1989 im Schuldienst. Später arbeitete sie im öffentlichen Dienst als Angestellte in Nürnberg und Koblenz. Seit 2002 wohnt sie in Münstermaifeld.

<u>Buchveröffentlichungen:</u>

Die Hasenodyssee
(*Ostermoor, Möhrenau, Greifenland*),
3 Kinderbücher mit CD,
Projekte Verlag Cornelius 2012

Der Vogelnarr,
Biografieroman, Rhein-Mosel-Verlag 2020

Das Kind mit der rosa Schleife,
Roman, BOD-Verlag 2024